董迎春 覃才 著

多民族文化视野下的
新世纪
广西诗歌

中国社会科学出版社

图书在版编目(CIP)数据

多民族文化视野下的新世纪广西诗歌 / 董迎春，覃才著．
—北京：中国社会科学出版社，2018.12
ISBN 978-7-5203-3776-2

Ⅰ.①多… Ⅱ.①董…②覃… Ⅲ.①诗歌研究-中国-当代
Ⅳ.①I207.22

中国版本图书馆CIP数据核字(2018)第283190号

出版人	赵剑英
责任编辑	慈明亮
责任校对	张依婧
责任印制	戴 宽

出 版	中国社会科学出版社
社 址	北京鼓楼西大街甲158号
邮 编	100720
网 址	http://www.csspw.cn
发行部	010-84083685
门市部	010-84029450
经 销	新华书店及其他书店

印刷装订	北京君升印刷有限公司
版 次	2018年12月第1版
印 次	2018年12月第1次印刷

开 本	710×1000 1/16
印 张	18.25
插 页	2
字 数	229千字
定 价	86.00元

凡购买中国社会科学出版社图书，如有质量问题请与本社营销中心联系调换
电话：010-84083683
版权所有　侵权必究

目　录

导论　21世纪广西诗歌的民族书写与文化共生……………（1）
　第一节　"多民族文学"与广西诗歌………………………（2）
　第二节　民族书写与"多民族文化"共生…………………（9）
　第三节　现代探索与精神追求………………………………（16）

综　论

第一章　"多民族文化"视野下"民族诗歌"的创作
**　　　　背景及可能**……………………………………（27）
　第一节　民族诗歌与"多民族文学"理论视野……………（28）
　第二节　"多民族文化"理论视野下民族诗歌的
　　　　　百年创作……………………………………………（34）
　第三节　当下"民族诗歌"的"多民族文化"话语可能…（39）

第二章　21世纪广西诗歌的女性书写与语言自觉………（45）
　第一节　在沉潜中出场………………………………………（46）
　第二节　性别书写与语言经验的呈现………………………（49）
　第三节　话语启示与书写可能………………………………（56）

第三章　21世纪广西诗歌青年群体的学院训练与知性追求…（60）
　第一节　青年诗歌与广西文学………………………………（61）

第二节　多元共生与诗学探索 …………………………………… (67)
　　第三节　写作伦理与精神生长 …………………………………… (74)

第四章　21世纪"相思湖诗群"的超验本体与孤寂诗写 …… (81)
　　第一节　创作成就与诗学理论构建 ……………………………… (82)
　　第二节　超验之诗 ………………………………………………… (84)
　　第三节　"孤寂诗写"作为一种可能 …………………………… (97)

个案研究

第五章　韦其麟：壮族书写与广西现代诗歌转型 ………… (103)
　　第一节　民族叙事诗创作与广西诗歌现代转型 ………………… (104)
　　第二节　否定情感诗写与广西诗歌"花山"探索 ……………… (111)
　　第三节　韦其麟诗歌创作的影响及价值 ………………………… (117)

第六章　冯艺：醒觉的民族情结和地域"相见" …………… (123)
　　第一节　与广西的诗心"相见" ………………………………… (124)
　　第二节　故土情结和"醒觉"省思 ……………………………… (129)
　　第三节　诗意的"行者"与栖居 ………………………………… (132)

第七章　"自行车诗群"：非亚的日常诗性与"诗无体"
　　　　　解构 ………………………………………………………… (138)
　　第一节　"诗无体"命名 ………………………………………… (139)
　　第二节　"口语写作"与诗意的生活 …………………………… (141)
　　第三节　作为生命建制的诗歌 …………………………………… (146)

第八章　"扬子鳄诗群"：黄芳的女性情感和朦胧书写 …… (152)
　　第一节　人与世界的关系 ………………………………………… (153)
　　第二节　"慢"与"朦胧"的艺术技巧 ………………………… (159)
　　第三节　语言书写与女性独立 …………………………………… (162)

第九章 "漆诗群"：谢夷珊的口语写作与灵性追求 …… (165)
- 第一节 从语感中勘探灵性 …… (166)
- 第二节 化典入诗 …… (169)
- 第三节 知性与哲理的融合 …… (173)

第十章 "北部湾诗群"：冯基南的自然灵性与延异书写 …… (178)
- 第一节 大海与自然的灵性 …… (179)
- 第二节 北海地域的都市怜思 …… (182)
- 第三节 延异的意指书写 …… (186)

第十一章 盘妙彬：语言之维与诗学建构 …… (190)
- 第一节 广西诗坛的"独行侠" …… (191)
- 第二节 古典情怀与现代意识 …… (194)
- 第三节 价值与启示 …… (200)

第十二章 林虹："自我"的多维审视 …… (204)
- 第一节 地域与"自我"的融合 …… (204)
- 第二节 语言与"自我"的共舞 …… (208)
- 第三节 "自我"和世界的会通 …… (211)

第十三章 陆辉艳：根扎"南方"的知性叙事 …… (215)
- 第一节 走出地域 …… (216)
- 第二节 语言的建构 …… (218)
- 第三节 叙事的诗意 …… (221)

第十四章 覃才：知性省思与壮族书写 …… (224)
- 第一节 城市省思 …… (225)
- 第二节 孤独的意蕴与生命底色 …… (230)
- 第三节 民族书写身份的想象 …… (234)

第十五章 谭延桐："神性写作"及其话语启示 …… (239)
- 第一节 神性写作的起源 …… (240)

第二节　以谭延桐为个案 …………………………………（244）
　　第三节　身体、诗与真理合一 …………………………（254）

第十六章　李心释："语言"的语言迷途 ……………………（257）
　　第一节　在语言深处深究虚无 …………………………（258）
　　第二节　语言：不可能的可能 …………………………（264）
　　第三节　语言本体写作的当下话语启示 ………………（267）

参考书目 …………………………………………………………（274）
后记 ………………………………………………………………（281）

导　论

21世纪广西诗歌的民族书写与文化共生

20世纪中叶以来，在韦其麟（壮族）《百鸟衣》模式的民族叙事诗和杨克（汉族）《走向花山》的"百越境界"影响下，包括汉族诗人在内的不同民族诗人的"民族书写"在广西现代诗歌发展过程中形成了深厚的传统。而到了21世纪，在"多民族文学"的理论影响下，广西地域内不同的诗人个体、团体及批评家的诗歌创作和理论观照，不断深化与丰富了广西诗歌的"多民族文学"意蕴，使广西诗歌整体上呈现出多民族性的文化共生与现代探索的发展特征。

具体而言，21世纪以来的广西诗歌发展格局既包括韦其麟（壮族）、杨克、石才夫（壮族）、盘妙彬、非亚、谭延桐、黄芳等知名诗人的持续书写与影响，又包括陆辉艳、牛依河（壮族）、费城（壮族）、六指、覃才（壮族）、祁守仁（回族）、晓丑等青年诗人的成长与"发声"。可以说在这21世纪的18年时间里，由于新的传播媒介的影响和新的写作团体与力量的出现，广西诗歌随着社会的速变与深化也发生了巨大改变，呈现出新的发展特征、面貌。质言之，21世纪以来广西诗坛的不同诗人个体和团体一方面遵循广西地域内"民族书写"的传统，致力于广西地域内不同维度的诗歌书写实践，共同建构起21世纪广西诗歌的多元共生的发展格局。另一方面是在不同诗人个体和团体开展广西诗歌的多维书写的同时，广西地域内不同的研究者也对21世纪以来广西诗歌的新变化、新特征、新现象展开了不同视角的理论观照与梳理。并且在广西地域内的这些研究者当中，很大一部分既是诗人又是批评家，这种诗人与批评家、创作者与研究者相统一的在场性"发声"，更为合宜与精确地显示了21世纪以来广西诗歌的发展格局与面貌。

第一节 "多民族文学"与广西诗歌

中国自古以来就是一个各民族多元共生的国家，在20世纪末费孝通"中华民族多元一体格局"的思想影响下，中华各民族"经过接触、混杂、联结和融合，同时也有分裂和消亡，形成一个你来我去、我来你去，我中有你、你中有我，而又各具个性的多元统一体"① 的理念与思想在中国的民族学、文学、文化学、历史学等领域产生了重大反响。可以说费孝通"此学说的提出彻底廓清了20世纪以来在中华民族的形成以及各民族关系上的模糊认识，为历史上各个时期各民族对中华民族的认同找到了历史的科学答案"。② 在文学方面，21世纪以来，在费孝通"中华民族多元一体格局"思想史观和中国社会科学院《民族文学研究》编辑部举办的十余届"中国多民族文学论坛"的影响下，"'多民族文学'理论视野虽然倾向于以民族的族属、地域、历史、文化等现代意蕴为民族创作与作品的界定标准，但对民族文学当中汉族作家、诗人进行民族题材创作

---

① 费孝通等：《中华民族多元一体格局》，中央民族学院出版社1989年版，第1页。
② 汤晓青主编：《全球语境与本土话语：中国多民族文学论坛十年精选集》，社会科学文献出版社2014年版，第15页。

这一特殊现象,可以说是基本上认同将汉族作家、诗人的民族题材创作纳入民族文学之中。这种'多民族文学'的时代理论视野为审视当代民族文学与民族诗歌的包括汉族诗人在内的'多民族'诗人的'民族书写'这一特殊的现象提供更为充足的学理依据。"① 非常荣幸,"中国多民族文学论坛"也已在广西举办两届(2005 年南宁第二届,2010 年桂林第七届),在"多民族文学"视野下,广西不同少数民族诗人根据"民族成分""语言""题材"三项要素开始了现代意义民族诗歌创作;"汉族诗人则根据民族地域、历史、文化等方面开展民族诗歌创作"。② 这直接造成了 21 世纪广西诗歌创作不仅有深厚的多民族书写传统与实践史实,而且经过十余年的探索与理论总结,产生出良好的实践成果。

广西作为一个世居有壮、瑶、苗、侗、京、仫佬等 12 个少数民族的多民族聚居地,在其历史发展过程中,包括汉族在内的"多民族"诗人、作家显然以广西地域为精神场域开展了不同维度的"民族书写"。20 世纪 50 年代至 70 年代,在韦其麟《百鸟衣》模式的民族叙事诗影响下,苗延秀(侗族)、包玉堂(仫佬族)、萧甘牛(壮族)、侬易天(壮族)、莎红(壮族)、张化声(汉族)、柯炽(汉族)等不同民族身份的诗人先后创作出《大苗山交响曲》《虹》《双棺岩》《刘三妹》《密洛陀》《红旗的儿子》《姑娜》等民族叙事长诗或叙事长诗。20 世纪 80 年代,在中国文学的"寻根思潮"和广西的"百越境界"影响下,杨克(汉族)、农冠品(壮族)、黄神彪(壮族)、黄勇刹(壮族)等不同民族身份的诗人写出了《走向花山》《花山壁画》《岜来,我的民族魂》《歌王传》等面向广西民族传统与文化的作品。"他们熔民族传统和现代意识于一炉,

---

① 董迎春:《"多民族文学"理论视野下"民族诗歌"的创作及可能》,《广州文艺》2018 年第 7 期。

② 同上。

从乡间走向躁动不安的城市,用老一辈诗人陌生的话语和近于朦胧的词汇,描绘自己认识的世界。"① 20 世纪末及 21 世纪以来,广西诗坛延续了广西地域之内的"多民族"的书写传统,多次以象征壮族文化起源的"花山壁画"为民族情感与书写的对象,代表性的活动与事件有:"花山文化与我们的创作研讨会"(1985,南宁)、"广西青年文艺工作者花山文艺座谈会"(1996,崇左花山)、"广西首届花山诗会"(2017,崇左花山)。"这些具有传承性、时代性的'民族书写'探索与实践,不仅是在民族叙事诗模式的'民族书写'传统上挖掘了广西诗歌'民族书写'的现代可能,更凸显广西诗歌创作的新态势与时代特征。"② 显然,从 20 世纪 50 年代以来,广西诗坛包括汉族诗人在内的"多民族"诗人的"民族书写"传统与实践有力地证实了广西诗歌所具有的"多民族文学"特征。

在理论方面,自 21 世纪以来,中国社会科学院《民族文学研究》编辑部于 2004 年发起与主办的"中国多民族文学论坛"已于广西举办两届,分别为由中国社会科学院《民族文学研究》编辑部、广西作家协会、广西民族大学(原广西民族学院)等共同主办的第二届"中国多民族文学论坛"(地点为南宁),中国社会科学院《民族文学研究》编辑部、广西师范大学文学院联合主办的第七届"中国多民族文学论坛"(地点为桂林)。冯艺(壮族)、鬼子(汉族)、东西(汉族)、凡一平(壮族)、蓝怀昌(瑶族)、容本镇(汉族)、张燕玲(汉族)、覃德清(壮族)、温存超(汉族)等广西诗人、作家及评论家参与了这两次论坛。这种广西不同民族身份的诗人、作家及评论家直接参与中国"多民族文学"理论探讨的史实,深化与提升了广西文学所具有的"多民族文学"底蕴。广西诗

---

① 梁庭望:《中国诗歌通史·少数民族卷》,人民文学出版社 2012 年版,第 816 页。
② 董迎春、覃才:《韦其麟及其诗歌创作对广西现代诗歌的影响探究》,《中央民族大学学报》2018 年第 4 期。

歌更是如此。

所以，在广西不同民族身份的诗人的"民族书写"传统与史实及中国"多民族文学"理论的综合影响之下，21世纪伊始，张燕玲、容本镇、陈祖君、董迎春、陈代云、刘春、罗小凤、梁冬华、王迅等广西各界的批评家对广西诗坛出现的诗歌团体、代表性诗人及诗歌话语现象进行了全方位的审视与观照。在这些不同的民族身份批评家当中，部分批评家系统地梳理了广西诗歌自新中国成立以来五六十年的发展脉络，部分批评家考察了"广西青年诗会""桂林诗会"等广西最重要的诗歌活动，部分批评家研究了"自行车""相思湖诗群"等广西活跃的诗歌团体，部分批评家则剖析了韦其麟、非亚、盘妙彬等广西代表性诗人及其作品。可以说，21世纪以来这些广西本土的批评家对广西诗歌的理论观照是与广西诗坛诗人群体的创作一致的，他们共同建构了21世纪以来广西诗歌的发展格局。这种理论观照与文本创作相统一的诗歌共生生态，建构了21世纪以来广西诗歌发展的丰富性、多民族性和现代性，推进了广西诗歌的时代发展，彰显了广西诗歌在中国诗歌版图中所具有的价值与意义。

第一，学术论文的"争鸣"。21世纪广西诗歌的研究成果主要集中于国内一些重要的学术刊物上，这些学术论文从不同维度探讨了广西诗歌的生长与发展态势。比如：陈祖君的《边地·现代·本土——广西现代诗歌发展历程的一个扫描》《南方的声音——90年代两广诗人论》、陈代云的《隐秘的上升之路：2000年以后广西诗歌述评》等主要考察了广西现代诗歌的发展历程；刘春的《广西诗歌：在波峰与波谷之间——关于新时期广西现代诗创作的10个问题》、罗小凤的《新世纪以来广西的新诗发展倾向与困境探察》等从发展现状、倾向与困境等方面对广西诗歌进行探讨；钟世华的《心中有处处有，心在处处在——盘妙彬访谈录》、罗小凤的《"坚持在浮世挖井"——论刘频的诗质追求》等以诗人个案研究为出发点,对活跃于当下广西诗坛的诗人进行了梳理与探讨;董迎春的《多元共生态势下的"相思湖诗群"》《诗无体·非亚的诗·自行车美学》、梁冬华的《守着"鬼门关"的写作——论广西漆诗歌沙龙》等研究了21世纪以来广西较为重要的"相思湖诗群""自行车""漆诗歌"等诗歌团体;吴迎君的《书写众神,然后黄昏——董迎春〈水书〉组诗的形式文化学阐释》、伍明春的《重建人和自然的关联——评盘妙彬的〈青山就是中年,春风就是老虎〉》,刘玲的《在历史和现实的语境中磨制铜镜——刘频诗集〈浮世清泉〉艺术探微》等则是从具体文本角度进行探讨;董迎春、李冰的《多元共生的广西青年诗群——广西第二届青年诗会综述》,董迎春、思小云、姚文燕的《第十六届国际诗人笔会综述》,陆辉艳的《广西诗歌双年展作品研讨会会议纪要》,刘伍吉的《回顾与超越:面向21世纪——广西青年诗会纪要》等对一些在广西本土举办的重大诗歌活动进行记录与考察;刘玲的《地域性诗歌创作的魅力——论90年代以来的广西诗歌创作》、陈代云的《广西当代诗歌本土经验的想象与构建》等从广西地域性或本土经验的角度对广西当代诗歌进行考察。此外,一些重要的学术刊物如《文艺争鸣》《南方文坛》等重点推出了刘春、董迎春等人的评论。如《文艺争鸣》(2008年第6期)与《南方文坛》(2011年第4期)推出了周志雄、刘波等评论家对刘春的评论,《南方文坛》(2014年第3期)"今日批评家"栏目推出了李心释、杨有庆等评论家对董迎春诗歌的研究文章。可以说,21世纪以来这些关于广西诗歌历程、团体、现象及代表诗人及其作品的学术观照与总结,不仅扩大了广西诗歌在当下诗坛的学术影响,也让广西诗歌发出自己的声音,扩大广西作为少数民族地区、边疆城市的文化影响力。

第二,理论专著的"声响"。除学术论文之外,广西不同批评家与研究者的理论专著也就广西诗歌历程、团体、现象及代表诗人及其作品进行学术性考察与探究，以推动 21 世纪广西诗歌的发展。21 世纪以来，考察与探究呈现广西诗歌发展的理论专著主要有：陈祖君所著的《两岸诗人论》（广西人民出版社 2004 年版），李建平等著的《广西文学 50 年》（漓江出版社 2005 年版），蓝怀昌主编的《世纪的跨越——广西文学艺术十三年现象研究》（下卷）（广西人民出版社 2007 年版），李建平、黄伟林等著的《文学桂军论》（中国社会科学出版社 2007 年版），潘琦主编的《广西文学艺术六十年》（广西人民出版社 2010 年版），罗小凤所著的《新世纪广西诗歌观察》（广西人民出版社 2014 年版），钟世华所著的《穿越诗的喀斯特——当代广西本土诗人访谈录》（长江文艺出版社 2015 年版），张燕玲、张萍主编的《南方批评 30 年：〈南方文坛〉广西文论选：1987—2017》（广西师范大学出版社 2017 年版）等。21 世纪以来这些关于广西诗歌历程和现象统揽性的研究专著和史料汇编，不仅详细地探察、解读与研究了 21 世纪以来广西诗歌发展状况，而且也论述了 21 世纪广西诗歌发展的现状、特点、存在的困境与解决路径等。可以说 21 世纪以来广西诗坛不同的批评家与研究者从不同维度考察与探究了广西诗歌的发展脉络与轨迹，也影响了广西诗歌的创作与发展。

第三，诗歌选本的"观照"。诗歌的选本是一种介于文本与理论之间的诗歌观照与呈现。21 世纪以来，广西诗坛不同的主体或个人对广西诗歌发展进行了不同视角的"选本"总结。重要的选本有：非亚、伍迁主编的《广西现代诗选（1990—2010）》（广西美术出版社 2011 年版），三个 A、黄开兵主编的《AAA 广西诗歌排行榜（2013—2015）》（广西人民出版社 2015 年版），大雁、非亚主编的《自行车诗选（1991—2016）》（长江文艺出版社 2016 年版），钟世华主编的《广西诗歌地理》（广西师范大学出版社 2017

年版），三个A主编的《中国先锋诗歌地图·广西卷》（四川文艺出版社2017年版），石才夫主编的《广西诗歌双年展精选集（2006—2016）》（广西人民出版社2017年版），广西作家协会主编的《文学桂军二十年（1997—2017）·诗歌精选》（广西人民出版社2017年版）等。21世纪以来，广西诗坛这些具有文学性、空间性、地域性与理论视野性的广西诗歌选本，梳理与总结了广西诗歌历史维度上的发展与演变情况。在这些选本的序言与后记当中，广西诗坛不同的主体或个人表达了对广西诗歌历史发展的思考与理解。如学者郑春所说，钟世华主编的《广西诗歌地理》是"从'空间'角度俯瞰和梳理当代广西的诗歌大地，在一个较新的领域深入研讨其写作现状，并以较大的努力试图建构广西诗歌的'地理诗学'"①。可见，21世纪以来的广西诗歌选本，在呈现广西诗歌文本发展特征的同时，也在反思与思考广西诗歌本身的发展，它们具有理论观照的色彩与性质。

批评家张燕玲在2017年出版的《南方批评30年：〈南方文坛〉广西文论选：1987—2017》序言中写道："论文集的出版，既是文艺阵地的自我建设，也是对近30年广西文论的一次巡礼……颇具本土性、学术性和档案性。"② 在广西诗歌21世纪发展的首个18年里，广西诗坛不同批评家和研究者对广西诗歌的理论反思与观照也无疑是广西诗歌的"巡礼"与"存档"。广西诗坛不同批评家和研究者作为广西诗歌21世纪发展的参与者、见证者，他们以理论的视野对广西诗歌的方方面面进行观照与总结，以诗歌创作与理论观照相统一的形式记录与呈现了21世纪以来的广西诗歌发展格局与全貌，表现了21世纪以来广西诗歌在中国诗歌版图中应有的价值与

---

① 钟世华主编：《广西诗歌地理》，广西师范大学出版社2017年版，"序言"第1页。
② 张燕玲、张萍主编：《南方批评30年：〈南方文坛〉广西文论选：1987—2017》（上），广西师范大学出版社2017年版，"序"第1页。

影响。

第二节 民族书写与"多民族文化"共生

21世纪广西诗坛的发展情况是:"'广西青年诗会''桂林诗会''十月诗会'以及各种诗歌研讨会的交替现身,诗人们在《诗刊》《人民文学》《星星》等重要刊物上频频露面,'华文青年诗人奖''女性诗歌奖'等各种奖项的荣揽,'青春诗会''青海湖国际诗歌节'等国内外大型诗歌活动的参与"[①],这些丰富多彩的诗歌景观彰显出21世纪以来广西诗歌发展的新特征、新活力、新维度,展现了广西诗歌发展的时代趋势与可能。由于广西诗歌"民族书写"传统的影响,也由于女性诗人群体的崛起及广西高校中"80后""90后"等青年诗人的出现与成长,21世纪伊始广西诗坛出现了多元共生的发展局面。可以说,21世纪以来的18年时间里,广西诗坛的代表诗人、诗歌团体在保持面向广西地域"民族书写"的激情与情感之下,也开展了个体或团体两个维度的诗歌创作与实践。广西诗坛这些具有多维度、差异性、丰富性的诗歌创作与实践,建构了21世纪以来广西诗歌18年创作的深度与广度,呈现了广西诗歌在中国诗歌版图中的独特价值。

第一,"多民族"诗人的"民族"认同。20世纪50年代壮族诗人韦其麟《百鸟衣》模式的"民族书写"不仅建构了广西现代诗歌的转型,而且作为一种创作的理念至今对广西诗坛深有影响。韦其麟在壮族叙事长诗《莫弋之死》中写道:"万里碧空没有一丝浮云,/烈日向大地喷射着火焰,/水井露底了,田塘龟裂了,/翠绿的禾苗已焦黄枯卷。/求雨的香烛烧了七七四十九日,/巫公把经文

[①] 罗小凤:《新世纪广西诗歌观察》,广西民族出版社2014年版,第1页。

念了七七四十九天。/人们的脸上笼罩着浓重的乌云，/如火的太阳却日日在蓝天高悬。"① 在 1949 年之前，有固定复沓、押韵与数字"限制"的"勒脚歌""排歌体"统领着广西诗歌创作的局面，韦其麟本人开展的现代民族叙事诗创作，诗中每行的字数、长短、意蕴及整体形式已遵循现代诗歌的修辞技巧与体制而实现自由化、审美化，展现出现代诗的诗性与审美特征。韦其麟这种"善于吸收壮族民歌的营养，大量采用民族的比兴、夸张、重叠等表现手法，通过朴素而生动、简洁而活泼的语言，形成明丽的意境和浓郁的抒情气氛，有着较高的艺术价值"的现代诗创作，实现了广西诗歌的现代转型，并影响与引领了广西包括汉族诗人在内的"多民族"诗人群体的现代诗创作与民族书写。在 80 年代，广西诗坛代表诗人杨克（汉族）在组诗《走向花山》中写道："欧唷唷——/我是血的礼赞，我是火的膜拜/从野猪凶狠的獠牙上来/从雉鸡发抖的羽翎上来/从神秘的图腾和饰佩的兽骨上来……血哟，火哟/狞厉的美哟/我们举剑而来，击鼓而来，鸣金而来/——尼罗！"② 在诗中，诗人杨克对象征着壮族文化与精神的"花山"的想象与认同，表现了他作为一个汉族诗人对民族书写的理解与把握，也体现了广西诗坛"多民族"诗人对"民族"的创作认同。

21 世纪以来，"多民族文学"理论视野倾向于以民族的地域、历史、文化等现代意蕴为民族创作与作品的界定标准，基本认同将汉族作家、诗人的民族题材创作纳入民族文学之中，这种"多民族文学"的时代理论视野也为民族文学与民族诗歌的"多民族"书写提供了学理依据。我们看到，21 世纪以来广西"多民族"诗人因受壮族诗人韦其麟 20 世纪 50 年代《百鸟衣》模式的"民族书写"传统、20 世纪 80 年代末杨克（汉族）的"百越境界"和"走向花

---

① 韦其麟：《广西当代少数民族作家丛书：韦其麟卷》，漓江出版社 2001 年版，第 53 页。
② 杨克：《杨克的诗》，人民文学出版社 2015 年版，第 163 页。

山"及"多民族文学"理论视野的综合影响,大都倾向于广西地域内的"民族书写"。在广西籍编者钟世华2017年主编的地域选本《广西诗歌地理》中,非亚(汉族)、刘频(汉族)、刘春(汉族)、吉小吉(汉族)、天鸟(汉族)、苦楝树(汉族)等广西汉族诗人创作的反映广西民族地域百越文化、密洛陀文化、那文化的诗作表现了广西"多民族"诗人对广西地域内民族共同体的想象与书写可能。①

第二,21世纪女性诗人的崛起,活跃广西诗坛。"女性诗歌"主要以女性个体生命的体验与自我身份的认同为书写维度,它是一种不同于男性话语的主体自省与身份建构。21世纪广西诗坛18年的发展可以说是女性诗歌逐渐崛起的"18年"。在21世纪的前10年中,广西民族大学学生李冰获得第五届《广西文学》"金嗓子"广西青年文学奖(2007),70后女诗人黄芳参加诗刊社第26届"青春诗会"(2010);再到近年来"80后"女诗人陆辉艳参加诗刊社第32届"青春诗会"(2016)与鲁迅文学院第29届中青年作家高级研讨班(2016)及获得广西文艺创作"铜鼓奖"(2017),《南方文坛》为瑶族女诗人林虹(冯艺、林虹、冯昱作品研讨会,2015)举办专场作品研讨会等系列事件中,我们可以看到,广西诗坛的女性诗人在肯定自身女性的生理结构和心理体验的前提下,已于21世纪以来的广西诗歌当中建起了男性诗人群体多元互补的话语场,从而实现了从女性性别的身份走向"诗人"这一文化身份的转变。苏珊·朗格说:"诗人笔下的每一个词语,都要创造诗歌基本的幻象,都要吸引读者的注意力,都要展开现实的意象,以便使其超出词语本身所暗示的情感而另具情感内容。"②很显然,21世纪以

---

① 作品详见钟世华主编《广西诗歌地理》,广西师范大学出版社2017年版。
② [美]苏珊·朗格:《情感与形式》,刘大基、傅志强、周发祥译,中国社会科学出版社1986年版,第284页。

来广西的女性诗人以温情、友爱、和谐来消解粗暴、冲突、挑战性的男性权力话语，有效地丰富与提升了21世纪以来广西诗歌的发展维度与本体意蕴。

在当下广西诗坛，以黄芳（壮族）、林虹（瑶族）、陆辉艳、吕小春秋、卢悦宁等为代表的21世纪广西女性诗人，从对女性身份与意识的关注到对诗歌语言的探索转型，契合着20世纪80、90年代中国女性诗潮的精神。综合而论，21世纪以来，广西女性诗歌由女性书写过渡到语言自觉，具体表现为三种写作形态：其一是体现女性情感、角色与气质的写作，其二是关于女性意识与女性身体的书写，其三则为一种超性别化的写作。这三种形态的转变显示出21世纪广西女性诗歌话语模式的嬗变以及语言意识逐渐自觉的过程。如陆辉艳在《她弯着腰，度过了她肉体的一生》中写道："有时我们从黄昏的河滩回来/看到她长久地，在灯光里扫地/她手握竹枝扎成的扫帚/要扫净这屋前屋后的/第一片枯叶，包括她身体里的/……经过她的光线、时间，从河滩吹来的风/和言辞，都不由自主地/弯曲了一下。"[①] 陆辉艳的这一首诗说明，女性诗人的诗歌写作，一般从女性的身份、性别着手，进而慢慢转入对群体与生命本质的深度思考与观照，这种由女性个体至群体乃至人类"大我"的书写表现了女性诗人群体写作的抱负与追求。并且我们也明显地感觉到：与男性诗人群体相比，女性诗人在追求语言与表现人类"大我"的同时，还表现出女性个体本身特有的多愁善感的力量与魅力。如广西"80后"女诗人程文凤在诗歌《经过》中写道："一只蚂蚁被风卷落/她微小的悲伤/是我不能抵达的远方。"在诗中，程文凤以女性特有的细腻与敏感表现了男性诗歌中不曾具有的女性直觉与感受，呈现出女性诗人抵达事物的柔软与温情。很显然，陆辉艳、程文凤的诗歌说明了在往返于个体、语言、人类"大我"之间，广西女性

[①] 陆辉艳：《心中的灰熊》，广西人民出版社2016年版，第110页。

诗人建构了与男性诗人群体互补性的个体与群体的书写话语，实现了广西诗坛女性诗人的崛起。而且"女性诗歌不再局限于女性这一性别属性，她们追求的更多的是人类共同的命运，不断启示精神性的身份认同和普世价值"。①

第三，从诗歌界喧哗的"叙事"写作走向心灵深处与哲理意味的"知性"诗学。20世纪90年代以来，当代诗歌表现出民间写作与知识分子写作两种不同的书写倾向："从话语层面考察，民间写作着重于口语写作，而知识分子更倾向于书面语言，在精神追求上也存在许多差异。"② 在当代诗歌中这两种不同的价值取向推动并丰富了当代诗歌与文化的发展，颇具话语的理论启示。广西诗歌作为中国诗歌版图的重要组成，同样表现出当代诗歌发展的民间写作与知识分子写作对立又统一的立场。21世纪以来广西诗歌发展情况为：一方面是石才夫（壮族）、非亚、刘春、荣斌（壮族）、黄芳等广西知名诗人强调口语性质的民间写作，他们是广西诗歌的一种重要创作态势。另一方面是谭延桐、李心释、董迎春、斯如、陆辉艳、覃才（壮族）等一批诗人注重超验、语言本体的知性写作。相对于口语的、日常的民间写作，他们注重超验、语言本体的知性写作在个体、语言、深度、本体之间建构了21世纪以来广西诗歌丰富的异质性与可能。

"茶叶进入水/水变成油/我进入夜晚/便可燃烧/五谷杂粮海鲜蔬菜/这些不同质地的柴火/塞进我的灶台/不要跟我谈相反的事物/什么都可以燃烧/你已举起我/这火把照亮身体里的他者"（李心释《茶叶》），"此刻，命运灌注瞬间/喜悦定义偶然/水在恋爱//河流吹皱倒影/斜阳坠痛长发/灰色嵌入彼此眼神//我们在夜的子宫穿行/

---

① 董迎春：《20世纪90年代诗歌身体书写的符号学研究》，苏州大学出版社2015年版，第86页。

② 同上书，第16页。

下雨，往家赶/亮光变成披头散发的老父亲。"（董迎春《黄昏》）诗歌需要灵魂，一首诗的灵魂无疑是对"精神"的认同，对语言与人类本质的知性认知，这种本质性的认同与认知源于对"传统"与个人才能的综合影响。作为广西诗坛知识分子写作代表人物的李心释、董迎春自己精神谱系里表现出了对世界的哲学性思考，对死亡（虚无）体验的精神性认同态度，展现了有别于广西诗坛中强调日常的、凡俗的口语写作的不同价值与意义。"诗歌应该被理解为一种认知上的探求"，[①] 21世纪以来，广西诗坛代表性诗人谭延桐、斯如、林虹以及青年诗人陆辉艳、六指、覃才、思小云等一批青年诗人表现出与李心释、董迎春同样的知性书写追求。

第四，多元共生的青年群体。21世纪以来，广西诗歌呈现出多元共生的发展态势，具体地表现为广西高校文学社团和诗歌创作群体的活跃与激情书写。如广西民族大学"相思湖诗群"、河池学院"南楼丹霞文学社"、玉林师范学院"天南湖诗群"、广西师范大学"采薇文学社"、广西师范学院"渔人诗社"等。"他们以大学师生为主要创作主体，基于相同的兴趣爱好，通过举行诗歌赛事、朗诵会、沙龙等相互学习、交流。这些团体不仅丰富了校园文化，推进了广西文学的发展，也为当代诗坛培养了众多的优秀诗人。"[②] 可以说，21世纪以来，广西诗坛"80后""90后"青年诗人和团体作为一个多元共生的诗歌群体，他们积极探索当代诗歌的语言及形式，不仅形成了由外向内的书写精神，诗歌也由单一抒情性转向哲理性的思考，特别是重视语言本体的回归，在传统中融入现代意识，为广西当代诗歌的写作提供了某种实践与发展可能。

---

① ［美］查尔斯·伯恩斯坦：《语言派诗学》，罗良功等译，上海外语教育出版社2014年版，第49页。
② 董迎春、栗世贝：《语言本体与内部生长——"相思湖诗群"2009年以来创作综论》，《广西民族大学学报》2015年第4期。

"我走过大山，/走过黎明，/走过黄昏，/在夜晚的地面，冻得失去知觉。//我游过大海，/游过春天，/在冬天的海上，冷得失去了自我"。(零馥笺《走过黎明，走过黄昏》)① "黄鹤的离去，让楼越来越高/三与五的变化，就是中国几千年/登黄鹤楼/石头雕塑着，很多鹤的象征/长江穿过武汉/花花绿绿的游人，到来与离去"。(覃才《黄鹤楼》)② 尼本特和罗伊尔说："诸如描写、偏离、悬念、不确定性、自我反思、时间性和因果倒置，常常是叙事中最具吸引力的东西。"③ 零馥笺（壮族）、覃才（壮族）作为广西的"80后""90后"青年诗人，他们的诗歌写作显然有别于广西诗坛中传统的以抒情、叙事为主的口语写作，而是在叙事的同时以超验、通感、象征、隐喻等理念与体验把诗歌的情感与思想转入了哲理的思辨与表现层面，在对时、空、人的体认与思考当中，传达出生命的哲理与现代诗歌语言的诗性意味。广西诗坛当下活跃于区内外的广西"80后""90后"青年诗人群体，如牛依河（壮族）、费城（壮族）、六指、陆辉艳、苦楝树、吕旭阳、思小云、祁十木（回族）、李富庭（瑶族）、刘宁（纳西族）等，由于大都出自大学校园，他们都具有与零馥笺、覃才相同的书写理念和表现维度。

我们看到，21世纪以来广西诗坛"80后""90后"的青年诗人的成长离不开个体的坚持与努力，同时也离不开《星星》诗刊"大学生诗歌夏令营"、《中国诗歌》杂志社开办的"新发现诗歌夏令营"等"外力"推动。自2008年以来，广西大学、广西民族大学、广西师范大学、广西师范学院等高校的广西"80后""90后"青年诗人中，新星、安乔子（冯美珍）、苏丹、微克、七勺（廖莲

---

① 零馥笺：《木偶戏》，团结出版社2017年版，第81页。
② 覃才：《覃才的诗》，《作品》2015年第12期。
③ [英]安德鲁·尼本特、尼古拉·罗伊尔：《关键词：文学、批评与理论导论》，汪正龙、李永新译，广西师范大学出版社2007年版，第57页。

婷)、六指、李路平、砂丁、祁十木（祁守仁)、思小云、覃昌琦、覃才受邀参加《星星》诗刊"大学生诗歌夏令营"；覃才、祁十木（祁守仁)受邀参加《中国诗歌》"新发现诗歌夏令营"。广西这些"80后""90后"青年诗人参加《星星》诗刊与《中国诗歌》面向全球华语青年诗人的诗歌"夏令营"说明了21世纪以来广西"80后""90后"青年诗人写作的影响与价值。正是这些诗歌力量推动了21世纪以来广西诗坛"80后""90后"青年诗人的成长及发展可能。

综上所述，21世纪以来广西诗歌18年的创作，不同的诗歌团体与个人在广西地域内的民族书写、女性书写及知性的诗学追求，不仅展现了广西诗歌在21世纪的变化与可能，而且表现出对当代诗歌诗性写作的强化和对当代诗歌界"非诗"写作的修正意识，从而显现了21世纪以来广西诗歌创作的意义与价值。

第三节　现代探索与精神追求

21世纪以来广西诗歌18年的创作与发展，大体而言是文本影响与理论观照并重、个体创作与团体影响多元共生的态势。在创作方面，广西代表性诗人盘妙彬、刘春、黄芳、陆辉艳先后参加诗刊社的"青春诗会"，新星、安乔子（冯美珍)、苏丹、微克、七勺（廖莲婷)、六指、李路平、覃才、砂丁、祁十木（祁守仁)、思小云、覃昌琦等"80后""90后"青年诗人受邀参加《星星》诗刊"大学生诗歌夏令营"和《中国诗歌》"新发现诗歌夏令营"及他们的诗歌多次以组诗的形式被《人民文学》《诗刊》《民族文学》《扬子江》《星星》《诗歌月刊》《诗选刊》等刊物刊发与被各种年度选本收录，广西诗坛中青年诗人这些活跃的诗歌表现说明了21世纪以来广西诗歌在全国的影响与在中国诗歌版图中的地位。在理论方面，广西各界的批评家及"自行车诗群""相思湖诗群""花山诗群"等个人与团体的探索与实践表现了21世纪以来广西诗歌在"先锋"、民间、民族方向的书写可能。可以说，21世纪以来广西诗歌的代表诗人和团体、新力量展现出的民族文化、时代观念互为表征的书写关系，凸显了广西诗歌发展背后的民族追求、文化追求，以及21世纪广西诗歌如何创作与发展的整体脉络。

第一，立足广西民族传统，呈现"多民族"的"差异"书写。

广西简称"桂"，世居有壮、瑶、苗、侗、京、仫佬等12个少数民族，在其历史发展过程中形成了独特的稻作文化、"壮"文化与"桂"文化。广西地域内的稻作文化、"壮"文化与"桂"文化伴随着广西地域内包括汉族在内的"多民族"诗人成长与诗歌创作，已经成为这些"多民族"诗人思想与意识的"血液"。特别是在20世纪50年代韦其麟《百鸟衣》模式的"民族书写"传统、20世纪80年代末杨克（汉族）的"百越境界"和"走向花山"及21世纪以来"多民族文学"理论视野的多维度影响下，基于广西地域深厚的"民族书写"传统与认同，广西"多民族"诗人围绕着广西地域内的不同民族文化、历史、情感开展了不同维度的现代书写。刘大先指出："少数民族文化与精神资源也成为主流文学的重要创作来源。"[1] 广西"多民族"诗人这种不同维度的民族书写、现代书写既表现出广西诗坛对中华人民共和国成立以来"多民族"书写传统的认同与继承，又展现了广西诗歌当中具有的"多民族"书写的差异趋向与可能。

21世纪以来广西诗歌的发展也说明："多民族"诗人的民族书写作为广西诗歌的书写传统，深刻地影响着21世纪以来广西诗歌的

---

[1] 汤晓青主编：《全球语境与本土话语：中国多民族文学论坛十年精选集》，社会科学文献出版社2014年版，"序"第1页。

创作与发展。从21世纪交替伊始,广西各界多次于崇左"花山"召开与民族书写相关的大型文学会议,引导包括汉族在内的广西作家、诗人进行时代维度下新的民族书写。代表性的会议有:1996年在花山民族山寨召开的"广西青年文艺工作者花山文艺座谈会",青年作家"就如何繁荣广西的文学艺术作了深入、多侧面的讨论。"① 2017年于崇左宁明举办"广西首届花山诗会",70余名诗人、学者就新媒体时代下广西地域诗歌创作、三十年来广西诗歌创作的得与失等议题进行探讨。② 可见,21世纪以来广西诗歌这种"多民族"书写现象既深化了广西诗歌原有的"民族书写"的传统,又丰富了广西诗歌时代书写的审美维度与内蕴,表现出鲜明的传承性与开拓性。

第二,广西诗歌作为时代的重要表征,不断彰显其重要的文化建构功能和价值。

21世纪的18年是一个媒介传播与媒介影响巨大的时代。小众、边缘的诗歌艺术借助于互联网、博客、微博及微信平台的传播与影响,诞生出了"梨花体""羊羔体""余秀华""诗与远方"等诗歌的时代事件。现代传播媒介对诗歌艺术的这种传播与影响,在时代当中建构起了诗歌艺术的文化价值与意义。在新媒介时代,广西本土诗歌代表性的文化价值集中体现在对民间传说《百鸟衣》的时代阐释与运用之上。广西的民间传说《百鸟衣》是壮族文化与精神的象征,自从20世纪50年代被著名壮族诗人韦其麟首次再创作成民族叙事长诗《百鸟衣》(1955年发表于《长江文艺》),后被《人民文学》《新华月报》转载,在全国产生强烈影响之后,21世纪以来先后被改编成大型民族歌舞剧《百鸟衣》(2013)、大型壮族杂技剧《百鸟衣》

---

① 李建平等:《广西文学50年》,漓江出版社2005年版,第301页。
② 卢鑫捷、朱广容:《广西首届"花山诗会"成功举办》,《华声晨报》2017年11月23日。

（2015）及中国非遗电影《百鸟衣》（2015）。民间传说《百鸟衣》原是用"勒脚歌""排歌体"格式创作的广西民间诗歌，韦其麟或是广西其他艺术团体对《百鸟衣》的改编本质上是对广西本土诗歌的时代再阐释。所以，不管是歌舞剧、杂技剧或是电影艺术形式的表现方式，它们所产生的社会影响、文化价值应是广西本土诗歌的文化价值的另一种呈现方式。2015年，广西籍"80后"博士生钟世华以"韦其麟年谱长编"为题目申请了广西哲学社会科学规划研究课题，并获得立项与资助，是对韦其麟本人和《百鸟衣》或者说是对广西诗歌所具有的文化价值与符号意义的显示与证明。

帕洛夫说："作为一种文学类型，当今诗歌在形式上开始被整饬和包装。……'诗歌'被嵌入了一些或重大或诙谐的轶事，以或多或少地让读者保持清醒，并为下一个诗歌节点增加力度。"[①] 21世纪以来，除了《百鸟衣》的影响之外，广西本土具有全国影响的重要诗歌活动还有："广西青年诗会"（第一届至第三届，2007—2009）、"桂林诗会"（第一届至第九届，2010—2018）、《广西文学》"诗歌双年展"（第一届至第七届，2006—2018）、"十月·兴安诗会"（2011）、"第十六届国际诗人（南宁）笔会"（2015）、"网络诗选中青诗会"（2015）、"花山诗会"（2017—2018）等。在21世纪媒介传播与影响超强的时代，这些具有全国影响的广西本土诗歌活动与事件不仅推动了广西本土诗歌的创作与发展，而且也建立了广西本土诗歌应有的文化价值，提升了广西文化的国际影响。

第三，广西诗歌不断地回归诗歌语言本体，探索现代诗写可能。

由于大学高等教育的普及，也由于李心释、董迎春、斯如等学院派诗人的会集及广西"80后""90后"青年诗人群体的成长，21世纪以来的广西诗歌越来越表现出一种语言本体的诗学探索与认

---

① ［美］玛乔瑞·帕洛夫：《激进的艺术：媒体时代的诗歌创作》，聂珍钊等译，上海外语教育出版社2013年版，第57页。

同。受"90年代诗歌""口语诗""梨花体""羊羔体"等诗歌创作观念的影响,当代诗歌创作一般分为"民间写作"(以表现日常、世俗为主的"口语诗"写作)和"知识分子写作"(注重诗艺、思想和精神气质的语言本体写作)。21世纪以来的广西诗歌亦是如此,无不是具体地分为"口语诗"写作与知识分子写作。广西诗歌当中,石才夫、天鸟、田湘、荣斌、三个A、蒋彩云等诗人强调日常的、生活的、凡俗的口语诗创作,他们主要学习中国口语诗代表诗人伊沙"聪明主义"(善用刺点)的"口语诗"写作模式,以《AAA广西年度诗歌排行榜》和诗人三个A主办的微信平台为阵地。另一部分诗人如谭延桐、李心释、董迎春、斯如及陆辉艳、六指、费城、覃才、思小云、李富庭等"80后""90后"青年诗人群体的"审智"的、哲理的、超验的、诗性的语言本体写作。他们以大学校园为创作阵地,以在大学所学到的现代诗歌技巧与理论作为书写的理念,以探讨与表现生命的存在与生活的意义为书写的价值,整体上表现出朝向语言本体的诗学探索倾向。弗里德里希指出:"诗歌成为了一种行为,……它在最后一个意义层面上所表述出的,是抽象的角色和张力,是无法穷尽的多义性。"① 21世纪以来的广西诗歌当中,"70后"学院派诗人及正在成长的"80后""90后"青年诗人们朝向语言本体的诗学探索,将广西诗歌的写作推向新的维度与可能,并影响着广西诗歌在中国诗歌版图的地位与意义。

第四,诗人的身份认同与使命担当:诗歌是一精神"探险"事业。

伯恩斯坦指出:"诗人……在某种意义上说是一种额外的责

---

① [德]胡戈·弗里德里希:《现代诗歌的结构:19世纪中期至20世纪中期的抒情诗》,李双志译,译林出版社2010年版,第115页。

任。"① 当下，作为一个 21 世纪的诗人，写诗不仅是一种荣誉或称号，而且是一种身份认同与使命担当。可以说诗人的这种诗歌荣誉、称号、认同及担当都统一于诗歌创作这一基础性的环节，甚至还可以说，诗人的荣誉与称号，诗人的身份认同与使命担当都始于并完成于诗歌的创作。在广西诗歌中，20 世纪 50 年代，热爱诗歌创作的壮族诗人韦其麟创作出的民族叙事长诗《百鸟衣》，这一诗歌创作行为让他成为中华人民共和国第一代民族诗人，至今在中国诗歌史上都具有重要影响与地位。20 世纪 90 年代，热爱诗歌创作的诗人非亚与杨克等人创办民间刊物《自行车》，至今已是一个有 25 年历史、出刊 17 期并出版有《自行车 25 年诗选》（长江文艺出版社 2017 年版）的老牌诗歌团体，也成为中国民间诗歌团体的代表之一。2005 年，热爱诗歌创作的诗人鲁西、董迎春等在广西民族大学相思湖畔创办"相思湖诗群"（主编同名刊物《相思湖诗群》），十余来年培养了陆辉艳、侯珏、覃才、祁十木、思小云等一批在全国有影响的"80 后""90 后"青年诗人。韦其麟、非亚、杨克、鲁西、董迎春作为诗人，他们认同诗人的身份与荣誉，也积极的履行与完成了作为一个诗人的使命与担当。广西诗歌中的这种诗人的身份认同与使命担当，建构了 21 世纪广西诗歌的时代发展与可能。

综上所述，21 世纪以来，广西诗坛包括汉族在内的"多民族"诗人、女性诗人、"80 后""90 后"青年诗人等群体与个人围绕民族、地域、性别、语言本体等方面开展了多维度的诗歌书写探索与实践。他们的诗歌探索与实践，他们的主体意识、身份认同及使命担当，建构了广西诗歌在时代和在中国诗歌版图当中广西本土性、民族性、本体性的价值与意义，展现了广西诗歌在中国诗歌版图上

---

① ［美］查尔斯·伯恩斯坦：《语言派诗学》，罗良功等译，上海外语教育出版社 2014 年版，第 11 页。

的诸多话语可能。我们可以说，在21世纪刚走过"18年"之时，广西诗歌在文本创作与理论探究方面表现出强烈的自觉性、主体性，其"18年"的发展与探索可以说是文本创作与理论探究同步进行。广西诗歌这种创作与理论同步的诗歌生态，既活跃、推助了团体与个体的创作，又构建了广西诗歌民间和学院的两种倾向不同的写作立场，形成了广西诗歌的多元共生与民族书写的文化特征，不断地丰富了广西诗歌的"创作"场域。可以说广西诗歌在"多民族"书写传统、文化价值、语言本体及身份认同与使命担当方面表现出鲜活的语言自觉和精神追求，展现了21世纪以来广西诗歌发展的新维度与意义。

此外关于本书需要说明的是，由于笔者两人作为21世纪广西诗歌发展的在场者，我们深知21世纪广西诗歌的创作维度与倾向。大体而言，由于受壮族诗人韦其麟20世纪50年代《百鸟衣》模式的"民族书写"传统、20世纪80年代末杨克（汉族）的"百越境界"和"走向花山"及"多民族文学"理论视野的综合影响，21世纪以来广西不同民族的诗人大都倾向于广西地域内的"民族书写"。所以本书"综合论"的第一章重点讨论21世纪以来的"多民族文学""多民族文化"的理论背景和精神向度，从而为广西诗坛中"多民族"诗人（包括汉族诗人）的民族书写、地域书写提供合理性的方法论和理论基础。我们看到21世纪以来的广西诗歌发展与史实也实践与印证了这种"多民族文学""多民族文化"理论书写。

本书创作"综合论"除了探讨民族诗歌中不同民族诗人的"民族书写"传统与实践外，还就21世纪以来广西诗歌的女性诗人群体的女性书写，"80后""90后"诗人的青年书写，及"相思湖诗群"创作现象进行理论性探究。纵观21世纪广西诗坛，广西女性诗人群体的创作是广西诗坛一道亮丽的风景线，广西不同女性诗人的诗歌书写彰显了广西女性诗人的精神高度与知性追求，他们与同时代的广西男性诗人群体共同组合成重要的广西文学整体景观。"80后""90后"青年诗人是21世纪诗歌的又一重要方阵，他们基本接受了大学的诗歌训练并具备一定的理论和文学阅读基础，因而，他们的写作也深化与夯实了广西诗歌的整体文学影响和文学实力。尤为重要的是，多民族融合特征明显的广西民族大学"相思湖诗群"，作为高校诗歌团体，除了代表性的诗人韦其麟、杨克、鲁西、大雁、董迎春之外，自2004年以来，培养了侯珏、肖潇、李冰、黄玲娜、朱茂瑜、熊晓庆、伍丽云、胡银锋、谭慧娟、陈景兰、苏丹、徐燕辉、卢悦宁、覃才、吕旭阳、祁守仁、思小云、李富庭等近百名"80后""90后"青年诗人，他们在区内外产生了重要的社会影响。因而，本书也重点讨论了21世纪以来的这个独特而有风格的"相思湖诗群"的文学写作的理念和发展趋势，希望以此为21世纪广西诗歌的理论研究提供切实的"集群"的研究范式和考察角度。

在"个案论"中，本书主要以21世纪以来广西诗坛代表性的诗人：韦其麟（壮族）、冯艺（壮族）、非亚、黄芳、谢夷珊、冯基南、盘妙彬、林虹（瑶族）、陆辉艳、覃才（壮族）、谭延桐、李心释等多位诗人及与其相关的"自行车诗群""扬子鳄诗群""漆诗群""北部湾诗群"等极具民族、文化、个性特征的民族书写、地域书写、差异书写为案例，以点带面的形式与视野，探讨21世纪以来的广西诗歌的整体文学特征和文化意识。可以说，这些诗人及与其相关的团体在21世纪广西诗坛的诗歌创作、"作为"及成绩足以说明广西诗歌发展的整体特征与方向。

毋庸置疑，21世纪以来包括汉族在内的"多民族"诗人、女性诗人、"80后""90后"青年诗人等共同组成了广西诗歌多元共生的发展态势与书写格局，这些广西诗歌的个体或团体围绕民族、地域、性别、语言本体等方面开展了多维度的诗歌书写探索与实践。他们的诗歌探索与实践，他们的主体意识、身份认同及使命担当，建构了广西诗歌在时代和在中国诗歌版图当中广西本土性、民族性、本体性的价值与意义，展现了广西诗歌在中国诗歌版图上的诸多话语可能。这些内容笔者在本书予以重点性地梳理、考察及呈现。

综论

第一章

"多民族文化"视野下"民族诗歌"的创作背景及可能

因受壮族诗人韦其麟20世纪50年代《百鸟衣》模式的"民族书写"传统、20世纪80年代杨克（汉族）的"百越境界"和"走向花山"及90年代以来"多民族文学"理论视野的综合影响，21世纪以来包括汉族在内的广西诗人大都倾向于广西地域内的"民族书写"。可以说叙事诗模式的"民族书写"在广西诗歌当中表现出深厚的传统意蕴与现代影响力。我们看到，从20世纪末以来，广西文学界多次于崇左"花山"召开与民族书写相关的大型文学会议，引导包括汉族在内的广西作家、诗人进行时代维度下新的民族书写。如"广西青年文艺工作者花山文艺座谈会"（崇左，1996）、"广西首届花山诗会"（崇左，2017）等。这种不局限于"民族身份"的"民族书写"基本融入了广西诗坛所有诗歌团体、个体的具体创作当中，成为开展诗歌创作的地域性背景与情感。本章将探讨在"多民族文学"理论视野下"民族诗歌"创作的表征关系，并涉及广西诗歌代表诗人韦其麟（壮族）、杨克（汉族）的"民族书写"形式，以期为广西地域内21世纪"多民族"（包括汉族）诗人开展"民族书写"提供合理性的理论背景。

民族是诗人之"家",为诗人的创作提供具体的认知对象与审美意蕴。彝族诗人吉狄马加说:"一个诗人,一个真正有出息的诗人,他必须植根于他的土地和他的民族。"① 在"多民族文学"理论视野的"民族"书写中,"多民族"诗人(现代诗歌当中的民族书写具有多民族性,本章论及的"多民族"诗人包括汉族诗人在内)意蕴深远、充满创造力的"民族"书写蕴含着丰富的现代诗歌创作可能。"新诗"诞生百年来,"多民族"诗人的"民族表达"在历史上发挥着重要作用,并在不同时期、不同民族地域的创作过程中形成了具有独特本体意蕴的民族诗歌创作类型。以中华人民共和国成立为界,中国"多民族"诗人的民族表达由20世纪初至中华人民共和国成立的"中华民族"整体形象,转入中华人民共和国成立后55个少数民族的具体表达之中。民族诗歌这种不同民族的创作转向,不仅培育了"多民族"诗人创作群体,促进了55个少数民族民间诗歌(歌谣、史诗、叙事诗为主的"韵体文学")向现代诗歌的转型,提升了民族诗歌的审美内涵;又以丰富性、差异性、独特性的民族诗歌"母体"建构起现代诗歌新的书写维度。

第一节 民族诗歌与"多民族文学"理论视野

诗是民族文化的一部分,历史说明,中国百年新诗的"民族书写"具有"多民族性"(汉族诗人与少数民族诗人共同书写)。"民族"概念诞生于西方殖民理论思潮,是一个近代的特定地域与时空的产物:"它的正式形成是在18世纪末和19世纪初,其标志性事件是北美独立战争、法国资产阶级革命和费希特的《对德意志民族

---

① 吉狄马加:《为土地和生命而写作:吉狄马加访谈及随笔集》,青海人民出版社2011年版,第12页。

的演说》的发表。"① 在近代，中国有相当长的一段时间处于半殖民的状态，中国和西方列强的矛盾直接造就了现代的"中华民族"或是具体"民族"等概念及实体的形成，费孝通表示："中华民族作为一个自觉的民族实体，是近百年来中国和西方列强对抗中出现的。"② 中国新诗与"民族"的概念都诞生于20世纪初，据考证，倡导"诗界革命"的梁启超是"民族"一词在中国的最早引用者。③ 因而，从"诗界革命"开始，新诗就服务于"恢复中华""为中华民族之崛起"的"民族"使命。可以说，中国新诗的民族书写（指民族诗歌）是包括汉族诗人在内的"多民族"诗人共同建构起来的。

中国"多民族文学"理论视野的演变与形成经历了从"少数民族文学"到"多民族文学"的过程。现代意义上的"少数民族文学""少数民族诗歌"等概念及文学性的建构大致始于1961年"少数民族文学史编写工作讨论会"。有论者指出，中国民族文学建构主要是中华人民共和国成立后完成的，第一阶段完成于20世纪50年代，"第二阶段大致始于80年代初并延续至今"。④ 此种分期，对中国民族文学的整体认知有其客观依据，但对中国民族文学中具体艺术门类来说，特别是对于新诗或是新诗当中的民族书写来说，就存在不合理之处。因为作为中国新文学觉醒最早的艺术形式，新诗与"民族"命运的交织与融合远远走在散文、小说等其他艺术门类之前。因而，从新诗百余年来客观的发展进程来看，在中国民族文

---

① ［英］厄内斯特·盖尔纳：《民族与民族主义》，韩红译，中央编译出版社2002年版，"代序言"第3页。

② 费孝通等：《中华民族多元一体格局》，中央民族学院出版社1989年版，第1页。

③ ［英］厄内斯特·盖尔纳：《民族与民族主义》，韩红译，中央编译出版社版，2002年版，"代序言"第22页。

④ 姚新勇：《观察、批判与理性——纷杂时代中一个知识个体的思考》，文化艺术出版社2005年版，第104页。

学概念之下,"多民族"诗人的民族书写大致可分为两个阶段:第一,20世纪初至新中国成立近五十年时间,"多民族"诗人主要塑造"中华民族"这一共同的民族形象。因为"共同的命运,共同的处境,共同的历史责任,使各民族人民走到一起,必然造成文学上的趋同现象"。① 新诗在五四新文化运动中唤醒国人民族意识,在抗日战争中的抗日救亡担当,都是从"中华民族"这一整体来叙事与表现的。第二,中华人民共和国成立以来,由于中华民族与外来矛盾已不是主要矛盾,"多民族"诗人的民族书写转向以表现中国55个少数民族为主,当代诗歌发展过程中"多民族"诗人共同表现藏族的藏族诗歌、表现彝族的彝族诗歌、表现壮族的壮族诗歌等现象可证明。很显然,历史当中的"中华民族"与55个少数民族的民族书写史实说明新诗当中民族诗歌创作的时间跨度与范畴比"中国民族文学"长,而且不管是在"中华民族"的创作阶段,还是在55个少数民族的民族书写阶段,都表现出明显的多民族性。

民族是"具有名称,在感知到的祖地上居住,拥有共同的神话、共享的历史和与众不同的公共文化,所有成员拥有共同的法律与习惯的人类共同体"。② 近代以来,也即是在新诗的百年发展历程中,"多民族"诗人在"中华民族"与55个少数民族的共同地域、历史、文化等方面建构起了民族诗歌的多民族性,或者说是民族文学的多民族性。但在中华人民共和国成立后,学术界仅专注于"民族"性质界定,"多民族"涉及有限。国内具有"多民族性"或"多民族文学"理论性质的思考最早可追溯于1961年中国科学院文学研究所举行的"少数民族文学史编写工作讨论会"的补充说明。1961年大会提出以"民族成分""语言""题材"为界定民族作品

---

① 梁庭望:《中国诗歌通史·少数民族卷》,人民文学出版社2012年版,第683页。
② [英]安东尼·史密斯:《民族主义:理论、意识形态、历史》,叶江译,上海人民出版社2011年版,第13页。

与民族创作三项要素①（除"民族成分"，主要指民族身份，与会者基本认同外，"语言""题材"两项并不作必备要求）的同时，对其他民族作品，特别是汉族作家、诗人的作品在少数民族地区流传的情况也作了相应的补充说明，即"汉族作品在少数民族地区流传，经过民间艺人整理加工或再创作而形成的少数民族的文学时……这样的作品也应该写入少数民族文学史中"。②并且在同年的《中国各少数民族文学史和文学概况编写出版计划（草案）》中对无法考证作者的民族作品（作者有可能为汉族），"以在本民族中流传并有本民族文学特色"③为依据。这种把汉族作家、诗人或是作者无法考证的民族题材作品归入民族文学史，应是民族文学或是民族诗歌中具有"多民族文学"理论视野思考意味的初次显现。

1961年"少数民族文学史编写工作讨论会"的"民族文学"性质界定与隐含"多民族文学"理论视野的补充说明，为民族文学、民族诗歌的整理、编撰及创作起到了某种方向性、先见性的影响。在80年代，玛拉沁夫在《中国新文艺大系（1976—1982）·少数民族文学集》导言中重申"民族成分""语言""题材"是界定"民族文学"性质的三项基本要素时，也指出这三项要素不要求都符合或并列，即"以作者的少数民族族属作为前提，再加上民族生活内容和民族语言文字这二者或是这二者之一"④，民族作品即成立。这种界定实际上是20世纪70年代末80年代初"中国少数民族文学"理论视野的"内容决定论""形式决定论"的反应，即以民族作品的题材、体裁、语言为界定标准。很明显，玛拉沁夫意识到

---

① 中国社会科学院少数民族文学研究所编印：《中国少数民族文学史编写参考资料》，1984年，第103页。

② 同上。

③ 同上书，第8页。

④ 中国作家协会编：《新中国成立60周年少数民族文学作品选：理论评论卷1》，作家出版社2009年版，第39—40页。

在具体的创作过程中，汉族作家、诗人在民族地区进行民族题材创作及汉族作家、诗人与少数民族作家、诗人合作完成作品是无法忽略的情况，对此类作品的民族归属也需认真勘定。因此，玛拉沁夫基本认同1961年"少数民族文学史编写工作讨论会"界定标准的同时，为民族文学或是民族诗歌中"多民族文学"理论视野增加了汉族作家、诗人的民族地域、历史、文化等方面作出意蕴说明。

至20世纪末，根据中华民族几千年分而未裂、融而未合的历史特征，费孝通提出中华民族是一个"经过接触、混杂、联结和融合，同时也有分裂和消亡，形成一个你来我去、我来你去，我中有你、你中有我，而又各具个性的多元统一体"①，即"中华民族多元一体格局"观点。以费孝通"中华民族多元一体格局"的世纪观点为基础，2004年，中国社会科学院《民族文学研究》编辑部发起并举办全国性的"多民族文学发展论坛"，正式提出"多民族文学"理论，"以'多民族'取代'少数民族'，有意纳入宏观的全球视野"。②"多民族文学发展论坛"创办十余年来，邀请汉族与少数民族作家、诗人、批评家围绕"民族作家身份认同问题"（2005）、"中华民族多民族史观"（2006）、"'多民族文学'与'少数民族文学'概念"（2007）等命题进行多维度的论证。在"中华民族多元一体格局"观点下，"多民族文学发展论坛"的创办与邀请汉族作家、诗人参与相关问题的讨论，这种不单一局限于"民族身份"认知的"多民族文学"探索与实践，很大程度上也是在对汉族作家、诗人的民族题材创作合理性的宏观肯定。21世纪以来，"多民族文学"理论视野虽然倾向于以民族的族属、地域、历史、文化等现代意蕴为民族创作与作品的界定标准，但对民族文学当中汉族作家、

---

① 费孝通等：《中华民族多元一体格局》，中央民族学院出版社1989年版，第1页。
② 汤晓青主编：《全球语境与本土话语：中国多民族文学论坛十年精选集》，社会科学文献出版社2014年版，"序"第2页。

诗人进行民族题材创作这一特殊现象，可以说是基本上认同将汉族作家、诗人的民族题材创作纳入民族文学之中加以客观审视与肯定。这种"多民族文学"的时代理论视野，为审视当代民族诗歌当中包括汉族诗人在内的"多民族"诗人的"民族书写"这一特殊的现象提供更为充足的学理依据。

"多民族，是指它的民族与地区的广泛性和生活题材、语言文字以及表现于作品中的民族心理素质的多样性。"[①] 从民族诗歌百年创作的实际情况来看，汉族诗人在民族地域所进行的民族题材创作是民族诗歌创作与民族诗歌作品构成的重要形式与内容。所以在"多民族文学"理论视野下，虽然汉族诗人没有民族身份的"标签"及民族诗人特定的心理结构，但他们表现"中华民族"与55个少数民族共同的意愿、历史、文化等维度的民族题材创作无疑也应归入了民族诗歌之列。因而，参考传统的"民族成分""语言""题材"三要素，以及现代意义上的民族创作意蕴与民族诗歌当中汉语诗人的创作情况，"多民族文学"理论视野下民族诗歌创作发生了两大变化：其一是其界定标准"民族成分""语言""题材"三要素"一重两轻"的衡量体系被打破。"民族成分"似乎不再单一地深陷于"民族身份"尺度，现代意义上民族诗歌转向以"民族意蕴成分"为界定参照，即以民族地域持久的意愿认同，共同的历史、文化及民族精神等为参照。其二是民族诗歌的创作形式普遍为不同民族题材的"非母语写作"，"多民族"诗人的民族创作都以汉语与汉字为主。除了微妙的心理与精神差异外，汉族诗人与55个少数民族诗人在民族地域与民族题材的创作动机、目的、意义趋于一致。汉族诗人与55个少数民族诗人的民族题材创作，就内容与书写能力及作品水准等方面来看，其间的差异已是非常小。

[①] 中国作家协会编：《新中国成立60周年少数民族文学作品选：理论评论卷1》，作家出版社2009年版，第34页。

综上所述,"民族文学"概念,由20世纪50年代的"兄弟民族文学""少数民族文学"(茅盾语)逐渐向21世纪的"多民族文学"转变,并最终演变成如今的"多民族文学"理论视野。在这一变化过程中,我们看到,百年新诗中的民族书写,特别是20世纪初至50年代的"多民族"诗人的"中华民族"创作,为中国"多民族文学"理论视野的形成提供了更为深远而厚实的历史依据。同时,在21世纪"多民族文学"理论视野成为学术界重要共识的时代语境下,"多民族文学"理论视野不仅遵循民族文学的定界传统,而且以一种各民族平等的意识,把汉族作家、诗人在民族地域、历史、文化等维度的民族创作归入民族文学、民族诗歌范畴,对重新梳理与阐释百年新诗中的"多民族"诗人的民族诗歌创作有重要意义。

第二节 "多民族文化"理论视野下民族诗歌的百年创作

整体上看,"中华民族多元一体格局"是一种"多民族文化"史观。在"多民族文化"理论视野下,百年新诗"多民族"诗人的民族诗歌创作,除了20世纪初至中华人民共和国成立时期较少差异的"中华民族"创作阶段,20世纪50年代以来主要以55个少数民族地域、历史、文化等方面的民族书写建构起了民族诗歌的诞生与现代转型,并创造出各民族地域内丰富而复杂的民族诗歌流派与现象。可以说,21世纪的中国"多民族文化"理论视野的意蕴与表现领域,让"多民族"诗人的百年民族诗歌创作,表现出了应有的诗体、时代价值。

第一,"多民族文化"理论视野下"多民族"诗人的"中华民族"创作。在新中国成立前,中国处于半殖民的社会状态,在"五四"新文化运动民主、科学等先进思想影响下,"中华民族"成为人们共同想象与认同。"家国不幸诗家幸","在国破家亡的痛苦年代,诗人……与受难的人民同命运,与滴血的祖国共存亡"。① 因而,在20世纪初到中华人民共和国成立前不到五十年时间里,闻一多、李金发、艾青等一大批汉族诗人创作了大量的"中华民族"诗歌。这种"中华民族"主体的创作即是费孝通先生"中华民族多元一体格局"中所说的"中华民族在近百年和西方列强的对抗中成为自觉的民族实体"② 史观显现。如闻一多先生在《发现》中写道:"我来了,我喊一声,迸着血泪,/'这不是我的中华,不对,不对!'/我来了,因为我听见你叫我;/鞭着时间的罡风,擎一把火,/我来了,不知道是一场空喜"。③ 在诗中,诗人闻一多的"发现"是一种"中华民族"意识觉醒的象征。诗人通过呐喊式的情感抒发表达了对苦难祖国的热爱与希望。在"多民族文化"理论视野下,20世纪初到中华人民共和国成立前这种包括汉族诗人在内的(本质上也是以汉族诗人为主)"中华民族"诗歌创作,不仅展现了民族诗歌创作的最初形式,更是建构了"多民族"诗人民族诗歌创作的历史依据。

第二,"多民族文化"理论视野下民族诗歌的现代转型。中华人民共和国成立后,根据中共中央宣传部"全国民间文学工作者大会"要求,即"从1958年起,我国各少数民族聚居的省、市和自治区开始有计划、有步骤地开展本地区少数民族文学调查,编写各个民族的文学史或文学概况"④,蒙古族、藏族、白族、苗族、壮族等55个少数民族开始在各自省市地域内收集与编撰本民族文学史,并着手建构与探索本民族地域内的民族诗歌创作。梁庭望指出:

---

① 刘增杰选释:《抗战诗歌》,河南大学出版社2005年版,"代序"第4页。
② 费孝通等:《中华民族多元一体格局》,中央民族学院出版社1989年版,第29页。
③ 蓝棣之编:《闻一多诗全编》,浙江文艺出版社1996年版,第244页。
④ 中国社会科学院少数民族文学研究所编印:《中国少数民族文学史编写参考资料》,中国社会科学院少数民族文学研究所1984年版,第7页。

"少数民族诗坛在很长的时间里，是由民间诗歌（包括民歌、民间长诗、民间说唱）领衔的，作家诗产生比较晚。"① 在开展"少数民族文学史编写工作"之前，民族地区的民族作家、诗人队伍基本由民间歌手、民间艺术工作者等构成，他们创作的文本属于"韵体文学"。"由于许多民族没有自己的文字，直到新中国成立前夕，大部分少数民族都还没有作家诗，故而民间诗歌在少数民族韵体文学中占有绝对的优势。"② 相对于20世纪初到新中国成立前的"多民族"诗人的"中华民族"创作，在各民族以歌谣、史诗、叙事诗为主的"韵体文学"占据文学的绝对优势情况下，少数民族诗人根据"民族成分""语言""题材"三项要素开始的现代意义民族诗歌创作，汉族诗人则根据民族地域、历史、文化等方面开展民族诗歌创作（以拥有少数民族身份的诗人为主）。

我们看到，韦其麟（壮族）、吉狄马加（彝族）等民族诗人及汉族诗人开展了围绕民族歌谣、史诗、叙事诗的现代民族诗歌（以民族叙事长诗为主）创作，试图扭转长期以来"韵体文学"领衔民族诗歌创作的局面，以建构民族诗歌的现代转型。如中华人民共和国成立以前，在广西诗坛中"勒脚歌"与"排歌体"形式的"韵体文学"写作是广西诗歌创作的主要特征。"勒脚歌"结构为"首节定基调的歌，其结构比较复杂，有特殊的反复规律：其最基础的是每首八行，七、八行复沓一、二行，十一、十二行复沓三、四行，经过反复，形成三节十二行"③，流传于广西红水河下游各地域。"排歌体"讲究"在两章之间用'讲到这里先歇息，再说凤娇难临身'两行隔开，第二行点明下章内容"④，

---

① 梁庭望：《中国诗歌通史·少数民族卷》，人民文学出版社2012年版，第5页。
② 同上。
③ 同上书，第7页。
④ 同上书，第8页。

主要流传于广西右江地区。可见,在中华人民共和国成立前,一个显著的事实是:"勒脚歌"与"排歌体"作为广西诗歌创作的最基本结构被使用。然而,在20世纪50年代至60年代,壮族诗人韦其麟综合"勒脚歌""排歌体"及新诗的自由形式与技巧的现代民族诗歌创作扭转了"韵体文学"主导广西诗坛的局面。韦其麟在其具有全国影响力的长诗《百鸟衣》中写道:"像天上的云一样,/古卡到处游。像塘里的藻一样,/古卡到处飘。//没有人踏过的山顶,/古卡爬上去了。/没有人穿过的山麓/古卡穿过去了。//没有人饮过的山水,古卡饮过了。/没有人尝过的野果,/古卡吃过了。"① 可以看到,这一时期韦其麟的民族诗歌创作尽管部分遵循"勒脚歌"与"排歌体"的隔行与复沓规则,但这些规则已被新诗创作的比喻、排比等修辞技巧所打破,"韵体文学"式的民间诗歌已经开始朝现代的民族诗歌转变。至60年代末,韦其麟与其他广西诗人一起,以一大批现代诗歌作品完成了广西民族诗歌的现代转型。中华人民共和国成立后,藏族、彝族、苗族等多个民族中也有类似的"韵体文学"领衔诗歌创作情况,他们的现代转型大致经历过类似壮族民族诗歌的过程。

第三,"多民族文化"理论视野下民族诗歌的"多民族"深化。在80年代中期"文学有'根',文学之'根'应深植于民族传统文化的土壤里"②的"寻根文学"思潮影响下,"多民族"作家、诗人围绕民族地域、历史、文化等方面,开始集体式的"民族"探索与实践,以求在民族的传统、历史、文化中找到文学永恒价值与可能。可以说,"多民族"作家、诗人这种集体式的"民族寻根"一方面是在进行中国文学的"多民族"深化探索,另一方面则为21世纪"多民

---

① 韦其麟:《广西当代少数民族作家丛书:韦其麟卷》,漓江出版社2001年版,第40页。

② 韩少功:《文学的"根"》,《作家》1985年第4期。

族文学"理论视野的提出提供了一场浩浩荡荡的在场性实践。在广西现代诗歌方面,提出与韩少功"寻根文学"相似理念的杨克(汉族)可视为民族诗歌的"多民族"深化探索与实践的代表人物。在面向壮族"花山"的"百越境界"的寻根理念下,杨克完成了《走向花山》组诗。"欧嗨嗨——/我是血的礼赞,我是火的膜拜/从野猪凶狠的獠牙上来/从雉鸡发抖的羽翎上来/从神秘的图腾和饰佩的兽骨上来……血哟,火哟/狞厉的美哟/我们举剑而来,击鼓而来,鸣金而来/——尼罗!"① 杨克这种强调民族符号、民族意象移用,注重想象、意境创造,以民族地域、历史、文化等为诗歌表现内容的民族诗歌创作,反映了80年代以来民族诗歌的"多民族"书写趋势和"多民族文学"理论视野的建构可能。

综上所述,百年新诗中,不管是20世纪初到中华人民共和国成立前"多民族"诗人(以汉语诗人为主)的"中华民族"创作,还是20世纪50年代以来"多民族"诗人(以少数民族诗人为主)围绕民族地域、历史、文化等方面的民族诗歌创作,本质上体现了在当下"多民族文化"理论视野下,"多民族"诗人百年的民族诗歌创作历史。"'多民族'是在对中华民族认同的前提下,从整体性的高度,客观历史地看待中国文学整体中多民族构成属性"②,这种在"多民族文化"理论视野下民族诗歌的百年创作,不仅是建构起了民族诗歌的"多民族"意义与价值,而且对完善与深化"多民族文化"、"多民族文学"整体地审视与观照理论视野有重要印证作用。

---

① 杨克:《杨克的诗》,人民文学出版社2015年版,第163页。
② 汤晓青主编:《全球语境与本土话语:中国多民族文学论坛十年精选集》,社会科学文献出版社2014年版,第21页。

第三节　当下"民族诗歌"的"多民族文化"话语可能

历史已证明,对作家、诗人来说,具有创造性的"民族"既是一种稳定的心理结构与价值取向,又是一种永续的创造力,具有无限的书写可能,甚至可以说"少数民族文化与精神资源也成为主流文学的重要创作来源"。① 在如今的"多民族文化"理论视野下,"多民族"作家、诗人围绕"中华民族"与55个少数民族共同的意愿、传统、文化及精神等意蕴开展了不同程度的民族书写。这种民族视角的写作为主流文学重要创作来源为"多民族文学"创造了丰富的可能。对现代诗歌而言,现代意义上的民族诗歌创作不仅只是简单地观照某个民族在其历史过程中形成的共同意愿、价值与精神等意蕴,而是将"民族"观照作为一种创作理念与抱负,以寻求民族诗歌与新诗及时代的多种可能。当下,"多民族"诗人趋于成熟的民族诗歌创作,作为一种新诗创作体裁实践,其写作的意蕴、特征展现出民族诗歌体裁与现代诗歌共同的发展可能。

第一,"多民族"诗人多以否定性情感表现现代民族书写的深度与激情。

比尔·阿希克洛夫特、格瑞斯·格里菲斯、海伦·蒂芬在《逆写帝国:后殖民文学的理论与实践》中指出:"当今世界上超过四分之三的人口及其生活是由殖民经历所塑造的"。② 这种殖民、苦难

---

① 汤晓青主编:《全球语境与本土话语:中国多民族文学论坛十年精选集》,社会科学文献出版社2014年版,"序"第1页。
② [澳大利亚]比尔·阿希克洛夫特、格瑞斯·格里菲斯、海伦·蒂芬:《逆写帝国:后殖民文学的理论与实践》,任一鸣译,北京大学出版社2014年版,第1页。

的经历对人的影响是深刻的,虽然这种影响不太被人意识到。一个显然的事实是,中华民族分分合合的历史及近代以来半殖民的苦难记忆必然直接影响"多民族"诗人的情感表达,并形成了无数的具有否定、讽刺、批判情感与意识的民族诗歌作品。中国55个少数民族历史中形成的民族史诗、叙事长诗等"韵体文学"《格萨尔王传》(藏族)、《玛纳斯》(柯尔克孜族)、《江格尔》(蒙古族)、《阿诗玛》(彝族)、《马骨胡之歌》(壮族)等作品,以及前文所提到的闻一多《发现》中的诗句"'这不是我的中华,不对,不对!'"可以形象地说明这种影响。我们作为一个优秀的21世纪诗人,如切斯瓦夫·米沃什所言,"意味着要接受各种悲观主义、讽刺、苦涩、怀疑的训练"。① 以揭露民族苦难、讽刺侵略、赞扬抗争与牺牲等为意蕴的民族诗歌创作传统与情感,无疑为现代诗人建构起了久远的否定、讽刺、批判等深度的思维。所以,在"多民族文化"的理论视野下,"多民族"诗人重拾民族诗歌当中这种"否定情感式"的认知与思维,很大程度上能够建构起一种现代的民族书写的深度与激情。

第二,"多民族"诗人以非母语写作创造合宜的民族精神表达。

传统的民族创作强调母语的运用,然而由于现代汉语的普及,"多民族"诗人群体主要以普通话作为交往用语,以现代汉字为书写用字,纯母语写作或母语与汉语的"双语写作"比重非常有限。所以当下"多民族"诗人的民族创作明显的特征是一种非母语写作。很明显,"多民族"诗人这种双语(母语与汉语)或多语相结合的非母语写作不仅提升了民族诗人的书写能力,同时也引发了相应的写作焦虑,但综合地看,民族诗歌的非母语写作应是利大于

---

① [波兰]切斯瓦夫·米沃什:《诗的见证》,黄灿然译,广西师范大学出版社2011年版,第19页。

弊。正如藏族诗人、作家阿来所言："我是一个藏族人，又用汉语写作"①，"正是在两种语言间的不断穿行，培养了我最初的文学敏感，使我成为一个用汉语写作的藏族作家。"② 可以说，朝向母语精神的民族诗歌及"多民族"诗人群体，他们是乐于包容与接受非母语写作的。一方面是因为非母语写作的思维、技巧、规则让民族诗人更容易驾驭民族诗歌，拓宽民族诗歌相对新诗有限的表现领域。同时，如阿来所言，另一方面非母语写作能够深化写作者的创作初心，培育他们写作的冲动与使命。

"多民族"诗人群体的非母语写作问题，本质上是群体自发地对民族语言、意蕴等内容与新诗创作关系的一种"合时宜的思考"。诗作为一种语言的艺术，"多民族"诗人的非母语写作实际上是以多种的语言形式创造合宜的母语精神与民族意蕴表达。"当一个民族从自身内在的自由之中成功地构建起语言时，就意味着它迈出并完成了关键的一步，即获得了某种新的、更高层次的东西；而当一个民族在诗歌创作和哲学冥想的道路上取得了类似的成就时，便会反过来对语言产生影响。"③ 弱化的母语并非真正消退，而像"涓流入海"，沉潜为每个人生命意识中"某种新的、更高层次的东西"。随着民族诗歌表现力、书写能力的提升，在"多民族"诗人群体的非母语写作"实际"中，我们明显可以感觉到，民族的母语、民族的意蕴，俨然作为一种更高、更新的精神出现在民族当中。在"多民族文化"理论视野下，"多民族"诗人的非母语写作作为民族诗歌创作的时代特征与主导特性，不仅不是对民族母语精神与民族意蕴的背弃，相反是一种发自每个诗人的真心呵护，借助非母语写作

---

① 阿来、姜广平：《"我的一个藏族人，用汉语写作"》，《西湖》2011 年第 6 期。
② 吴怀尧：《阿来：文学即宗教》，《延安文学》2009 年第 3 期。
③ [德] 威廉·冯·洪堡特：《论人类语言结构的差异及其对人类精神发展的影响》，姚小平译，商务印书馆 2010 年版，第 52 页。

的表达深度与厚度,沉潜的母语精神与民族意蕴将表达得更为恰当与合宜。

第三,"多民族"诗人创造"民族共同体"的符号诗学。

人是符号的动物(卡西尔语),民族是由多人的社群创造的"符号共同体"。"民族共同体"的形成是一个"符号化"的过程,民族诗歌作为"民族共同体"最亲近与最重要的载体,以符号的形式记录、保存了民族在历史上形成的文化与传统。福柯指出:"古代的遗产,类似大自然本身,是一个宽广的阐释空间;在这两个情形中,都必须记下符号并使它们逐渐开口说话。"① 符号是一个有意义、有价值,具有叙事特征的符号。民族的"符合共同体"是人所居社群的精神家园、心灵的家园,民族书写就是借助符号让"符号共同体""开口说话",以实现对民族的想象与阐释。"符号不仅是意义传播的方式,更是意义产生的途径。"② "多民族"诗人的民族诗歌创作本质上是一种符号叙事,即以人的最高意愿、激情开展的民族书写,其目的不是简单地让人归属与认同民族的"符号共同体",而是要完成对"符号共同体"的现代审视与诗性认知。在这一过程中,承载与诉说民族历史、文化、精神的符号,它们所具有的历史内涵被体认、提取与再度阐释,并被"多民族"诗人的时代意识、生命意识加以重构、生成意义。显然,民族"符号共同体"的"符号化"过程与"解符号化"过程能够说明传统与现代的两个不同阶段的民族诗歌创作,前者以历史中的史诗、叙事长诗等形式进行与达成,后者以"多民族"诗人创作的现代意义上的民族诗歌的方式进行与达成。在"多民族文化"理论视野下,两者并无本质的差异。

---

① [法]米歇尔·福柯:《词与物:人文学科的考古学》,莫伟民译,上海三联书店2016年版,第36页。

② 赵毅衡:《哲学符号学:意义世界的形成》,四川大学出版社2017年版,第62页。

第四，百年"新诗"背景下现代诗歌艺术的本体建构。

近年来，在"新诗"百年的背景下，国内各界进行了多维度的"百年新诗"探讨与观照，以求实现对新诗艺术的总结与创新。然而在互联网与新媒体的影响下，在"诗人"与"诗歌"数量庞杂的时代情况下，"百年新诗"的最大问题仿佛是"诗"与"非诗"问题。"一个时代，诗的词汇由那个时代诗人所使用的说话方式组成。"[①] 当今时代，由于网络写作、垃圾写作、下半身写作的"非诗人"与"非诗写作"使用的非诗语言所传递出的非诗情感、观念，及所引起的"非诗"潮流，它们对诗歌而言是一种巨大的"伤害"。所以，在新诗百年之时需要对新诗艺术进行一种本体的观照与认知。在"多民族文化"理论视野下，新诗艺术的本体创新最有可能在书写严肃、意蕴厚重的民族诗歌中找到。因为相对于新诗艺术的其他类型与实践，"多民族"诗人书写对象、内容、形式、意蕴等丰富、深刻的民族诗歌，是新诗艺术进行本体创新的最佳"母体"。"以表层而言，构成诗歌的元素和母题，多来自森林、草原、瀚海、绿洲、高原、喀斯特山海、山谷、稻田的民族生活。但表现在诗歌中最深层的民族文化心理是民族情结，类似荣格的集体无意识。"[②] "多民族"诗人基于民族这一想象的共同体，以共同的意愿，共同的情结、激情开展新诗的民族审美，能够唤起潜藏于个体当中的生命尊严与严肃，并让他们以一种稳定而本质的语言观与生命意识进行真诗的写作，从而生成新诗艺术的本体创新。

"心有所属"的朴实愿望对诗人而言，就是让心灵与写作能够安放于一"地"。民族既是诗人某个真正地域，又是他们的精神家园。"栖居"民族地域，观照民族的精神与内涵，对诗人来说是一

---

① [美]苏珊·朗格：《情感与形式》，刘大基、傅志强、周发祥译，中国社会科学出版社1986年版，第324页。

② 梁庭望：《中国诗歌通史·少数民族卷》，人民文学出版社2012年版，第9页。

种灵与肉的"回家"与升华。民族的"家"滋养诗人的灵与肉，使诗人平静，有担当，更给诗人们无限的可能。民族深远的传统，稳定的心理结构及丰富的审美意蕴，既是民族诗人忠于本民族母语精神、民族意蕴本意的创作方法，又是"多民族"诗人拓宽个体创作维度，进行深度、普世写作的可能形式。新诗所探求的创新与发展，有望在此完成。

显然，"多民族文化"理论视野所具有的价值与意义越来越被重视，作为"多民族文化"重要构成与表现内容的民族诗歌，对勘探"多民族文化"的价值，展现"多民族文化"理论视野的时代地位，意义不言而喻。最能代表"多民族文化"理论视野本体意蕴的民族诗歌的形成与发展经历了一个复杂的时间过程，其间汉族诗人在民族地区的民族创作归属民族诗歌、少数民族诗人书写能力的提升不仅是民族诗歌百年发展的显著特征，而且为"多民族文化"和"多民族文学"理论的形成与发展提供了有力的史实支撑。如今，随着"多民族"诗人民族创作群体的壮大，书写能力的提升，这种时代趋势共同推助了民族诗歌与汉语新诗的创作。

第二章

21世纪广西诗歌的女性书写与语言自觉

20世纪80年代中期以来，诗歌界掀起了一股"女性诗歌"浪潮。以翟永明、唐亚平、伊蕾等为代表的"第三代"女性诗人突破"朦胧诗"的性别朦胧，通过"黑夜"意象唤醒女性意识。她们以对女性身份、女性生理与心理层面的书写对抗男权制下的传统话语模式，建构起新的女性诗歌话语。90年代以来的女性诗歌开始将目光从女性身体方面转移到对语言本体的关注，并力图实现女性意识与生命意义在诗中的融合。广西女性诗歌作为中国诗歌版图的组成部分，21世纪以来的广西女性诗人群体自觉或不自觉地受20世纪80年代以来的女性书写影响，她们在此基础上发展与创新，建构起女性诗歌中更具个体与地域经验的话语模式。

一般而言，女性书写特征包含两个层面：一是女性心理、情感等方面；二是关于女性身体的书写，它们从不同角度反映着女性作为社会与写作群体的独特性。大体而言21世纪广西女性诗人的诗中表现出对女性心理、内在情感及其个体身份的关注，性别对抗的色彩在她们的诗中并非最显著的存在。除此以外，部分女诗人倾向于一种超性别化的"大我"写作，她们以敏锐的目光审视周边的大小环境，以碎片化经验构建自我生命与时空中的完整话语。这种话语背后体现的是女性诗人作为一个写作主体,她们由女性意识的觉醒到语言自觉的转变过程,这是一种超越传统文化意识与诗语回归的艺术话语模式。

第一节 在沉潜中出场

从历史角度来看广西女性诗歌传统及其整体地位相对薄弱,但21世纪以来女性诗人们的创作成绩为她们开掘了一条相对理想的诗歌创作之路。广西女性诗人在中国当代女性诗歌背景下进行模仿与创作,由对女性个体情感与经验的触摸到性别话语的超越及语言的自觉,整体上呈现出一种语言意识逐渐明朗的趋势。

第一,广西女性诗歌版图。21世纪广西女性诗歌以70年代和80年代出生的诗人为创作主体,其中又以70年代出生的女性诗人为主,"80后"女性诗人作为后起之秀也自觉担当着书写的重任,丰富着女性诗歌在当代广西诗坛的内涵。"70后"女诗人以许雪萍、琬琦、唐女、黄芳、林虹、吕小春秋、蓝敏妮、羽微微等为代表,"80后"女诗人包括陆辉艳、铂斯、罗小凤、卢悦宁、程文凤等人。

在21世纪之前,从诗人、诗歌的数量到女性诗人整体的关注度上看,广西女性诗歌处于一种边缘化的书写状态之中。首先,作为中国女性诗歌中的一部分,其诗歌声音显得相对微弱,诗歌语言的地域特征不够明显、诗人个性不够突出,与广西诗歌边缘化地位相对应的是广西女性诗人在诗坛上不显著的地位。其次,相对于男性诗人而言,女性诗人从数量上看显得微乎其微,她们的诗歌整体影响在广西诗坛也是相对有限。最后,从广西文学的整体印象而言,许多女性诗人对诗歌本身表现出怀疑与不自信的姿态,一些最初进行诗歌创作的女性诗人或是丢弃诗歌的"笔"不再从事文学创作，或是转战小说或散文，使得女性诗歌显得相对薄弱。近年发表的与广西女性文学相关的文章，基本上是探讨女性小说与散文的状况，对广西女性诗人的关注相当有限。

21世纪以来随着黄芳、陆辉艳等诗人开始亮相中国诗坛，并在《诗刊》《诗选刊》《诗探索》等重要刊物上陆续发表诗作，或以"青春诗会"参与者或"华文青年诗人奖"等形象占据诗坛的一席之地，广西女性诗人群体整体上变现出崛起的时代特征。例如，《诗探索》2017年第4辑理论卷为陆辉艳设置专栏"结识一位诗人"，表现出陆辉艳作为广西女性诗人的代表之一，不断得到诗坛的关注。许雪萍等许多女性诗人在诗歌活动中显得相对沉默，但从身份角度看却并未丢弃诗歌本身，而是在沉潜中创新着自我书写与诗歌语言技巧。她们的相对崛起给广西女性诗歌增添了几分亮色，也成为后来者学习的对象，这些都成为广西女性诗歌未来发展的铺垫。21世纪以来出现的一些诗歌批评，就对广西部分女诗人，如黄芳、许雪萍、陆辉艳、林虹等作不同层面的分析，肯定这些女性诗人个体或群体在新世纪广西诗坛、广西文坛及中国诗坛当中的影响与意义。

第二，广西女性诗歌的创作特征。广西女性诗歌作为中国女性诗歌整体版图的组成部分，自有其鲜明的特色。她们或是从女性身份视角，描写女性作各种社会角色的生活体验与微妙的心理过程；或是通过对人与自然关系的书写以及日常经验的叙事与关注，表达她们对生命、情感及其状态的诗意、深层意义上的体认。

大体而言，21世纪广西女性诗歌呈现为三种写作形态：

其一，对女性情感的体认与反思。作为女性本身，女性诗人她们由于在心理情感、气质上不同于男性诗人，其诗歌形态自然流露出对女性自然、生活、生命的幽微情思，是一种女性情感式的写作。如黄芳是广西女性诗歌中的代表之一，她的诗透露出其作为女性本身特有的细腻与敏感特质。许雪萍的诗多从自然题材出发，将生命的感性经验浸入到人与自然的融合当中，生命的幽微体验通过山河、花草及树木在文字中的一一对应得到展示。蓝敏妮的诗通过女性对色彩的敏感体验，展现出她独特的语言禀赋。80年代出生的女诗人卢悦宁将目光放在生活细微的状态与转变当中，通过自白与日记式的书写展示青春的疼痛与女性微妙的情感。

其二，探求女性自我意识。这一形态是对女性身份与意识的自觉反映，它表现出来的是对传统文化语境中女性作为"他者"形态及其地位的关注，是一种更富于个性的女性书写。陆辉艳是广西80年代出生的女性诗人当中的佼佼者，"城市生活与现代社会的日益融合，磨炼出诗人独特的敏锐性与卑微感"[①]，她在《辅助》《环》《妇科病房》《造型师》等诗中不惧直观展示女性身体，在客观、从容的叙述中反映出女性内心对社会、文化微观强权的愤慨，表达她对女性受压抑的生命状态的悲悯与同情。

其三，超性别化书写。女性诗人将语言的笔深入到时间当中，以敏锐的眼光和澄澈之心表达人性的关怀，她们的诗歌不具有明显的性别色彩，取而代之的是对生命细致而深刻地审视，是一种更具诗歌语言本体特征的超性别化书写。这种写作形态是20世纪90年代以来女性诗人们追求的写作方式，在21世纪广西女性诗人的诗歌中逐渐呈现出一种发展的趋势。以陆辉艳为代表的女性诗人，她们大部分的诗歌从对日常生活经验的叙事出发，展现出女性诗人超性别眼光下的现代生活及其矛盾冲突与生命的痛感。唐女、铂斯和吕小春秋等诗人善于运用创造式的语言游戏，展示社会、人性当中的悖谬感。黄芳、许雪萍、琬琦、林虹等诗人近年的诗歌当中也自觉

---

① 董迎春、吕旭阳：《根扎南方的诗性叙事——陆辉艳诗歌浅论》，《南方文坛》2017年第1期。

地反映出对情感的克制与对诗歌语言本体的追求。

显然，广西女性诗歌的三种写作形态呈现为一种由女性经验过渡到超性别书写的话语模式，这是女性诗人们在挖掘女性意识、女性经验的同时对诗歌语言的探索，表征着广西女性诗歌话语模式的嬗变特征。由女性书写到超性别化的"大我"写作，女性诗人们逐渐站在人类"大我"的角度对世界进行审视，摆脱了性别模式二元对立的狭隘性，走向诗人对语言、对世界、对整个生命的观照。

第二节 性别书写与语言经验的呈现

20世纪初奥地利诗人里尔克提出了"诗是经验"[①]的命题，他认为诗歌不是一般人所说的感情，而是一种经验。无独有偶，英国诗人、批评家艾略特和瑞恰慈也都赞同"经验"作为诗歌创作基础的重要性。20世纪40年代和90年代"经验"作为一种诗学理念，在中国诗歌领域产生过重要影响。"九叶"派诗人袁可嘉就曾认为"诗是经验的传达而非单纯的热情的宣泄"，[②]并把"经验"奉为现代主义诗学的核心范畴与本质内涵。21世纪广西女性诗人将个体经验灌注在诗歌语言当中，从情感、情绪的宣泄到女性经验与诗歌经验的呈现，整体上表现出女性诗人性别意识逐渐觉醒、话语表达逐渐成熟的趋势。

第一，女性经验：自我身份的确认。女性诗歌通过对女性身体特征及经验的书写，挖掘不同于男性诗歌话语模式下的女性意识，并由此提升为诗歌的经验，表现女性诗人由个人经验向女性整体经

---

① ［奥］莱内·马利亚·里尔克：《给青年诗人的信》，冯至译，云南人民出版社2016年版，第105页。

② 袁可嘉：《论新诗现代化》，生活·读书·新知三联书店1988年版，第47页。

验提升的过程,实现以书写女性自己的语言。从广西女性诗歌专注女性情感的反思、探求女性自我意识以及超性别化的"大我"写作三种形态上看,女性经验的呈现体现在第一、第二种写作形态上,即诗人在诗中体现的女性气质特点以及对女性自我身份与女性意识的关注。

一方面,展现女性的情感与体验。黄芳、许雪萍、卢悦宁等广西女性诗人,从不同侧面反映着女性作为独特的个体及其话语表达的不同气质。黄芳的文字细腻、柔软,但在《仿佛疼痛》这一首诗中,她通过对英国现代诗人菲利普·拉金情感的体察中,展现出女性内心对婚姻及生存欲望的思考,语言细腻而带着些许尖锐与疼痛。许雪萍以女性特有的细腻体察着大自然,将孤独、痛苦与世俗的沉重通过与自然的沟通而化解。如同《痛苦》中所说的:"穿过它们,我获得安宁的力量"。在许雪萍的诗中,孤独是与自然一一对应的情感:"在两棵榆树的浓荫下,有不可知的/孤独在生长/它们是艾叶,是苇草,是打开翅膀后/不想去飞的蝴蝶蓝"。(《沉浸》)在自然面前,"我"渴望"接受榛子树诚挚的邀请/摆脱沉重的自我,进入野蜂的/世界、蚂蚁的世界/榛子树的世界"(《坐在榛子树上》);"渴望变成风筝,变成/云朵,变成另一个/轻盈的,虚无的/甚至终于和灵魂——/一起脱轨"。(《失神》)显然,许雪萍通过对自然的体认与超验性的书写,体现其女性心理上极为幽微的情感,表现自然与人的关系,思考生命的意义与内涵。

与黄芳、许雪萍不同,"80后"女诗人卢悦宁近年开始踏足诗坛,她以自白、日记式的书写方式,展现女子青春的孤独与苦闷。"从下午开始,/简单而普通的下午,/一切都消失了。/消失变成了一种状态。……消失/已经不是瞬间,而是旷日持久的/内核"。(《消失是一种状态》)生活的琐碎使得诗人渴望从生活消失,让一切消失变成持久的状态,这是一种理想化的书写。她感受着生活并从自身出发衍生出内心情感的"洁癖"。

另一方面，挖掘女性身体的本体意蕴。舒斯特曼认为："身体也是所有语言和意义的基础。"① 21世纪以来的广西女性诗歌的身体审视对应着20世纪80年代中国诗歌中的女性身体书写，她们通过对女性身体的关注，挖掘女性意识，将女性经验提升为诗的经验。陆辉艳的部分诗作，如《辅助》《环》《妇科病房》《造型师》等便是从身体出发的诗语表现。

在意大利/某个城市的房间里/性辅助师，正在给/肌肉萎缩症患者，舒缓压力/两个裸体女人/面对面地，躺在床上/她教她抚摸/亲吻，按压/又轻又缓地弹……然后是/无边的交谈。（《辅助》）

"性"作为长久以来沉默的话题，在传统语言中是女性决不能公开谈论的对象。"对于性，人们一般都保持缄默，惟独有生育力的合法夫妇才是立法者。"② 这种现象背后体现的是女性受压抑的实质。在《辅助》这首诗中，陆辉艳客观、从容的叙事，将意大利某房间里的性辅助过程一一道来，这种对身体的直接展示因具有生命的关怀而不显得过分暴露，取而代之的是一种对生命个体的悲悯之情。"又轻又缓的弹……然后是/无边的交谈"，"弹"和"谈"是两个发音相同的动词，在消解传统父权制下的性话语压抑的同时，其语言在人性的意义上实现了同构。在这里，女性的身体不再具有黑夜与深渊的意义，它让"巨大的虚空消失了"，展现在我们面前

---

① ［美］理查德·舒斯特曼：《身体意识与身体美学》，程相占译，商务印书馆2011年版，第76页。

② ［法］米歇尔·福柯：《性经验史》（增订版），佘碧平译，上海人民出版社2002年版，第3页。

是空气的甜与生命"永久的喜悦"。

> 为了避免在众多的婴儿中被混淆/你出生那天/年轻的护士给你/系上标识:一个柔软的手环……在我的无名指上/有一枚普通戒指/银色的,它箍紧我/和另一个人的一生//妇科诊室里,女医生/拿着一个麻花金属环/她把它置入一个人的身体深处……我的奶奶,终身被/一种看不见的环牵制。(《环》)

在《环》这首诗中,陆辉艳巧妙地将四个意义上的"环"——婴孩出生时戴的手环、"我"无名指上的戒指、放在女性身体里的节育环、男权社会语境下压抑女性意识的"环"放在平行的语言结构中,让它们之间的关系一一转变并形成鲜明的对比。由婴孩到"奶奶",正是一个女性一生成长、老去的过程,也是传统妇女命运发展的过程。这四个环的转变预示着女性身体在社会残酷的现实中逐渐被伤害,话语间渗出的是女性内心对男性专权的控诉。

> 我把自己交给她,像一堵毛坯墙那样/任由她粉刷,修补/她剃掉了我的眉毛:"它们看起来/可真够杂乱。"然后,开始在我的脸上/劳作。她喷雾,扑粉,画好眼线。(《造型师》)

著名女诗人郑敏认为:"女性作为独立自我的发展既是女权运动的重要课题,也是女性诗人成为出色的诗人的关键。"[①] 在《造型师》这一首诗中,女诗人陆辉艳以对"我"的解剖,还原女性主动凝视的身份,打破了女性传统中"被看"的命运。这种品质与精神让她成了一个出色的诗人。在 21 世纪以来的广西诗歌中,具有这种

---

① 郑敏:《诗歌与哲学是近邻——结构—解构诗论》,北京大学出版社 1999 年版,第 394 页。

诗歌品质与精神的不止陆辉艳一人，黄芳、许雪萍等女性诗人关于女性自我的挖掘，亦是从不同角度来展示着女性的书写经验，其中包含着女性意识逐渐强烈的情感，她们的创作在女性诗歌上则表征着21世纪广西女性诗人自我身份意识不断凸显的过程。

第二，超性别的"大我"诗写：由身份意识到语言自觉。语言是诗歌存在的本体条件，"女性意识是女性诗歌的存在的本体条件，但是女性诗歌也不能仅仅凭借'女性'这一理由在文学史上占据地位，它还必须依靠与人类普泛精神、宇宙整体意识的沟通来达到一种世界意义的精神深度"。[①] 21世纪广西女性诗歌有着超性别化写作的趋势，这种趋势也在生命和语言本体的意义上推动着广西女性诗歌话语模式的建构。由女性书写向超性别的"大我"诗写的转变，是传统诗学回归与语言内部生长的必然导向。

语言作为诗歌生成的基础，它是诗人寻找诗性的第一道门槛。诗歌的诞生既源于诗人的敏感，也有赖于话语表达与语言创造，以生命、诗歌互通之势搭建语言的桥梁。"一个人的想象力与世界发生关系时，性别是不重要的，重要的是一个诗人真诚的表达。"[②] 女性诗人在其本质上是与男性诗人地位平等的诗人。21世纪广西女性诗人在女性话语之外，也由女性书写自觉地过渡到语言本体书写，沉思生命的意义与价值。

黄芳诗中带着女性特有的细腻与感伤色彩，但从其发展上来看，她的语言逐渐体现出对情绪、情感的控制。同是以"母亲"为题材的诗歌，从2008年的《世上最疼我的那个人去了》到2016年的《母亲》，最初的青涩、感伤蜕变成了一种更具沉思的话语，这种蜕变也从另一面体现着诗歌语言的自觉，发表于2016年以后的《隐喻》《割草的男人》《乌鸦飞过白桦林》便是最好的例证。许雪

---

① 赵树勤：《当代女性诗学的理论建构及其流变》，《文艺研究》2001年第2期。
② 蓝蓝：《她们：超越性别的写作》，《诗探索》2005年第3期。

萍的诗以柔软的文字与时间邂逅,对自然的描写映射出诗人内心对父亲的怀念与崇敬,是对有限生命与辽阔心灵的一种澄明思考。正如她所言:"我们无法回避死亡带来的悲痛或者绝望,而自然中这些葱茏而美好的事物教会我们跨过死亡的屏障。"① 诗歌在自然中没有界限,是语言的隐秘接通着天和地、生与死,帮助诗人抵达了生命与爱,宁静安详的灵魂。

唐女、吕小春秋和铂斯等诗人善于在诗中制造"语言游戏",从表面的悖谬挖掘生命内在的意义与价值。"语言游戏"展示的是一种非逻辑的语言,它以诗的本真与情感的人为基础,在文学中是一种诗意的逻辑,是诗歌语言创造性的体现。以唐女的《花开一次》为例:

桃花开得真好,一朵一朵/不急不忙,都要打开/都要把自己的蜜泄露出来/遇上一场雨,就闭合等一下//是有车的。那个流浪汉/是在没车的时候出的事……不能怪我们的,他们说,这本不归我们管/城里的说,桥下就是归乡下管//司机说,脑袋碾开花了/他怎么就不能睡上面一点呢/车子再怎么倒车,也倒不上去呀/归根结底,是这流浪汉不小心。(《花开一次》)

借桃花开得不急不忙起兴,引出桃花旁的高速公路天桥下流浪汉的交通事故。唐女以桃花开放暗指出事的流浪汉脑袋被"碾开花了"这一事实,通过语言的游戏,制造生命的戏谑感。生命本是件严肃的事,不紧不慢的叙事与死亡本身的紧张感形成鲜明对比,"桃花"在这里被赋予了反词的意义,这种反词被称为诗的"走钢丝"。需要注意的是:"语言游戏不是一种轻率的、恣意妄为的游

---

① 许雪萍:《泥土下面的村庄》,《广西文学》2008年第9期。

戏，它是被征服的偶然，这是一种非常危险的平衡状态。"① 语言游戏与反词在诗中形成了语词与意义之间的半透明状态，这种诗歌语言的艺术从话语层面上又回馈了诗极大的张力。"诗似乎要向人类的痛苦致敬，凭借的是对它冷酷的写实，而不是屈从于某种感伤的、由于诸如此类的痛苦会导致整个世界戏剧性停顿的神话。"② 借由警察、路边司机、乘客、女儿、"我""六奶奶"、一个放学的孩子以及老妇人的对话，道出了死去的流浪汉生命如同草芥的不被尊重与承认的社会现实。但这种"语言游戏"却让这朵凋零的"花"变得让人心惊胆战，引出人对生命的审视与对死亡的战栗，直逼人性的悖论及其背后的荒凉与冷漠。

由对语言的关注凸显生命的关怀，"诗人在他的宇宙梦想的顶峰创造的功绩是构建言语的宇宙"，③ 陆辉艳作为广西"80后"女诗人代表，同时也是广西女性诗歌当中语言特征较为中性的诗人。她不固守女性诗人的身份而是以真正意义上的诗人形象自居，她的诗既有对女性身体、命运的关注，也有从超性别化的层面上体察语言与世界的关系。"现代人面临持久的自我危机：文化的各种表意活动……把自我抛入焦虑之中。"④ 在《在南宁港空寂的码头》《像是花瓣》《手铐》《高处和低处》《大苹果》等诗中，她从生活的小处与"小人物"着眼，探讨生命与时间、死亡以及人性的深度。

> 每天来此等候买鱼的人/去了新的集市。一个搬运工，来自隆安或蒲庙/脸上有沙砾的印迹。他忙着整理行李/脸盆，衣服，吃饭用的锅碗，统统塞进麻袋里。(《在南宁港空寂的码头》)

---

① 钟文：《非逻辑的逻辑——诗意与语言游戏》，《诗探索》2013年第7期。
② [英]特里·伊格尔顿：《如何读诗》，陈太胜译，北京大学出版社2016年版，第7页。
③ [法]加斯东·巴什拉：《梦想的诗学》，刘自强译，生活·读书·新知三联书店2017年版，第244页。
④ 赵毅衡：《符号学原理与推演》，南京大学出版社2011年版，第354页。

《在南宁港空寂的码头》这首诗中暗含着如同搬运工一般的"小人物"的生活与命运,这个旧码头很快弃置不用,但时间的交易还在从容地进行,"时间实际上是世界上一切事物的后记",① 它记录并积累着,却不因生活形式的变换而有所缩减。《在南宁港空寂的码头》这首诗是日常话语下一种客观、沉静的叙事与超性别化的写作,诗人通过对所处城市"南宁"的某一个角落的细致观察,探寻隐藏在生命细节背后与语言幽暗处的秘密,同时也是她地域性经验的展现。

弗里德里希说:"诗人是与其语言独处的。"② 语言作为存在的寓所也是生命的回声,它在诗歌中与存在达成的是一种内在同构的关系。相对于情感的滥用与情绪过分的宣泄,真正独立的诗歌与艺术,需要更为节制、有效的语言。21世纪广西女性诗歌通过对生活的叙事与展现,借助诗歌修辞的运用,不仅探寻语言的自觉与生命内在的逻辑,它同时也体现着女性诗人们对其身份真正意义上的认同。从性别经验的呈现到超性别化的"大我"写作,广西女性诗人们回到人类大我的主题,以更高远的情怀书写人类的生命之诗,这显示着广西女性诗人们话语模式的嬗变以及诗语建构的尝试与体验。

第三节　话语启示与书写可能

21世纪广西女性诗歌在20世纪90年代女性诗潮影响下进行创

---

① [美]约瑟夫·布罗茨基:《小于一》,黄灿然译,浙江文艺出版社2014年版,第214页。

② [德]胡戈·弗里德里希:《现代诗歌的结构:19世纪中期至20世纪中期的抒情诗》,李双志译,译林出版社2010年版,第126页。

作，其发展由女性经验过渡到诗歌语言上的自觉。"女性诗歌，一方面强调女性认同的同时，另一方面又走出'女性'这一'身份'，以'终极关怀'的思想深度与哲理高度，走向了普世性的书写，走向人类'大我'身份的书写。"① 在话语模式上呈现出逐渐清晰的语言意识也表明 21 世纪广西女性诗歌的不断发展与成熟趋势。

第一，建构广西诗坛的女性书写。广西女性诗歌以叙事为主，部分女诗人善于在叙事中制造"语言游戏"，这在很大程度上有利于以悖谬性反词增强话语反思效果，但同时也要警惕语言游戏的力度过猛。诗意的语言游戏从本质上来说离不开对生命的真正体验、哲理反思以及诗人真挚的情感等内容，如若不然，则会走向其对立面——机械性的语言游戏，这也是叙事性诗人们应该警惕之所在。作为女性诗歌一隅的广西女性诗歌在边缘进行创作，同时有着地域性特征。例如，如《坐在榛子树上》一诗中，亚热带气候下的植被给许雪萍的诗增添了几分幽静，而在《湾木腊密码》（组诗）、《消失是一种状态》等诗中，广西的生活与文化又强化了陆辉艳、卢悦宁等诗人语言整体的湿热感。另外，南宁、桂林、梧州等不同城市的符号与象征，也从一定程度上锻造着女性诗人的内在气质，这些都为广西女性诗歌地域性书写经验的建构形成助力。

第二，超越自我的书写视野。21 世纪广西女性诗歌以其话语的特殊性，丰富着广西诗歌的总体面貌。21 世纪广西女性诗歌主要由"70 后"的黄芳、许雪萍、唐女、琬琦、林虹、吕小春秋等以及"80 后"的陆辉艳、铂斯、卢悦宁等诗人组成，其发展整体上展示着女性诗人们由情感与话语的朦胧过渡到女性意识逐渐明朗、诗语特征日益显著与自觉的过程。具体从三个写作形态上看，首先，体现女性角色、情感与气质的诗歌。以黄芳、许雪萍、卢悦宁为代

---

① 董迎春：《身份认同与走出"身份"——当代"女性诗歌"话语特征新论》，《甘肃社会科学》2012 年第 4 期。

表，她们或是从女性角色出发，体察生活的大小事物，或是对自然万物进行超验性的书写，或是通过日记式的记录，展现女性生命中的幽微体验。其次，关于女性身份与意识的书写。从朦胧诗时期的舒婷到20世纪80年代的翟永明等女性诗人，女性身体一直被当作展现女性现代意识的性别话语，陆辉艳的部分诗作体现着女性强烈的自我意识与敏锐的发现，以细致的描写追寻着自我身份的认同。最后，当性别意识不再成为诗歌关注的焦点后，诗人开始一种超性别话语的写作实践。这类诗歌又以黄芳、许雪萍等女性后期写作以及陆辉艳、唐女等女性诗人为代表，她们探寻的是诗语回归意识与自我的超越。

第三，在超性别的"大我"书写中坚持诗语探索。与男性中心文化语境中的"传统"不同，诗学上的语言传统是由诗歌的本体特征决定的，21世纪广西女性诗歌超性别化的"大我"写作，对应20世纪90年代中国女性诗学话语理论的建构。从身体写作到语词写作的发展，由身体诗学回归到传统的语言诗学。翟永明在90年代的创作中就曾对女性意识与诗语言做过反思，她认为女性诗歌当中关于语词的"细微的张力，宁静的语言，不拘一格的形式和题材"[①]为写作提供了更为成熟的力量。特朗斯特罗姆在《词与语言》一诗中说明诗的词和语言存在天然的差别，前者是一种生硬、僵化的思维产物，而后者是诗的感觉语言，它富含生命的灵动性。海德格尔强调诗即为思，诗从本体意义上不是情绪也不是性别，它是语言与词语在生命情感上的沟通与交流。因此，他指出："在诗歌之说话中，诗意想象力道出自身。"[②] 诗的先锋性体现为语言的先锋性，是对生命的终极体验。故而语言自觉要求诗人从生命出发，无论具体或是深刻、粗略或是细致，都体现为语言与存在在诗意上的反思与

---

① 翟永明：《面向心灵的写作》，《作家》1996年第2期。
② [德]海德格尔：《在通向语言的途中》，孙周兴译，商务印书馆2004年版，第10页。

融合。女性诗人们对时间、生命的体认，无疑从哲思层面上提升着广西诗歌整体形象。

第四，广西女性诗歌的生长可能。在书写特征方面，21世纪广西女性诗歌的发展大体上借鉴80年代女性书写特征，但从女性意识与诗语言的把握上看，其意象与话语形式都有着更具体的内涵与外延。诗人作为女性本身，其语言不可避免地打上女性色彩，但她们不耽于单一的话语，而是向各方寻求诗语突破之途，超性别化的"大我"书写便是其中的体现。"70后"女诗人为21世纪广西女性诗歌做了前期探索，"80后"女诗人正以饱满的热情投入创作，未来的发展需要挖掘广西女性新生力量，以充沛诗歌前景。综合而论，21世纪以来的广西女性诗歌格局主要由"70后""80后"女诗人构成，其未来发展又主要以后起的"80后"为主要群体，故而拓展这一群体力量并挖掘"90后"新力军是广西女性诗歌的发展要求。

总体而言，21世纪广西女性诗歌由性别自觉到语言自觉是其发展的显著特征，女性诗人们积极的探索与话语表达，也昭示着女性诗歌未来发展的可能性，21世纪广西女性诗歌有待于冲破男性话语中心，走向真正意义上的诗学体验。大体而言，21世纪广西女性诗歌大体走出了一条由性别书写到语言自觉之路。陆辉艳、黄芳、许雪萍等女性诗人从诗人到诗语的层面的转变，由情感式写作到性别书写再到超性别化的"大我"书写嬗变对应着女性诗人语言的不断发展与成熟，她们的积极创新也为诗歌未来更进一步的发展提供了语言基础与话语进取的可能。

第三章

21世纪广西诗歌青年群体的学院训练与知性追求

诗是形而上的艺术，体现青年人的诗意和梦想，与青春、青年关系密切。21世纪以来，以"80后""90后"为代表的广西青年诗人，他们作为广西诗坛与"文学桂军"的重要力量，以良好的诗歌成绩和社会反响表现出青年诗人应有的时代责任与社会担当。综合而论，广西青年诗人重视广西诗歌地域性、民族性、新媒介等方面的综合，整体上表现出明显的现代性与知性的诗歌书写特征。对诗意与诗性的本体追寻是广西青年诗人的重要审美向度，可以说他们以更本质与形而上的方式贴近写作与人生，并构建了21世纪以来广西青年诗歌独特的品质与可能。

广西诗歌当中有深厚的"青年"书写传统，广西诗坛中一批当代代表性的诗人在青年阶段时就写出了重要作品并产生深远影响。如1935年出生的广西壮族诗人韦其麟，三十岁前完成的《玫瑰花的故事》(1953)、《百鸟衣》(1955)、《凤凰歌》(1964)等代表作，奠定其在20世纪60年代至80年代中国诗坛的影响力。1957年出生的桂林籍诗人杨克，在三十岁左右写出了《走向花山》《人民》《我在一颗石榴里看见了我的祖国》《夏时制》等代表作品，建构着他作为中国"第三代实力派诗人"和"民间写作"代表性诗人的诗歌身份，在国内有重要影响。韦其麟、杨克等广西有影响的诗人纷纷以青年诗人的身份实现诗之可能，和建构了个体的诗坛影响。如今，成长于21世纪以来广西诗坛相对"寂静"的诗歌生态下，以"80后""90后"为代表的青年诗人作为广西诗坛与"文学桂军"的重要力量，他们以青年诗人的敏感与锐气不断深入到语言本体内核探索现代诗歌的书写可能，并以良好的诗歌成绩和社会反响表现出青年诗人应有的时代责任与社会担当。广西诗坛的活力与生长性，体现于广西诗歌书写的青年性、民族性传统。特别是21世纪以来，在中国社会科学院《民族文学研究》编辑部举办的十余届"中国多民族文学论坛"的影响下，"'多民族文学'理论视野虽然倾向于以民族的族属、地域、历史、文化等现代意蕴为民族创作与作品的界定标准，但对民族文学当中汉族作家、诗人进行民族题材创作这一特殊现象，可以说是基本上认同将汉族作家、诗人的民族题材创作纳入民族文学之中。"[①] 广西不同民族的青年诗人受这些传统的影响，自觉地开展不同维度的广西地域书写、民族书写实践。可以说，在韦其麟、杨克及"多民族文学"的理论背景的影响下，广西青年诗人同样以良好的诗歌"成绩"、社会反响及多向的诗歌探索证明了自身主体的存在，践行诗歌艺术之可能，表现青年诗人对广西诗坛应有的写作责任与文学担当。

第一节　青年诗歌与广西文学

诗有待于有梦想、有追求、敢探索的青年诗人去创作、实践及

[①] 董迎春：《"多民族文学"理论视野下"民族诗歌"的创作及可能》，《广州文艺》2018年第7期。

建构。2000年前后,中国诗坛开始关注20世纪80年代出生的青年诗人,各大刊物与诗歌机构为"80后"诗人群体提供发表与亮相的便利。2008年前后,中国诗坛关注的重点向20世纪90年代出生的诗人倾斜,在持续关注"80后"诗人群体的同时,重点推介"90后"诗人群体。《星星》诗刊"大学生诗歌夏令营",《中国诗歌》"新发现"诗歌夏令营,《人民文学》"新浪潮"诗会是主要的推动媒介。当下,广西诗坛青年主体主要指20世纪80年代至90年代出生的诗人,即"80后""90后"诗人。这批出自校园的"80后""90后"诗人,其成长的轨迹与国内其他的"80后""90后"诗人主体是一致的。在国内各大刊物、诗歌机构展开的推介"80后""90后"诗人群体的活动、奖项中,广西"80后""90后"诗人作为一股地域的力量发出广西的声音而引起关注。虽然广西"80后""90后"诗人个体在区外受关注与重视,但广西各界对本土的"80后""90后"诗人群体的关注稍为落后于区外各大刊物与诗歌机构。真正标示着广西"80后""90后"诗人"青年主体"首次亮相的诗歌事件,严格地看,应属于《民族文学》2015年第1期推出"广西中青年作家专号"。在选发的44位广西中青年诗人作品中,"80后""90后"诗人共有36位。[①] 这36位广西"80后""90后"诗人的集体亮相,无意之中发出了广西青年诗人主体自己的"喊声"。虽然略晚,但起到了凸显广西诗坛的青年主体存在的作用。

我们看到,20世纪90年代以来,广西诗坛处于相对沉寂的书写状态。在缺少本土关注与相对沉寂的书写状态下,广西"80后""90后"诗人以个体与高校阵地两种表现形式,为广西诗坛青年主体发出时代的诗歌之声,有力地证明青年主体的存在与生长事实。梳理广西"80后""90后"诗人创作情况发现,这批青年的创作群体在创作发表、参加诗歌活动、获诗歌奖、出版诗集四个方面,以

---

① 详见"广西中青年作家专号",《民族文学》2015年第1期。

颇有建树的成绩标示着广西诗坛应有的青年主体性存在。

第一，创作现状。当下坚持诗歌创作，活跃于区内外的广西"80后""90后"诗人基本出自大学校园。广西诗坛青年主体在集体亮相2015年《民族文学》"广西中青年作家专号"之前，先后以"高校大学生"的诗人身份在区内外刊物亮相。这些"亮相"主要有，《诗江南》2013年第1期、2016年第6期"学苑"专栏，分别集中刊发12位与10位广西"80后""90后"校园诗人专辑；《相思湖诗群》（2014年第11辑）"广西'90后'"专栏集中选发23位广西高校"90后"诗人的诗歌；《天南湖诗刊》（2014年第3期）"桂系高校诗歌专号"，全面呈现广西21所高校近百位"80后""90后"校园诗人；《广西文学》历年"广西诗歌双年展专号"及《南方文学》（2014）以5期刊物的版面推出"广西潜质作家百名展"，对新锐的广西"80后""90后"校园诗人也予以相应观照。可见，正在成长的广西诗坛青年主体，一度以大学生诗人的身份凸显。

我们看到，以"80后""90后"为代表的广西青年诗人以群体的形式被关注与推介，次数相对有限。但个体形式的创作发表与被刊物关注次数相当可观。当下广西诗坛代表性的"80后""90后"诗人，如陆辉艳、费城（壮族）、六指、微克（壮族）、覃才（壮族）、卢悦宁、祁十木（祁守仁，回族）、思小云等，他们的诗歌多次以组诗的形式被《人民文学》《诗刊》《民族文学》《扬子江》《星星》《诗歌月刊》《诗选刊》等刊物刊发并被各种年度选本收录。借助高校阵地和个体大学生的诗人身份，广西"80后""90后"诗人的诗歌创作与发表，呈现了广西诗坛青年主体存在。近年来广西"80后""90后"诗人组诗发表的部分情况如下表1所示。

表1　近年广西"80后""90后"代表诗人组诗发表统计（部分）

姓名	出生时间	组诗名	刊物	期次
六指	1987.11	《六指的诗》	人民文学	2015年第9期

续表

姓名	出生时间	组诗名	刊物	期次
陆辉艳	1981.03	《湾木腊密码》	十月	2017年第3期
费城（壮族）	1984.05	《时光的锈迹》	民族文学	2015年第1期
覃才（壮族）	1989.12	《院子里修着壮族的小山》	民族文学	2015年第1期
微克（壮族）	1989.01	《微克的诗》	诗选刊	2012年第7期
黄小线	1985.06	《深秋帖》	诗刊	2017年第10期
卢悦宁	1987.09	《卢悦宁的诗》	广西文学	2017年第5期
祁十木（回族）	1995.12	《礼物》	人民文学	2018年第5期
思小云	1993.03	《拈花手迹》	星星	2016年第15期
牙侯广（壮族）	1991.12	《回不去的故乡》	躬耕	2016年第9期

第二，诗歌现场。在中国诗坛普遍关注"80后"诗人不久，深有诗歌影响力的《星星》诗刊，2007年与四川师范大学文理学院联合创办"大学生诗歌夏令营"，每年面向全球高校招收大学生学员，推介有潜质的高校诗人。受《星星》诗刊模式启发，2011年武汉《中国诗歌》杂志社开办"新发现诗歌夏令营"，2012年《人民文学》开办"新浪潮"诗会，每年"开营/会"重点关注"80后""90后"诗人。当下，《星星》诗刊"大学生诗歌夏令营"、《中国诗歌》"新发现诗歌夏令营"、《人民文学》"新浪潮"诗会已成为"80后""90后"诗人走上中国诗坛的重要推介平台。中国诗坛现今活跃的青年诗人，大多参加过三家刊物举办的诗歌夏令营或诗会。出自广西民族大学、广西大学、广西师范大学、广西师范学院等高校的广西"80后""90后"诗人中，新星、安乔子（冯美珍）、苏丹、微克（壮族）、七勺（廖莲婷，壮族）、六指、李路平、砂丁、祁十木（祁守仁，回族）、思小云、覃昌琦、覃才受邀参加《星星》诗刊"大学生诗歌夏令营"；覃才（壮族）、祁十木（祁守仁，回族）受邀参加《中国诗歌》"新发现诗歌夏令营"。此外，"80后"诗人陆辉艳受邀参加诗刊社"青春诗会"与鲁迅文学院中青年作家高研班，"80后"

诗人费城（壮族）、牛依河（壮族）、卢悦宁等受邀参加鲁迅文学院西南六省（区、市）青年作家培训班，"90后"诗人牙侯广（壮族）参加鲁迅文学院少数民族文学创作培训班。可见，正在成长或成熟的广西"80后""90后"诗人，不断地在区内外重要的诗歌活动中凸显广西诗坛青年主体的存在。

第三，获奖与出版。与《星星》诗刊、《中国诗歌》杂志社、《人民文学》杂志社三大平台具有同等推介青年诗人作用的是国内一些高校与机构举办的诗歌奖项。从新世纪以来，这些高校或机构重点关注青年诗人，扶持青年诗人成长。如武汉大学主办的"樱花诗赛"（1983），北京大学中国新诗研究所、北京大学中文系及北京大学五四文学社主办的"未名诗歌奖"（1993），作家网、人民文学杂志社、包商银行主办的"包商杯"全国高校文学作品大赛（诗歌类，2010），复旦诗社与复旦大学中文系主办的"光华诗歌奖"（2011），上海交通大学主办的"全球华语大学生短诗大赛"（2014）等。广西年青诗人六指、覃才（壮族）、砂丁、李路平、吕旭阳、祁十木（祁守仁，回族）、赵山河（董成琪）等曾多次获得这些面向大学生群体的诗歌奖项，显示出广西诗坛青年主体的锐劲。而创作相对成熟的"80后"诗人费城（壮族）获得广西少数民族文学创作"花山奖"（2015），"80后"诗人陆辉艳获得广西青年文学奖（2006）、青年文学年度奖（2015）、华文青年诗人奖（2017）、广西文艺创作"铜鼓奖"（2018）等奖项，则以更加沉稳的状态凸显广西诗坛青年主体的诗歌创作厚度与力量。

对诗人来说，出版个人诗集是个体诗歌创作成熟的体现。一个地域的诗集出版状况，不仅直接说明这个地域诗歌创作的生态，更有力地证明这个地域诗人主体的存在。在广西地域内，"80后"诗人费城（壮族）、侯珏、六指、安乔子（冯美珍）、卜安、陆辉艳、钟世华、黄小线、卢悦宁等，"90后"诗人零馥笺、牙侯广、晓丑、唐丹岚、吕旭阳、祁十木（祁守仁，回族）、思小云、李富庭（瑶族）等出版了个人诗集。他们以相对成熟的诗歌姿态，彰显着广西诗坛青年主体的存在。广西"80后""90后"诗人出版诗集部分统计如下表2所示。

表2　广西"80后""90后"代表性诗人出版诗集情况统计（部分）

年代	姓名	籍贯	诗集名	出版社	出版时间
"80后"	费城（壮族）	广西大化	《往事书》	广西人民出版社	2013.12
	陆辉艳	广西灌阳	《心中的灰熊》	广西人民出版社	2016.03
	陆辉艳	广西灌阳	《高处和低处》	中国青年出版社	2016.07
	钟世华	广西合浦	《冬天里的光》	漓江出版社	2016.06
	黄小线	广西隆安	《我们活得太久了》	类型出版社	2016.10
	卢悦宁	广西平南	《小经验》	杭州出版社	2017.06
"90后"	零馥笺（壮族）	广西天等	《木偶戏》	团结出版社	2017.08
	牙侯广（壮族）	广西凤山	《山魂水魄》	广西人民出版社	2014.06
	祁十木（回族）	甘肃宁夏	《卑微的造物》	国际炎黄文化出版社	2017.06
	思小云	陕西志丹	《不可挽救的损失》	国际炎黄文化出版社	2017.06
	李富庭（瑶族）	广西来宾	《第五季节》	国际炎黄文化出版社	2017.06

以上论述说明，在广西诗坛"寂静"的生态下成长，广西"80后""90后"诗人表现出青年诗人自身应有的诗歌责任与担当。他们稳定的创作主体、可观的创作发表量及被各大诗歌媒介关注的诗歌事实都证明了广西诗坛青年诗人良性的成长姿态及青年主体书写力量的存在。在"80后""90后"广西青年诗人不断创作与成长的同时，也不断地以获得国内重要的诗歌奖和出版个人诗集作为个体与群体走向成熟的书写标识。可以看到，青年主体性明确的广西"80后""90后"诗人，作为广西诗坛和"文学桂军"中活跃的组成力量，正表现出多种生长的可能。

第二节 多元共生与诗学探索

  诗歌艺术,不仅是纯粹的诗歌创作的艺术,更是关于诗歌探索的艺术。诗歌创作维系诗歌发展的书写主体,诗歌探索则增添诗歌发展的多种可能,构筑诗歌多向的生长。一批又一批的广西"80后""90后"诗人以各大高校为诗歌的阵地,一方面保持着真诚的"诗心"坚持诗歌创作,积极与国内其他的"80后""90后"诗人进行诗歌的对话与交流;另一方面也不断地以诗歌"学人"的精神探索个人的诗歌书写可能。而离开校园后,扎根广西不同地域的广西"80后""90后"诗人,更是对所生活地域进行细致而全面的深刻书写。21世纪以来,在诗歌创作与诗性探索方面,广西"80后""90后"诗人以个体与小团体的形式为广西诗坛开展了诗歌深度性、地域性、民族性、新媒介等方面的多向探寻。这些探寻为广西诗坛显示了多种未来的发展方向。

  第一,深入高校的文学现场,探索"校园文学"的深度。

  写诗是一项面对语言的"工作"。身处校园的青年诗人,一般以口语叙事作为个人诗歌写作的始用语。如日常说话般的口语写作对他们来说很容易掌握,但口语叙事很难创造有深度的诗歌。加斯东·巴什拉说:"真正的诗人至少能说两种语言,他并不混淆意义的语言与诗的语言。将这其中一种语言用另一种语言表达只能是蹩脚的工作。"[①] 在写作过程中区分诗的语言与口语应是每个真正的诗人该做好的事。接受过大学教育的广西"80后""90后"诗人,口语叙事是他们多数人校园诗歌写作的重要阶段。出自大学校园的广

---

① [法]加斯东·巴什拉:《梦想的诗学》,刘自强译,生活·读书·新知三联书店2017年版,第244页。

西"80后"诗人苦楝树、微克,"90后"诗人蒋彩云、沈天育是非常典型的口语写作者。他们虽以口语诗作为诗歌写作入门与个人的书写方式,但并不以口语作为个人诗歌写作的"终点"。因为"诗是一个创造出来的世界,一个以实证现实为基础但最终超越它,以创造出更深意义的世界。其隐含的前提是诗人的创造力和创造进程"。① 创造诗的深度、难度不仅是一个诗人摆脱口语与叙事浅白的有效方式,更是诗人书写能力走向成熟的标示。离开大学校园之后,在苦楝树、微克(壮族)、蒋彩云、沈天育等"80后""90后"诗人习惯化的口语写作中,更融入了诗歌的现代技巧运用与生命哲思,从而把口语阶段的诗歌写作推向诗歌的深度写作。"80后"诗人苦楝树写道:"我被迫动用到爸爸的钱/我一定会还/为了自己的江山/我在砍一棵老树/那是一个老人的棺材本/当他从黑色布袋里掏出/存折和身份证/续命一样交给我/我揣着破旧的折子/贼一样来/到银行前台/我按下的密码/是已过世的/母亲的生日"。(《爸爸的钱》)② 苦楝树诗歌的特征是:口语或叙事作为铺垫,它们构成了诗歌的大部分内容。但在诗尾部分,以哲理句反转口语,跳出口语写作的直白与低意义,从而走向关于生活与生命的哲理思考。在这个过程中,他抓到了诗成为诗的可能,并在这个可能中抓住了情感体验背后的诗性实质,写出了靠近大多数人情感体验的诗句,让大多数人哲理化地认同与理解他的诗歌和他平常的生活及生命状态。

上海同济大学毕业后,来广西工作的"80后"诗人六指,大学校园诗歌写作的叙事性非常明显。但他通过熟练运用通感、超验等现代诗技巧,打破个人叙事诗歌的无波无澜状态,创造诗歌的深度

---

① [美]奚密:《现代汉诗:一九一七年以来的理论与实践》,奚密、宋炳辉译,上海三联书店2008年版,第183页。

② 苦楝树:《爸爸的钱》,《红豆》2015年第12期。

思考与虚实相间的想象空间。"祖母从没膝的雪地上爬起/双脚,深陷在1987年的大雪中……二十岁的父亲在千里之外的小煤窑/挖掘着光明……而年轻的母亲,面带痛苦,等待着/一张小嘴的降临。为了节省煤油/她吹灭豆大的灯芯,在漆黑一片的房屋里,半躺着/透过土坯墙的裂缝,大雪/运送来白茫茫的光和寒冷"。(《大雪》)① 六指在对祖母、父亲、母亲的沉稳而绵延的诗性叙事中,通过对"1987年""光明""大雪"对象化、实体化、意义化的感知,把平常的诗歌叙事拉入了五官互通的想象与感知的理解空间,增加了诗歌想象与体验的深度,从而走出校园诗歌叙事的诟病。

身体书写可以增加诗歌写作的深度。理查德·舒斯特曼说:"充满灵性的身体是我们感性欣赏(感觉)和创造性自我提升的场所。"② 女性诗人通过身体"资源"的感知与运用,不仅呈现了不同于男性诗人的审美品质与精神世界,更直接提升了诗歌写作的深度与成熟特性。因而,审视身体是陆辉艳、卢悦宁、七勺(廖莲婷,壮族)等广西"80后""90后"女性诗人进行深度诗歌写作的重要策略与思路。"90后"女诗人七勺(廖莲婷)写道:"大多时候我们只是躺着,并不说话/你点燃一支烟/云雾升起我看不清你的脸/于是我只能祈求你吻我/寂寞,是你我唯一的共识/只有爱抚时才彼此原谅//我们无法给予彼此更多/你爱的不是我,也不是我的发鬓/而我爱的,你是永远无法成为的人"。(《生命不能承受之轻》)③ 容纳人的身体既作为诗歌叙事的推进媒介,又作为意义感知的载体和诗歌审美的品质,被合理地编排与运用于诗中。通过"躺着、点烟、亲吻、安抚"等身体动作、状态的"放映"与审视,

---

① 六指:《大雪》,《中国诗歌》2017年第4期。
② [美]理查德·舒斯特曼:《身体意识与身体美学》,程相占译,商务印书馆2011年版,第11页。
③ 七勺:《生命不能承受之轻》,《青春》2017年第2期。

生活的轻与重、生命的虚无成为诗歌的深度思考与孤寂美感。

深度的诗歌创作,是超越现实的创作,诗中往往熔铸了现实的想象。写诗简单地说是提取我们与现实关系的意义,并加以诗性表达。抓住我们身处的现实,加以想象与表达是进行深度诗歌写作的重要方法。广西崇左籍"90 后"诗人零馥笺(壮族),因为年龄、经验的原因,她的诗歌写作还属于有语感、有诗感与女性特征的叙事写作。但她通过对现实的书写想象,把诗歌推向沉重思考的本质。在诗作《我早婚的闺密生活寂寞》中,零馥笺写道:"我早婚的闺密生活多么寂寞。/它比春风单调,比秋月苍白,/就连做梦,也成了小时吹叠的泡泡,/让岁月在幻灭中模糊了身影//只有倚窗,那只蝴蝶,还有孤雁,/它们总是了无痕迹地,/贴着流云,一点一点地,/掠过头顶,/弹奏那支她唱腻的歌谣"。① 乡下的早婚生活,是发生在诗人身边的现实,这种现实在乡下给人的印象是孤寂的。零馥笺把这种孤寂的现实想象成"单调的春风""苍白的秋月""小时吹叠的泡泡""孤雁"等,不仅增加了诗中孤寂的深度,更把诗歌推向深度写作。

第二,触及生命和语言内核心,想象和建构地域文化的精神意蕴。

任何语言都具有地域性。诗是语言的艺术,诗人进行语言的书写"运动"就是进行地域的书写"运动"。广西 2014—2015 年"深入生活、扎根人民"重点文学创作扶持项目,2015—2017 年"美丽南方·广西系列作品"面向全国招标作品,无不是在强化广西地域的文学书写价值。广西"80 后""90 后"诗人分散生活于南宁、柳州、桂林、河池、玉林、贺州等地域,所思所想无不是地域的所思所想,身处地域之中的诗歌创作也是关于地域的诗歌创作。当体现地域性的方言、土语、俗话及本能意识转化为诗歌书写的语言与技

---

① 零馥笺:《木偶戏》,团结出版社 2017 年版,第 76 页。

艺的时候，生活于不同地域的广西"80后""90后"诗人所进行的相应地域文化的书写，首先成为一种自觉的行为，其次是为所创作的诗歌增加不一样的神秘性质与想象的艺术空间。"方言成为土语、通俗话语被交换成为个人方言后，我们听到的是对特有身份的复杂表达或逃避或清除……我们听到的是一种写作，这种写作超越了现有的写作定义，超越了群体和个人认同的标准，走向了混杂、混合（称之为闲谈话语）所暗示的即将到来的、接近的身份，似乎这种写作给读者多页推想的空间。"[1]

生活于广西大化县的"80后"诗人费城（壮族）写道："沿着你手指的方向，闭合的城门/次第洞开。我的思绪被一段老旧的时光/牵扯得很远。目光越过层层窗镂/我看到，天空如此凄美，送亲的队伍/赶在大风之上。我在追赶着风/满怀内心的渴望与绝望，/握不住一声风中飘散的叹息"。（《城楼怀古》）[2] 诗人的地域是一种诗意、诗性、文化的地域，对这种地域的发现与审视对诗人个人的诗歌书写、对地域审美意蕴的挖掘，都具有重要的意义。在个人生活地域的一处有历史的"城楼"上，诗人费城对这个地域城楼面貌及相关传说故事的想象与诉说，变成了他本人所生活地域文化意蕴的想象。他的诗歌书写，为我们呈现了他所生活地域的应有诗意、诗性、文化意蕴。总体而言，广西"80后""90后"诗人对自身生活地域的观照与书写，一方面很适宜地建构了自身诗歌写作的主体内容与风格；另一方面也以多个书写个体之"合力"的形式，呈现广西诗坛青年主体地域文化意蕴书写探索的面貌。

第三，依凭"多民族文学"传统，勘探民族记忆和文化认同。

广西世居着壮族、瑶族、苗族、侗族、仫佬族、毛南族等12个

---

[1] ［美］查尔斯·伯恩斯坦：《语言派诗学》，罗良功等译，上海外语教育出版社2014年版，第145页。

[2] 费城：《城楼怀古》，《往事书》，广西人民出版社2013年版，第169页。

少数民族，每个民族在各自的发展变迁中也形成了独特的民族文化与民族品质。在广西不同民族身份诗人的"民族书写"传统与史实及中国"多民族文学"理论的影响之下，生长于这些少数民族地区的广西"80后""90后"诗人，由于很多人都身具少数民族的身份，多年来耳濡目染各自民族的文化与品质，在个体的生命中形成了生命化的民族文化与品质。广西"80后""90后"诗人进行的现代诗书写，有意无意间都显露自身民族的文化与品质。威廉·冯·洪堡特说："在文学开始形成的时候，总是存在着一种独特的热情，一种产生自内部的、力图把语言形式与精神个性的形式结合起来的强烈倾向；语言形式和精神形式的纯正本性，在这一倾向中得到了反映。"① 为追寻与反思现代性的本民族的民族文化与民族品质，牛依河（壮族）、微克（壮族）、覃才（壮族）、李富庭（瑶族）等一批民族意识强烈的广西"80后""90后"诗人，以发自本民族的热情与专注开展了关于本民族文化和传统的短诗与长诗创作，以求探寻民族书写与现代诗书写的双重可能。"80后"壮族诗人覃才写道：

"四面是山体，河流，台地/四面是山体，河流，台地//花山画在这里，壮人生活于此/明江最大的山崖上/那些壮人聚集的场景，还赤裸地在一起/那些蛙神跳动的舞蹈/那些弹天，唱天的人蛙之声/还在流传"。(《蛙神传说》)② 壮族、壮人作为民族文化与民族品质的象征，作为诗人个人身份的标识，被用于民族书写与现代诗书写的思考。在这个过程中，壮族的民族禀性由诗人对民族的现代性、诗歌的现代性思考呈现而出。可见，扎根民族禀性的现代书写，既可以作为广西"80后""90后"诗人的一种现代诗书写策

---

① [德]威廉·冯·洪堡特：《论人类语言结构的差异及其对人类精神发展的影响》，姚小平译，商务印书馆2010年版，第287页。

② 覃才：《蛙神传说》，钟世华主编《广西诗歌地理》，广西师范大学出版社2017年版，第175页。

略,更是他们所创诗歌的天然差异化"分值"。在他们探求民族禀性的书写路上,诗歌写作本身与"80后""90后"青年写作主体的身份也得以进一步地构筑与生成。

第四,将诗歌与青春密切关联,坚持诗人身份和诗歌梦想。

新媒体的时代诗歌背景下,开展诗歌的新媒介实践变得与诗歌写作本身一样有意义。一些既是诗人,又是新媒体人的广西"80后""90后"诗人,以适宜新媒体诗歌环境的实践活动守着广西诗坛青年的阵地。在诗歌的新媒体实践方面,"80后"诗人七月友小虎运营有"广西诗人"微信平台,"90后"诗人晓丑运营有"躁与默"微信平台,他们以声音、图像及文本结合的形式,主推广西青年诗人;并借助新媒体的传播与交流便利,开展线下的诗歌活动。2017年元旦,广西"80后""90后"青年诗人晓丑、李富庭、覃才、六指、陆天等人发起与策划"美丽南方读诗会"活动,来自南宁、钦州、贺州、玉林、贵港等多个城市的20余名"80后""90后"青年诗人以诗的名义相聚美丽南方。"这是广西近几年成长起来的'85后'与'90后'诗歌写作者的第一次见面"①,在读诗会上,青年诗人一起朗读诗歌,分享创作经验,共同交流青年自身的写作问题与方向。

美国学者帕洛夫在考察多媒体对当代诗歌创作的影响时,说:"作为一种文学类型,当今诗歌在形式上开始被整饬和包装。……'诗歌'被嵌入了一些或重大或诙谐的轶事,以或多或少地让读者保持清醒,并为下一个诗歌节点增加力度。"②在新媒体时代背景下,创作是坚持诗歌的梦想,进行诗歌的新媒体实践也是坚持诗歌的梦想。广西"80后""90后"诗人这种新媒体时代的诗歌坚持与

---

① 李富庭:《诗歌的意义、动机和标准》,《红豆》2017年第4期。
② [美]玛乔瑞·帕洛夫:《激进的艺术:媒体时代的诗歌创作》,聂珍钊等译,上海外语教育出版社2013年版,第57页。

努力,与20世纪八九十年代广西青年诗人麦子、杨克、非亚、伍迁等创办《扬子鳄》(1988)、《自行车》(1991)、《漆》(1999)民间诗歌刊物具有的价值与意义等同。可以看到,以微博、微信平台为代表的"新媒体"正在履行民间刊物原有的功能,它让广西"80后""90后"诗人有了进行持续的诗歌相聚的阵地与对话的时代机遇。广西"80后""90后"诗人基于新媒体的诗歌活动,让他们更执着于诗歌的创作与探索,保持广西诗坛青年主体的诗歌活力。

在个体的书写努力及新媒体时代的推助下,广西"80后""90后"诗人为广西诗坛探索了未来诗歌创作、诗歌批评与诗歌品牌运营的实践可能。从这些探索中走出的青年诗人们,一方面在不断地走向个体与群体的成熟,另一方面把广西诗坛推入多维的生长轨道。

第三节　写作伦理与精神生长

作为从高校成长起来的一代人,在广西不同民族身份的诗人的"民族书写"传统与史实及中国"多民族文学"理论的影响之下,群体稳定、诗歌创作与探索富有激情的广西"80后""90后"诗人,他们多向、差异的诗歌创作与探索,不仅带有学生时代的书写伦理,更在学生时代之后的诗歌创作与日常生活中,持续表现"80后""90后"这一代人追求诗意与诗性的严肃品质。从整体上看,广西"80后""90后"诗人可分为单纯的创作群、双/多重文体创作群、诗歌批评人群、诗意与诗性实践群,他们从多个方面实践着广西诗坛青年之可能,并形成了自身的诗歌体系和精神品质。

第一,追求"知性"的写作,不断彰显青年诗歌的文化品质与精神向度。

广西诗坛的青年主体以"80后""90后"诗人为主，他们基本出自广西民族大学"相思湖诗群"、广西大学"三约诗社"、河池学院"南霞丹楼"、广西师范大学"采薇诗社"等校园诗歌社团。"他们以大学师生为主要创作主体，基于相同的兴趣爱好，通过举行诗歌赛事、朗诵会、沙龙等相互学习、交流。这些团体不仅丰富了校园文化，推进了广西文学的发展，也为当代诗坛培养了众多的优秀诗人。"① 同时，我们也可以看到，他们的诗歌写作无不是始于大学校园中接触到的诗歌知识。所以对他们来说，最初的诗是一种"知识"，可细分为意象、技巧、感觉、意蕴的知识。对校园"诗歌知识"的不同认知、训练及强化，在每个人身上就形成了不同的写作选择与侧重。纯粹地注重诗歌本身的创作与训练，就成了诗人。以诗歌语言为基础，转向小说、散文、评论等文体写作，就形成了双文体写作。当然，完全不创作，只进行诗歌批评的情况，也是存在的。广西"80后""90后"诗人群体，有人写诗写散文，有人写诗写小说，有人写诗写评论，就由此而来。

在尼采看来，"把知识一而再、再而三地引向它的极限，到达这个极限，知识必然转化为艺术：这个必然过程的目的原本就在于艺术"。② 大学是传授知识和传授运用知识技巧的地方，对诗歌知识感兴趣的大学生，以各种途径吸收、分解、消化、重组诗歌的知识，并进行重复的诗歌阅读、模仿及创作追寻。当他们的这种重复达到某种极限的时候，大学里的诗歌知识就变成个人诗歌的书写能力。这种像生命一样自然流动的书写能力的形成，完成了"80后""90后"一代从校园学生到校园诗人的身份转化，让他们走上了诗

---

① 董迎春、栗世贝：《语言本体与内部生长——"相思湖诗群"2009年以来创作综论》，《广西民族大学学报》2015年第4期。

② ［德］尼采：《尼采全集》第1卷，杨恒达等译，中国人民大学出版社2013年版，第71页。

歌创作的道路。广西"80后""90后"诗人走上诗歌创作道路的伦理基本如此。又因为诗是所有其他艺术的起始,青年诗人创作的多重性或转向,即青年诗人们基于诗歌语言进行小说、散文及评论写作,则可以解释为诗歌艺术的深化与拓展,因为语言本体化的诗,是不会消失于小说、散文、评论之内。

第二,将诗与批评结合起来,建构诗与理论的在场批评。

诗歌批评是另一个形式的诗歌写作,它带给诗歌另一种生长的可能。对广西"80后""90后"诗人而言,他们大部分的人以诗歌创作为主,但一部分的人在坚持诗歌创作的同时,进行跨文体的写作。如"80后"诗人韦孟驰写诗的同时写小说,"90后"七勺(廖莲婷)写诗的同时写散文等。而另一部分人坚持写诗的同时,进行诗歌批评写作。如"80后"诗人钟世华、泽平(许泽平)、陈振波、覃才(壮族),"90后"诗人叶亮梅、吕旭阳、思小云、祁十木(回族)等。这批本土化、青年化诗人以另一种诗歌书写形式进行诗歌的探索,以丰富着广西"80后""90后"诗人与诗歌艺术的主体性。其中,工作于广西师范学院的"80后"诗人钟世华编著有《穿越诗的喀斯特:当代广西本土诗人访谈录》(2015)、《广西诗歌地理》(2015),较系统地梳理了广西本土的诗歌创作情况。广西师范学院研究生"80后"诗人泽平(许泽平)完成了专著《在时代的暗夜中穿行:"80后"诗歌考察》书稿,并于2016年出版。"90后"诗人叶亮梅、吕旭阳、思小云、祁十木也先后在《南方文坛》《百家评论》《南京理工大学学报》《广西师范学院学报》等学术刊物发表理论文章。整体上,广西"80后""90后"诗人队伍呈现出以本土化、青年化的诗歌批评与诗歌创作互文的形式,开拓广西诗坛的发展空间的趋向。

诗人的诗歌批评,是一种诗化的语言,本质上也是一种诗的创造性写作。既是诗人,又是批评家的艾略特说:"一个作家在创作他的作品时他的劳动的绝大部分或许是批评性质的劳动:筛选、化合、构筑、删除、修改、试验等劳动。这些令人畏惧的艰辛,在同样程度上,既是创造性的,也是批评性的。"① 批评成就诗人,广西"80后""90后"诗人队伍中脱颖而出的本土化、青年化诗歌批评群体,一方面他们把诗歌批评当作一种诗歌创作的外延训练,起到以诗歌批评增加诗歌创作的厚度与成绩的作用;另一方面他们规范化、学理化的诗歌批评与他们真诚的诗歌创作一同营造了良性生长的广西诗坛青年书写局面。

第三,青年精神与诗性言说,从审美转向审智的哲理意蕴追求。

以城市化、互联网、新媒体等发展为特征的科技文明,严重影响了"80后""90后"一代,影响着他们对家园、城市、生活、生命的认识。在主体的人身上,偏重感性、诗意、诗性的"心智",无法长时适应科技文明的暴涨与入侵。"心灵世界的内在东西和不可见东西,不仅比计算理性的内在东西更内在,因而也更不可见,而且,它也比仅仅可制造的对象的领域伸展得更为深广。"② 如何"诗意栖居"成为"80后""90后"一代在城市工作、漂泊、消费、娱乐、休息的间隙自觉发出的诗意、诗性诉求。诗是传达诗意、诗性的诗,写诗是人达成回归诗意、诗性"心智"愿望的最佳途径。坚持诗意表达,与诗性追求,也成为广西"80后""90后"诗人在都市、乡下、民族地域对民族身份书写的本质追求。

真正的生活本身就是一首诗,真正的诗意、诗性,也应是人体验生活的核心成分。"对自由诗和以言语为基础的诗学的新的需求渴望,证实了人们对'自然风格'的可行性的忧虑,因为在我们这个时代,自然越来越受制于各种难以想象的'悄无声息的'革命,

---

① [英]托·斯·艾略特:《艾略特文学论文集》,李赋宁译,百花洲文艺出版社1997年版,第72页。

② [德]马丁·海德格尔:《林中路》,孙周兴译,上海译文出版社2012年版,第320页。

尤其是信息革命。"① 广西"80后"诗人七月友小虎从2015年起，在贺州、南宁、北京等城市的公园、街道上面向大众签售个人诗集，以完全生活的行为追求诗歌应有的诗意与诗性。在玉林师范学院创办并主编《天南湖诗刊》的"90后"诗人晓丑，为了筹集刊物印刷费用，曾要变卖个人交通工具（电动车）。他们无不是以比诗歌创作本身更严肃而诗意、诗性的方式对待诗歌与生活。可以看到，坚持诗意与诗性的追求，成为广西"80后""90后"诗人诗歌写作与日常生活共同的要求之一。当然，正如所有人都认同的：实践比感觉深刻。坚持现代诗书写的广西"80后""90后"诗人群体，在坚持诗歌创作的诗意与诗性追求的同时，注重追求生活与生命的本质性的诗意及诗性，正成为他们的实践行为或生活本身，虔诚而执着。这双向的诗意、诗性追求，保证了广西诗坛青年主体的精神与品质。

第四，从"青年性"向"生命性"的"精神生长"的探索与可能。

综合地看，广西"80后""90后"诗人在坚持诗歌书写本体的基础上，由于诗观与诗写实践方向的差异，群体内具体分为单纯的创作群、双/多重文体创作群、诗歌批评人群、诗意与诗性实践群。我们看到，2017年元旦"美丽南方读诗会"，来自南宁、钦州、贵港、玉林的六指、罩才、晓丑、李富庭等广西"80后""90后"诗人在美丽南方景区开展了"诗歌的意义、动机和标准"的交流，从青年主体的自身写作状况与趣味角度，进行了"诗有什么用""为什么写诗""写什么样的诗"的诗观碰撞。广西"80后""90后"诗人群体从不同方向上索求诗歌的可能，追求诗意写作与栖居，基本上形成了较完整的青年诗歌体系。

---

① ［美］玛乔瑞·帕洛夫：《激进的艺术：媒体时代的诗歌创作》，聂珍钊等译，上海外语教育出版社2013年版，第27页。

而为了真正达成与维系广西诗坛青年诗歌的创作与实践生态，正在走向成熟而知性的广西"80后""90后"诗人，把个人日常生活的诗意、诗性追求与诗歌创作的诗意、诗性追求相统一。在新媒体的诗歌背景下，广西"80后""90后"诗人以南宁、玉林、贵港等地为活动场地，不定期开展系列的诗歌/文学沙龙活动，以知性的状态营造青年诗人群体自己的文化氛围，夯实广西诗坛青年主体的存在之根本。恩斯特·卡西尔认为："人类的文化并非单纯地为被给予和单纯地为不言而自明的，相反地，人类文化乃是一种有待诠释的奇迹。但是，要从这一种印象导出一更深邃的自我反省……并且还要进一步地去创立一些能够回答这些问题的独特的和自足的程序或'方法'。"[①] 从追求青年个体与群体的诗意、诗性意愿出发，广西"80后""90后"诗人以诗歌创作与新媒体实践综合的程序与方法，不断建构自身知性的青年文化，并以极强的青年自觉与主体行动性，不断地在实践与交流中找到群体自身的文化自信与努力方向，从而形成了当下知性的青年诗歌创作与实践文化。

诗是形而上的艺术，体现青年人的诗意和梦想。正在成长与成熟的广西青年诗人，以诗相遇、相聚更多的青年，以青年人的生命激情与理想实现诗歌之梦想，他们的诗歌创作与诗歌实践正在由以前的无意识、无方向转入秩序的探索阶段。广西青年诗人现阶段的创作成绩、社会反响、多向的探索及整体上形成的青年创作与实践体系，无不证明他们是广西诗坛重要的书写力量。青年是最形而上的年纪，也是最富有实现可能的年纪。广西青年诗人，即广西"80后""90后"诗人，要相信诗歌的形而上意义与美好，要相信青年主体在广西诗坛的存在之实及青年诗歌未来可能之实现。如诗人里

---

① [德] 恩斯特·卡西尔：《人文科学的逻辑》，关子尹译，上海译文出版社2004年版，第5页。

尔克对青年诗人寄言："你是这样年轻，一切都在开始……对于你心里一切的疑难要多多忍耐，要去爱这些'问题的本身'。……渐渐地会有那遥远的一天，你生活到了能解答这些问题的境地。"①

---

① ［奥］里尔克：《给青年诗人的信》，冯至译，云南人民出版社2016年版，第38页。

第四章

21世纪"相思湖诗群"的超验本体与孤寂诗写

"相思湖诗群"成立于21世纪初,他们以广西民族大学"相思湖作家群"的文学传统为基础,在开展广西地域的民族书写、地域书写及培育青年诗人方面表现出独到之处。近15年(2004年成立)来,"相思湖诗群"培育出了陆辉艳、侯钰、覃才、祁守仁、思小云等全国有影响的青年诗人,成为21世纪广西诗歌发展重要的现象。根据"相思湖诗群""80后""90后"青年诗人群体在表现21世纪广西诗歌民族书写、地域书写、女性书写等方面的现代性探索与努力方面具有的意义,本章以21世纪以来"相思湖诗群"的创作现象为案例,重点考察广西高校诗歌的创作态势、文化影响和对整体广西诗歌的发展影响。

相思湖畔一直被认为是出诗人、作家的好地方,早在20世纪50年代开始,就相继走出了以韦其麟、鲁西为代表的老一辈优秀诗人,以及后来的杨克、鲍夫、蒋登科、石才夫等一批当代著名诗人、作家,是他们奠定了相思湖畔独特的文化与诗性精神。"相思湖诗群"作为"相思湖作家群"的一个分支,在20世纪80年代初具雏形,但真正形成一个集中、共识的作为同属性群体还是在2004

年。在同年 11 月举办的"相思湖作家群"研讨会上由广西民族大学文学院教授、诗评家、诗人董迎春提出的"相思湖诗群"这一概念正式确立下来,至 2018 年已走过 14 年历史。"相诗湖诗群"作为广西诗歌多元发展格局的参与者与见证者,与广西许多的民间诗群如"扬子鳄""自行车""漆""麻雀""南楼丹霞""西乡塘诗群""民族诗人群"等一起,共同构成了广西诗歌多元共生的崭新面貌。"相思湖诗群"立足于有几十年办学历史的广西民族大学,多年来坚持学院的经典表达、象征写意、文化关怀,涌现出如董迎春、大雁、侯珏、李冰、卢悦宁、陆辉艳、唐丹岚、覃才、吕旭阳、韦静等一大批具有创作实力的核心诗人。承继十余年的发展成果和态势,2014 年以来"相思湖诗群"进入了一个全新的创作高峰期与转型期,呈现出空前的创作高潮和纵深开阔的自由创作风气,并且不断发展壮大。

第一节　创作成就与诗学理论构建

近年来,"相思湖诗群"诗人通过自己的诗歌创作和诗学探索,在当代中国诗坛不断发出自己的声音。除了在《诗刊》《扬子江诗刊》《星星诗刊》《中国诗歌》《广西文学》《民族文学》《常春藤》(美国)等国内外文学刊物或以个人或以诗群专辑频繁发表诗歌之外,目前诗群的同名刊物《相思湖诗群》已出版至第 12 辑,连续几年跻身全国重要的民刊行列,为中国当代诗坛发现和扶持了许多优秀的青年诗人,备受外界的关注和期待。"相思湖诗群"的青年诗人一方面努力沉潜写作,另一方面也积极加强同外界的交流与联系。自 2014 年以来,几乎每年都有诗群成员入选或参加鲁迅文学院中青年作家高级研讨班、《广西文学》改稿培训班、南宁文学院

(《红豆》杂志社）文学培训班、"广西文学诗歌双年展诗歌研讨暨创作班"等各类诗歌活动。2015年和2016年，诗群成员祁十木、思小云分别受邀参加由《星星》诗刊举办的第八届、第九届"中国·星星大学生诗歌夏令营"、第五届《中国诗歌》"新发现夏令营"，虽然此前已有多位诗群成员参加此类活动，但如此密集、连续、频繁向外输出诗群的影响力还是在近几年。他们之中有的已成为国内"80后""90后"诗歌写作的重要代表诗人，他们都是"相思湖诗群"的中坚力量。除了崭露头角的诗坛新秀，他们在国内已经形成了一定影响力；在诗坛上确立地位的诗人，更是显示出强劲的创作势头和更为丰硕的创作成果。其中石才夫、陆辉艳分别获得2018年第八届广西文艺创作最高奖——铜鼓奖，陆辉艳参加《诗刊》社第32届"青春诗会"，并斩获像"华文青年诗人奖"等国内许多重要的诗歌奖项。2017年"相思湖诗群丛书"（第五辑）出版，推出了《第五季节》（李富庭）、《铁塔月亮》（韦诗诗）、《卑微的造物》（祁十木）、《不可挽救的损失》（思小云）4部诗集，是继2016年"相思湖诗群"丛书（第四辑）推出的《曼陀罗花的沉睡》（吕旭阳）、《枕水集》（唐丹岚）、《离地一厘米》（金浔）之后的又一全新成果，从某种意义上表明"相思湖诗群"内部生长的可能性，也为我们研究2014年以来"相思湖诗群"整体的创作风貌提供了数量可观的诗歌文本。

不管是诗学批评还是诗学理论都应当是积累性的，诗群的发展离不开对自身诗歌理论的构建以及诗学立场的确认。"相思湖诗群"诗人将诗歌创作付诸理论的自觉，《"厚意载美，和而不同"——"相思湖诗群"创作现状研究》（董迎春、朱茂瑜）、《多元共生态势下的"相思湖诗群"》（董迎春）、《语言本体与内部生长——"相思湖诗群"2009年以来创作综论》（董迎春、粟世贝）等批评文章，对"相思湖诗群"长期发展的各个阶段作出重要的理论研究与总结。诗歌批评首要是确定其在美学上的优点,这些以"群"为概念相互促进、批评激励,一方面源自于诗群长期发展的历史传统,另一方面有助于形成诗群整体的诗学理念、"创作共识",不断推出具有创作能力的优秀诗人。在观照以往历史经验和成就的基础上,坚定诗歌作为人类一项崇高的精神事业的文化自信。鲁西的意象诗学沟通了古典和现代、传统与现实,对后来的"相思湖诗群"的创作和理论奠定了基础。董迎春的诗歌语言本体论和超验论,关注诗歌写作自觉的语言意识、诗体意识,追求意象和情感的深度体验,注重个人、个体对时代精神的投射,肯定诗歌的价值和尊严,在孤寂的时代发出强有力的生命回声,成为"相思湖诗群"发展至今较为成熟、完备的重要理论导向,也为当下汉语诗歌写作提供了某种探索的可能。

第二节 超验之诗

如上所述,任何诗学理念的成熟、确认都是一个渐近积累的过程,而任何一种文学观念的确立必然反映到其作品的文本上来。"相思湖诗群"多年以来一直坚持独立、多元的诗写品质,在一定的意义上来说,很难形成一个以"群"为主的整体的诗学主张和创作共识。如果非要用一种特定且已成熟的创作模式、创作风格来苛求一个以"群"命名的诗人团体的创作不仅是不可能的,也无法实现,因为模式、风格从来都是个人的东西,每一个诗人都是一个独立的个体,他们都有着各自的语言形式和修辞特色,这与诗人个人的思想、情感、才智、气质、审美爱好等主观因素密切相关。我们只能从其创作意识、创作思维来把握他们整体的文学"风貌",而这种意识就是超验。超验本身就打破了我们以往被动地、机械地、狭隘地以相似或相近风格、内容、主题、思想、形式结构来判定一个"群"的创作共识和创作模式，消除了那种以概念、逻辑塑造而成的普遍可行的准则与规范，在这个意义上，超验将我们带向了一种全新的认知视角，真正破除了本质主义和形式主义的樊篱。而且超验之维的写作，也使得诗歌这一门书写心灵的手艺，不断向生命艺术高空的丰富性、可能性延伸、抵达。

第一，从"象征"走向超验。肇始于19世纪法国的象征主义作为一种世界性的文学潮流传入中国，先后被国内的诗人和理论家所接受，并逐渐本土化，象征主义写作构成了中国现代诗的核心内容。从早期波德莱尔的"契合""洞察者"，兰波的"幻觉者""语言炼金术"，再到马拉美的"魅幻之美"和瓦雷里的"纯诗"，皆是"象征"这一诗学观念的拓展和深化。"象征"非常注重语言和意象的营造，通过语言符号和意象来暗示某种思想和情感，从而使诗带上某种不确定性和内在的朦胧与复杂性。而自从新诗诞生以来，国内的许多理论家和诗人都曾尝试从中国传统的经验、语言和文化的期待视野来接受、阐释象征主义（象征），从早期"相思湖诗群"的理论奠基人鲁西的诗学理念中也可看到这一努力。鲁西的意象诗学从"言""意""象"三者的思辨关系展开，关注中国古典意象在现代语境下象征和赋形的可能性，他在立足汉语诗纯正规范的基础上，融合西方现代诗艺，在探求语言内部的深度体验的同时，探索当代诗歌语言意识、修辞与时代、文化传统之间诗意重构的种种可能。而"诗又是这样的真理意象：语言不是将我们与现实隔绝的东西，而是让我们最深刻地超越它的东西。因此，这不是心醉神迷于语言和全神贯注于事物之间的选择。词语的真正本质是趋向于超越其自己"。[①] "象征"除了重视语言和意象的营造之外，通过想象、虚构的诗意构建来寻找飘荡在空中那些的奇妙的旋律，以

---

① ［英］特里·伊格尔顿：《如何读诗》，陈太胜译，北京大学出版社2016年版，第98页。

此来向世界、时代传递回声，也就是说，通过词语的音韵、节奏达到与音乐相似的某种暗示性的艺术效果。而这一等级的"象征"意蕴就不再仅局限于人性方面的思想与情感，而是指向了某种更加广阔、更加普遍的理念式的通灵世界，往往与先知、上帝、神话和神秘主义联系在一起，最终走向了超验的诗写空间。超验空间所展示的是异于日常的存在，所传达的是与日常生活迥异的审美感受。超验之诗这种类似于"神"的视角的书写，是不同于仅凭感性经验所不能达到的超然其上的境界，所表现的是心灵世界深层次的意识，是对人与人、人与自然、人与世界关系在形而上层面的思考，探寻表层经验之外"神或者上帝"存在的无限可能性，以悲悯的情怀观照自我存在和人性。

如果说象征为超验的诗性空间敞开了一个入口，那么诗人自我意识的醒觉则是走向超验的最佳路径。纵观近几年"相思湖诗群"诗人的创作，已经渐渐摆脱了以往单一的抒情写意、指向表层思想和情感体验的象征，而是更加关注自我生命状态的醒觉、领悟，因此具有了超验意识。这一方面得益于日益成熟的诗学观念，另一方面得益于诗人对自我生命意识的深度体验与发掘。杨妍的诗就有较为成熟的超验思维，在她的诗中处处可见对自我生命本质和存在意义的深刻反思意识，在词语的对抗、压迫中演练出她诗性生命的优雅、坚韧和纯净，在孤独、幻想性语言空间里，构建出一条隐秘"上帝"的自由之路。她在《时间之书》这首诗中写道："坐在平坦的草地上/我只是一个虚幻的躯体/眼睛里只有平地/我的手心没有囚禁/我的双脚孤苦伶仃/我单纯得，像一个睡眼朦胧的早晨/刚刚搅乱了一场黑夜直白的叙事。"[①] 在这里，不管是"躯体"的"眼睛""手心"与"双脚"等身体器官的瞬息感觉，还是"早晨""黑夜"等时空序列的交替、错落，皆与日常感性经验的惯性断裂、

---

① 杨妍：《时间之书》，《诗刊》（下半月）2017年第5期。

脱离，诗人将其赋予全新的认知感受，在诗的指缝间勾勒出文化的深度与心灵肖像。诗人借用隐喻、通感等现代诗歌的修辞技巧，充分调动感觉神经，将思想、情感溶解于物化的自然，又存在于沉默的现实，所思与所在之间跳跃着整体和谐的诗性思维，这都让她的诗显示出非凡的质感和张力，最终推向了超验的诗性空间。韦静的诗歌不同于杨妍那种梦游式铺陈所营造的魅幻的诗意效果，相比之下，他更加强调智性的力量在诗中的作用，以及对瞬息流逝的"灵验"感觉的捕捉。他对诗中的象征意象往往不加解释，只是予以自然地描绘、呈现，不断深入到意象某种本质的诗意当中去，赋予其最大的暗示性。"风带来了阳光/和下午两点半/摆钟带着不安/摆动着墙体的心脏/我在时间里打瞌睡/前世与来生重叠在一起。"① 诗中"风""阳光"这些明朗、简单的意象虽然都没有明确的指向，但缺一不可，因为它们都是为"时间"这一隐含的时空线索服务的，充满了暗示性。他一方面用细小、精致的语言线条勾勒着日常生活的诗意；另一方面又积极超越日常经验，"钟摆摆动着不安""我在时间里打瞌睡"这样感受的表达，已并非一般经验性的感官或者视觉听觉所能触及的了。他诗中的智性正是体现在可言与不可言、可解与不可解之间，做到了意与境、心与物的和谐统一，形成了整首诗空间跳跃的美感，将读者带入了一个纯净、灵动的超验空间。

"象征力量、秘术力量、诗歌力量出于同一渊源，出于同一深度……他们同样相信诗歌生命的实在，并作出种种努力证明诗歌是一种生命，一种根本的生命……让我们听到人的最深远的回响。"② "相思湖诗群"诗人从象征过渡到超验空间的写作实践，使得诗真正从修辞层面上升到了美学层面，诗已不单作为一种语言符号的书

---

① 韦静：《白日梦》，《广西文学》2014年第12期。
② ［法］加斯东·巴什拉：《梦想的权利》，顾嘉琛、杜小真译，华东师范大学出版社2013年版，第188页。

写艺术完成它再造自然的使命,而是在语言与形式之外制造出另一种超自然的神秘响应,将我们引入一个更加深邃、广袤的超验世界,直接指向全人类的内心与情感境况。所以"超验"说到底是一种能反抗性的追寻,这种努力超越现实的"他性"追求,使得我们与喧嚣的外界世俗形成了一种间离的关系,带着祛魅的意旨来反思、审视我们自身的精神困境和普遍的时代命运。诗人通过对虚无、痛苦、无聊的反抗,以暴制暴,完成对自我生命和人性尊严的坚守,构建着艺术世界更为广阔的精神蓝图。显然,他们的这些超验之维的写作追求,不仅属于他们自己,也属于疲倦不安的人心与时代。

第二,作为内容和形式的超越。从某种意义而言,中国新诗的现代性即表现在诗体形式、语言与内容的现代性。诗歌语言实际上就是诗的形式的显现,我们大致会认为,所谓的内容即是诗表达了什么,而形式的功能则指向如何用诗来表现它。作为一个立足于大学校园的诗歌团体(尤其是民族院校),以往"相思湖诗群"诗人的创作难免会带上青春性、民族性、地域性写作,以及学院"知识分子"写作的习气。一方面由于年龄和视野的局限;另一方面则是因为他们对外界强加的这些批评概念缺乏必要的认知准备,从而形成某种观念上的束缚与误解。这种误区尤其表现在对诗的内容与形式的理解上。同样作为少数民族诗人,覃才、祁十木、韦静、李富庭的诗歌,与以往"相思湖诗群"内部或当下同龄的少数民族诗人的写作迥异。他们的诗歌不再是单纯的故土情结、地域风貌以及民族身份、元素的展示,而是将母语与信仰情结上升到对自我生命态度的确认,和对人性哲理化思考的普遍关怀意义上来,使之真正融入自我生命的血液和气质当中,从而建构起他们的精神价值与艺术格调。比如覃才的长诗《壮人志》和组诗《院子修着壮族的小山》等诗歌,都不同于那种单纯"为诗而诗"的对民族集体记忆的溯源,而是在观照本民族历史文化传统的同时,以静观的视角介入城乡交叉过程中所呈现出的微妙矛盾和复杂境况,对当下社会生活与时代感觉具有较为敏锐地捕捉与把握。类似的表达意识也同样存在于纳西族诗人刘宁、回族诗人祁十木和瑶族诗人李富庭等人的诗歌创作中。他们的这种超验之维的诗写方式,使他们逐渐从自我狭隘的民族身份当中走出来,重塑爱与艺术的立场,具有了人类的书写视野和神性的关怀与体验。

  长期以来,所谓的学院写作和民间写作似乎总有那么一层隐秘的隔阂,学院写作注重语言修辞的难度表现,注重意象深度、语言的内部张力,因为"张力的牵涉面确实非常广,从内在的情感张力、结构张力到形式张力应有尽有。而文本与外部世界(历史、社会、时代、现实)所构成的话语意义上的思想张力、精神张力、思维张力等'庞然大物',同样指不胜屈"。① 这种基于对诗歌语言张力的追求,使得学院诗歌往往呈现出丰富、独特、复杂、强度的诗性特质。因其后隐藏着庞大的哲学背景和知识系统,在一定程度上造成了诗歌的晦涩、难懂,与一般读者的阅读期待拉开了一定距离。对于诗歌的发展和探索来说,这是必要的,而且也更加符合现代诗歌本质的审美内涵,但同时也需要加以反思。与当下大多数学院写作一样,以往"相思湖诗群"也存在着对修辞语言的搭配组合、意象内容等陌生化的种种误解,诗人们在追求张力、复杂化、难懂化等内容和形式的过程中,由于情绪、情感的持续紧张与亢奋,使得奇特化的表现往往超出了接受主体可理解的范围,这也可作为颇具警惕性的一面来解释为什么学院诗歌越来越"难懂"的缘由了。而从早期"相思湖诗群"诗人的作品中我们可以看到,大量挪用西方诗歌中的意象(拼贴式模仿),凭借写作激情、情绪冲动以及语言的快感进行意象、词语的随意拼贴、组合,所呈现的是词

---

① 陈仲义:《现代诗:语言张力论》,长江文艺出版社2012年版,第6页。

语狂欢式的书写，这样的写作往往缺乏诗意生成的必要准备，所以使得词语、意象本来的意义指向变得模糊，缺乏明确的象征内容。这种仅仅依靠"意识流"唤醒内部"语言流"的自由联想式的自动写作方式，虽在一定程度上超越了语言，但由于其完全是无意识和非理性的，在一定程度上它难以将语言与感觉、想象同一化，也会让诗歌语言本来可以发挥其表现功能的那一部分"尽意"之"言"变得莫名其妙。因为这样的"自动写作是被动的，这也意味着它置身在一种纯粹激情运动的不慎和鲁莽中"①，这就又让诗歌本来所具有的"难懂"性，披上了一层更为微妙的"虚伪"的面纱，直接表现在内容上则是意义的模糊和混乱。但从近几年"相思湖诗群"青年诗人的创作中我们可以看到，这种词语狂欢式的激动逐渐向冷静的哲思转变，语言无节制的快感追求有所收敛，在更大程度上追求诗句的凝练、精准，更加注重精心营造出一首诗整体的诗意内容和形式美感，使诗在沉默中渐渐清晰，对于诗的语言形式和表意功能的超越也使其获得了超验的属性。

如果诗的内容使读者产生了想要寻求其意义的冲动，那么形式则是诗之所以成为诗的前提和本质因素。内容是那种"沉默的东西"，而形式则使其意义发出最大的回声来，为内容的言说敞开了新的诗意和超越空间。因为"形式也是内容的构成，它不止是对内容的反映。语调、节奏、押韵、句法、谐音、语法、标点等，事实上都是意义的产生者，而不是意义的容器"②，所以就一首诗整体的经验来说，关注形式在意义上的回响与追求在内容方面的广阔意义同样重要。关于形式的探索，以往"相思湖诗群"诗人的创作，更多关注的只是诗的述行、排列以及行与行之间相互转换的问题，专注于那些依靠最原始的说话声音（语感）的无规则波动，或者依靠

---

① ［法］莫里斯·布朗肖：《文学空间》，顾嘉琛译，商务印书馆 2003 年版，第 191 页。
② ［英］特里·伊格尔顿：《如何读诗》，陈太胜译，北京大学出版社 2016 年版，第 95 页。

身体和心理意识所发出的自由式"即兴"表演的节奏，而缺乏对相对稳定、开放、意义明确的形式内部声音的深度追求。自2014年以来，"相思湖诗群"诗人开始逐渐关注这一问题，使写作从之前含混、随意、自动的形式向追求整首诗清晰的质感转变。韦静对诗歌纹理的关注，尽可能将多种声音编织在一首"单薄"的诗里，诗节的高度压缩，使诗呈现出和谐、简洁的形式特征；祁十木对标点、句法和气息的钟情；吕旭阳后期大量的"十四行"诗歌写作；以及思小云极简、纯净的现代禅诗的创作。他们都有意从诗体形式、情调、语调区别于那些过度口语化、散文化的"叙事诗"，试图从韵律、节奏塑造现代汉语诗歌在形式上的审美规范，使诗歌在词语的跳动中发出内部意识强烈的回声。

譬如，祁十木在的组诗《未知的月光》中写道："我像一只瘦弱的豹子，被泡在雨的杯子里/放入、提出，水溅到被隐藏的事物/手指留下指纹，叠上另一个指纹/熟悉又胆怯的语言。"① 他的诗不单在于其内质，也在于他对标点这一极易被忽略的形式技巧的使用。在"放入"与"提出"之间，诗人巧妙地用顿号分隔，而且在两个连续的动词之间插入这一符号，确实意味深长。如果中间使用了逗号，就似乎有一种即将要走向终结的情感意味，而缺少像顿号这样剪不断理还乱的情思意味。这种看似充满犹豫、沉默、突兀的停顿，却往往能获得戏剧性的活力，恰恰表现诗人在面对"隐藏的事物"时内心的那种复杂、抗拒、挣扎与克制。同时，这种停顿也使诗的气息缓和下来，在这里气息不是一种语言，它是那种持续不断地把握、扣住人心的东西，是那种使"词语坠落"而发出最微妙的那一部分的回响，气息虽然不表达意义，却可以延续意义。诚如诗人自己所说："你把词瓣分成两半，从不赋予它们意义/我们彼此依赖，相当于血滴到水中，喝就是咸的/大多数人的嘴唇开裂，苦

---

① 祁十木：《卑微的造物》，国际炎黄文化出版社2017年版，第29页。

涩包含着伪证"。① 他的诗性魅力即体现在对于气息的追寻上，在字与字、行与行这种关系的处理上。诗人在对句子进行切割、重组以及跨句的过程中，形成一种整体绵长、环绕的节奏。这种节奏是颜色、声音和意义的交混，是语句的长短、轻重缓急，是词与词之间巧妙的组合关系。这种倾向也使他的诗歌充满了多种暗示性的声音，在追求形式同时又超越了形式，按照马拉美的话说就是一种"暗示性的音义凑泊"，此种基于外在形式在语境方面的构建，呈现出一种类似于梦境般的"虚幻而真实"的诗意效果。在这种诱人的、不确定的声音中，"从'梦'的支配力出发，它瓦解了世界，把世界推入非现实，以便让隐秘照进其中。语言魔术般的多音调与无法言说者是接近的，只能用支离破碎的词语来捕获梦那无法听闻的音乐"。②

不同于祁十木的依靠词语的断裂、重组，以及诗行之间错落、转换而形成的超验的听觉体验，李富庭诗中的声音，往往是内部节奏和外在自然声部的交混而形成的。其中，向"内"的节奏不仅指语词的语音效果，也包括诗人的情绪、情感、感觉的演变、起伏和推进。而我们身处在对自然的体验当中，不论是一种观念、一种情感还是一种思想，都需要媒介来进行沟通，与其说诗歌与"外"部沟通靠的是语言，不如说这种"媒介"就是自然本身，因为自然本来就是我们依靠视觉、听觉、触觉所能解释的世界。而诗歌又提供了一种可能，它在一种极具形式感的语言外壳的包裹下，装饰着自然，甚至表达着自然发出的一切声音，成为自然的"代言人"。李富庭也许敏锐地意识到了这一点，在他的诗中有意或无意模糊、消解主体与客体，即"物"与"我"的界限，自然的声音即是他自己

---

① 祁十木：《卑微的造物》，国际炎黄文化出版社2017年版，第76页。
② [德] 胡戈·弗里德里希：《现代诗歌的结构：19世纪中期至20世纪中期的抒情诗》，李双至译，译林出版社2010年版，第187页。

的声音，自然的情感即是他自己的情感，甚至连语言也成为了他"自己"。比如其《咳嗽》一诗："我吞下一条河/企图平息孤独者的怒吼/淹没咽喉爬来爬去的虫子/青蛙也在池塘的梦里低咳/我打开门/一辆汽车向我驶来/两只橙色眼睛炯炯有神/不知是出发还是归来/所有东西都融入了夜里"。① 诗人以"咳嗽"这一自我的身体反应，从而使他的感觉神经不断向外延伸，仿佛是他牵动了"河流""虫子""青蛙""汽车"为他的咳嗽作出同样的反应，同时这些外部的反应又成为他自己的感觉。孤独的"河流"并未平息他"孤独的怒吼"，"虫子"的骚动最终也成了他喉咙的躁动，"青蛙"也在他的梦里"低咳"，这是青蛙的梦境，也是诗人的梦境。然而"所有东西都融入了夜里"，诗人预感到了另一种更为深沉、广阔的声音，这个声音回荡着的窃窃私语，更加靠近灵魂，也接近想象，此时夜不再是夜，诗人不再是诗人，而成了"诗"。所以"诗就是这样……它们拥有一个声音，而这个声音的形成，把想象出来的声音汇集成言说的过程，也许是它们存在的真正场合"。②

第三，超越"传统"与现代性探索。如何定义新诗的传统是一个复杂的问题，对此学界一直持有不同的观点，而且至今争论不休。面对传统，诗人们承受着来自古典与现代的双重压力，甚至有人痛定思痛、不无悲观地认为新诗百年是一场失败，有的则认为新诗发展至今已具备了相当成熟的文学语言和书写经验，对新诗的前途充满信心。但不论以哪种方式观照传统，都不可否认传统对于我们今天用汉语写作的诗人的重要性。正如诗人西川所言："一个作者，在越过了完全依赖个人才华的阶段以后，会领悟到，个人的创

---

① 李富庭：《第五季节》，国际炎黄文化出版社2017年版，第17页。
② [美]哈罗德·布鲁姆等：《读诗的艺术》，王敖译，南京大学出版社2010年版，第306页。

造必须融入一个更加广阔的背景：传统是与现实感同样重要的东西"。① "相思湖诗群"多年来一直坚持文化关怀、重塑传统的经典表达，涌现出许多既具有传统古典诗歌表达的审美格调，又具有现代意识渗透的诗歌作品。但我们反观这些作品就会发现，在走向"现代"的路上，他们诗中那些"传统"的东西似乎总是那么力不从心。以往"相思湖诗群"诗人们对于传统的理解，仅仅是局限于古典词汇、意象、元素与现代感的简单连接关系上，大部分都是浅尝辄止，它仅仅是作为一种颇具形式感的符号存在于一首用语言编织的诗里，而一旦脱离了以往特定的"传统"（中国古典）的历史语境，在面对现代问题上则会显得一无是处，那么虚弱无力。"传统"并没有和诗人的内在发生联系，诗人们感到的只是在面对传统时的压力。这种压力不仅来自现代汉语表达能力的局限性，也来自对传统本身机械、狭隘的误解。

但近几年，由于超验思维的慢慢渗透，"相思湖诗群"的青年诗人开始一方面有意识地向传统靠拢、回归；另一方面则努力超越"传统"，打破传统对于诗人的束缚，使诗人真正退回到自我的意识上来，在历史和现实的基础上，通过个人的创造性努力，从而确立自己对于诗歌传统的立场。所以换句话说，"传统是某种需要自身努力才能获得的东西，这种东西是不确定的，无法用想象中的一系列原则加以概括，这种传统来自于诗人的'历史意识'，但在某种意义上又是诗人的独创"。② 而且"历史意识又含有一种领悟，不但要理解过去的过去性，而且还要理解过去的现存性"，③ 所以笔者这里所言的传统，一方面是指中国古代几千年诗歌发展而形成的诗学美学准则，另一方面指中国新诗诞生以来积淀的历史经验传统，如

---

① 西川：《我和我——西川集 1985—2012》，作家出版社 2013 年版，第 365 页。
② 陈太胜：《象征主义与中国现代诗学》，北京大学出版社 2005 年版，第 226 页。
③ 赵毅衡编选：《"新批评"文集》，百花文艺出版社 2001 年版，第 28 页。

果从更宽泛的意义来讲,也包括西方诗歌提供的可供汉语诗人借鉴的某些书写经验和诗学理念。在基于如此对传统理解的背景下来研究近年"相思湖诗群"诗人的创作,也更符合他们超验的书写思维。

"相思湖诗群"青年诗人对传统的回应,主要表现在纵向的继承和横向的移植两方面。所谓"纵向"是指充分吸收、承继中国古典诗歌传统,以及自新诗诞生以来对现代诗发展做出贡献的积极有效的探索。"横向"则是指借鉴外国诗歌的技巧原则和诗学精华。在此基础上使之相互交融、渗透,从而进一步超越传统,努力形成自己的个人创造。韦诗诗在《深秋》一诗中写道:"花香擅长四处安家,携一封信/你的睫毛是一把小扇子/随性仿佛河流,即将到来/情人的心跳,我总能算得精确"。[①] 暗示、通感等现代诗艺的巧妙应用,使诗歌达到了情趣真醇的意境,往往在"睫毛""心跳"等细微之处,略加渲染,使之气韵生动,跃然纸上,含蓄委婉地表达诗人对情人的绵绵爱意和款款深情。陈萌的《金鱼》:"火焰近了,眼底的城市成了一尾鱼/在夜里,晃动着金灿灿的鳞片/流岚虹霓,觥筹交错。醉生梦死的/人睡去,如潮的蚂蚁仍寻寻觅觅/渺小,活成不起眼的一块虚化的鳞片"。[②] 她的诗敏感、细腻,以女性特有的柔美、感伤的表达格调,传递着从现实经验、日常叙述向创造性诗意生成、过渡和飞跃的多重可能,她专注于生活细节、世态、人情的捕捉与把握,古典情结、文化元素与现代意象之间的置换、互动、融汇、叠加,将诗歌引向超越的时空感受,显得自然、灵动、水性、富有才气和灵气。同样的表达还有何婷的诗,"大风吹过原野,出生的念头/因为土壤的苏醒而被搁置下来/敛翅的秃鹫

---

① 韦诗诗:《铁塔月亮》,国际炎黄文化出版社2017年版,第54页。
② 陈萌:《金鱼》,《散文诗》(下半月) 2016年第10期。

迅疾略过树梢整个山冈，整个秋天/充满少女的气息"①，只不过何婷更加注重词语的刚性表现，不管是"秃鹫"等陌生化和心理意象的使用，还是对炼字、炼句的要求，都呈现出一种硬度。其在情感的欲求上又显得热烈、奔放又极力克制，语境开阔，显得沉稳大气、凝重深沉，制造出一种和谐的陌生感。她的诗显然是继承了"后朦胧诗"的表达传统，又不乏超现实的梦幻与直觉的意味，又具有一定的浪漫主义色彩，一种鲜痛，一种壮美。

韦诗诗、陈萌和何婷作为女性诗人，与当下大多数女性诗人的写作立场迥异。纵观当下的写作，一旦提到女性书写的视角，大多数读者都会不自觉地将之与大胆的身体、性的暴露，私密经验的分享，以及某些个性张扬的"先进"做派联系起来，似乎这种隐秘的私语性写作依赖在女性诗人那里已成为了一种普遍的认知，大有竞相模仿的效应，且狂欢式地愈演愈烈。对表层叙事经验的过度追求，使得真正的女性视角反而被遮蔽，写作姿态的降低使得写作本身成了一种词语的狂欢，而不是对极致、深度写作和语言精神的追求。"相思湖诗群"的女性诗人恰恰自觉疏离这样的写作，她们的诗写是建立在广阔的文化语境和文明背景之上的，不再是单纯内心独白的泛滥和张扬的身体暴露，而是使优雅、善意、温存的女性视角自觉敞开、呈现，思想情感细腻、典雅、深沉，处处展露着她们的才情与灵性，对那些过分的、极端的"女性主义"立场保持警惕。而且在艺术表现上，她们的诗也不再是单纯地挪用古典的意象、词汇，不再仅仅局限于表层语言方面"古典感"与"现代感"的连接，而是使之内化为一种与自我艺术生命相关的精神气质，这种气质本身就是传统的，是基于诗人的灵魂气场和创作才能相互作用的天然的创造性努力。

---

① 何婷：《大风吹过的原野》，《中国诗歌》2017年第7期。

在"相思湖诗群"的诗人中，思小云是具有明确语言意识的诗人。他的诗不论从何种角度来说，都始终坚持纯正汉语的表达格调。在他现代禅诗创作中，援禅入诗，诗禅互动，将现代诗的一些表现技巧巧妙地融入诗中，追求空灵、朴素、圆融的诗歌意境，语言简洁、凝练、自然、灵动，既具有传统汉诗的韵味、美感和境界，又不乏当下世俗生活的温热和时代感受，诗人以禅的"灵性"开启了感受和表达世界的全新方式。"我仿佛看到另一个自己走来/像一阵风，像一匹马/像一只蝴蝶/像一朵曼陀罗/门廊和四壁悄悄走开"。[1] 诗人在朦胧渐醒、渐定的过程中仿佛遇到另一个自我，在诗人意识深处产生通透、明净的灵悟，直接抵达"内在的心"，这种体验是在打破以"人"为中心的审视观中清晰体现出来的，它消解了物与我、言与意的二元隔阂，在言辞的矛盾否定、对立超越中，以微量的视角打量万物，偶然性的灵感觉悟是诗人剖析自我心理的过程。看似虚幻的"恍惚"的构建，却是通向生命直道的场所，通向内在的诗的精神气场。"这种对古典诗风自觉地传承与实践，使古典诗质与现代审美意识在传统美学精神的回归之路上，形成良好的联结、通变与互动"[2]，为古典诗歌的审美内涵在现代语境下的诗写实践提供了可能，对中国新诗的"现代性"进行了积极有效探索。

第三节 "孤寂诗写"作为一种可能

德国伟大的古典诗人荷尔德林在其哀歌《面包与酒》中发出"……在贫困时代里诗人何为？"这样的疑问，就一直成为困扰诗人

---

[1] 思小云：《不可挽救的损失》，国际炎黄文化出版社2017年版，第79页。
[2] 思小云：《现代禅诗的话语与意识表现》，《星星·诗歌理论》2016年第9期。

们的一个命题。面对这样一个现代性的根本问题,诗人该如何存在,或以何种方式存在?在一个解构盛行、喧嚣四起、娱乐至死的后现代社会,人类精神的普遍贫乏、空虚与堕落,整个时代呈现集体失语、失忆的状态。尼采"上帝死了"的断言更像一个炸弹摧毁了人们内心强固的堡垒,"上帝的缺席"以及信仰的缺失让人的心灵一片荒芜,世界也因此失去生存的根基,而坠入一个可怕的精神危机的深渊。而表现在文学上,则是文学精神的一蹶不振和集体滑落。

在这样一个精神极度"贫困"的时代里,哲学家海德格尔倡言要"为精神造一个家",他认为:"时代之所以贫困不光是因为上帝之死,而是因为,终有一死的人甚至连他们本身的终有一死也不能认识和承受",①"这种无能为力便是时代最彻底的贫困了,贫困者的贫困由此沉入暗冥之中"。② 这种类似暗夜般幽冥的沉寂提供了两种可能,一种处在持续焦灼、痛苦无望的无眠的挣扎之中,另一种则在持续的孤寂中反思自我、抗拒孤寂。显然,作为诗人的荷尔德林,他身上天才的敏感与责任,使他在孤寂中追问与反思自我存在的本质,以及人类普遍的精神困境。正是这种对于存在、痛苦、死亡、虚无超越的审视,完成了诗人艺术生命的升华与重构。因此,"孤寂"也为我们当下"贫瘠"的诗歌写作提供了一种诗写的可能。

"相思湖诗群"近年来超验之维的写作,恰好也印证了这种孤寂的诗写方式。不论是吕旭阳的"走完暗夜的一个倜傥/无法闪烁的光"③,还是思小云的"我坐在镜子前冥想,感到才能/最终捕获蝴蝶虚无的触须/和死在墙上一抹思想的蚊子血"④,等等,这些在

---

① [德]海德格尔:《林中路》,孙周兴译,上海译文出版社2004年版,第287页。
② 同上书,第283页。
③ 旭阳:《曼陀罗花的沉睡》,国际炎黄文化出版社2015年版,第48页。
④ 思小云:《不可挽救的损失》,国际炎黄文化出版社2017年版,第29页。

"孤寂"中叩问、反思、审视自我以及世界的诗句,就像是暗夜中发光的磷火,照亮了人们内心虚弱、潮湿的场所。其实,在诗歌写作中,当诗人真正退回到自我的立场上来,再将这种精神蕴含在艺术化、心灵化的创作过程当中,就会意外地发现那些被狂欢的世俗生活所淹没的悲喜交织的声音和话语。可以说,"孤寂"的体验为我们靠近神性的书写敞开了丰富的文学空间。为了寻求那种靠近灵魂的东西,诗人在写作中排解、疏泄,摆脱了沉重的肉身并走向高空,向着无边无际的广阔的精神深处延伸,直至遇见了令他欣喜、慰藉的"上帝",从而抵达生命的最终在场。此时诗也成了某种神性的存在,诗人可以直接与神性对话,最终解放了那些被理念、逻辑、世俗束缚了超越性与神秘性,在艺术的实践中发现自我的主体价值。所以董迎春认为:"'孤寂诗写'作为艺术,它保持了艺术的开放性,因为现代诗歌的晦涩、多义而生成了丰富、多元的理解,为现代人的情感深入提供了较好的可能"。① 事实上,现代诗歌所表达的感觉、情感,恰是这种在"孤寂"的忍耐和发现之中的积淀与反思,也是现代诗歌本质的意蕴内涵。

"孤寂"是于哲学上的态度和立场而言的,它是沉痛的、寂寞的,当然也是诗写的主要情感动力和艺术源泉。而"诗写"则是开放的、言说的、热情的,在更大程度上它必须又是自在的、超越的。所以"孤寂诗写"作为一种书写方式,"孤寂"为"诗写"提供了最大的可能。在"孤寂"状态下,诗人作为孤独的承受者,同时又是孤独的书写主体,"孤独把灵魂带向了惟一,把灵魂聚集为一,并且因此使灵魂之本质开始漫游。作为孤独的灵魂,灵魂乃是漫游者,它内心的热情必须承荷沉重的命运去漫游。"② 只有书写者

---

① 董迎春:《反讽时代的孤寂诗写:当代诗歌话语研究》,黑龙江人民出版社2012年版,第111页。

② [德]海德格尔:《在通向语言的途中》,孙周兴译,商务印书馆2004年版,第59页。

具备了足够能承受孤独的重量的能力，真正从客体退回到主体的内在，率先获得了自在的解脱，那么这种不受约束的灵魂漫游，才能显示出"诗写"神圣自由与创造性，这样的"孤寂诗写"才能回应人心与时代，诗人才能作为一个灵魂"修补师"，完成灵魂自救与解脱，获得最大程度的慰藉和满足。既完成了个体内心的超越，又服务于他者，诗人才扮演起在人类文明、文化中"通灵者"的角色，发出强烈的时代回音。所以"真正的诗歌创作往往在'孤寂'中完成的，孤寂的'诗写'赋予了当下诗歌以意义与价值。'孤寂'作为艺术的源动力而存在，同时，亦是以'人'的存在本真状态而逼真地关注命运自身"。① 诚然，"孤寂诗写成为触摸无力、焦虑内心的必然通道，成为当代犬儒化、大众化、非诗年代的另一种坚实、果决的诗学本体追求与信念"。②

　　诗歌写作作为一种书写经验，它不单是语言的艺术，同时也传达着一种声音，一种意识。作为一个群体性诗歌团体，"相思湖诗群"这种超验之维的写作，保持了艺术的开放性，最大程度发挥了自我和个人的空间生长能力，回避了当下拒绝诗歌深度书写的主张，拒绝了那种肆意解构、反讽、反优美、反崇高、反文化以及"形而下"内容极端化的诗歌走向。在荒诞的时代坚守生命与人性的尊严，为当下混乱的诗歌现场注入新鲜的活力，也为当代诗歌精神的构建提供了文本典范和借鉴意义。

---

① 董迎春：《反讽时代的孤寂诗写：当代诗歌话语研究》，黑龙江人民出版社2012年版，第107页。

② 同上书，第117页。

个案研究

第五章

韦其麟：壮族书写与广西现代诗歌转型

民族叙事诗模式的"民族书写"在广西现代诗歌当中有深厚的传统与时代价值，我们看到，20世纪50年代至70年代韦其麟《百鸟衣》模式的"民族书写"建构与完成了广西诗歌的现代转型。80年代及21世纪以来，广西诗坛也围绕"民族书写"展开多维度的探索与实践，韦其麟80年代以来走向否定情感的现代诗写作，既深化了广西诗歌"民族书写"的传统，又丰富了广西诗歌时代书写的审美维度与精神内蕴，表现出鲜明的传承性与开拓性。综合地看，韦其麟六十余年的诗歌创作与探索，作为广西的诗歌符号、民族符号、文化符号及中国民族诗歌符号，在时代之中具有重要的价值与意义。

韦其麟（壮族）是新时期以来广西诗歌现代转型与发展的重要现象与参照，广西诗歌的现代转型始于韦其麟《百鸟衣》模式的民族叙事诗创作。20世纪50年代至70年代，壮族诗人韦其麟《百鸟衣》模式的"民族书写"贯穿了广西现代诗歌创作、发展及转型过程的始终。以《百鸟衣》模式的"民族书写"为基础，韦其麟与其同期的广西诗人一起，建构与完成了广西诗歌从民间"韵体诗歌"至新诗的现代转型。而80年代以来，韦其麟走向否定情感的现代诗写作，既是对广西诗歌中"民族书写"传统的传承与时代深化，又为广西诗歌创造新的审美维度与内蕴，造就了"民族书写"的时代价值与可能。

第一节　民族叙事诗创作与广西诗歌现代转型

壮族诗人韦其麟（1935—）是最早在全国有影响的广西诗人，代表作为民族叙事诗《玫瑰花的故事》（1953）、《百鸟衣》（1955）、《凤凰歌》（1964）、《寻找太阳的母亲》（1984）等。白族诗人晓雪认为："在我国当代各民族诗人中，韦其麟同志是非常注意并相当善于从民间文学中'吸取灵魂'、'掬取力量'而获得可喜成就的诗人。"① 韦其麟20世纪50年代开始于《新观察》《长江文艺》等刊物发表作品，被《中国文学》（英文版）、《人民文学》《新华月报》等刊物转载；并由于其个人的创作与影响，80年代以来曾先后担任广西作家协会主席（1986—1991）、广西文联主席（1991—1995）、中国作家协会副主席（1996—2001），是中华人民共和国成立后第一批在全国有影响的民族诗人。根据韦其麟诗歌创作的审美特征与精神内蕴，其六十余年来的诗歌创作可分为前后两个时期：一是20世纪50年代至70年代《百鸟衣》模式的民族叙事诗写作，二是80年代以来以否定情感为表现维度的现代诗写作。从"民族书写"的角度来看，韦其麟20世纪50年代到70年代《百鸟衣》模式的民族叙事诗写作，推动了广西诗歌由民间"韵体诗歌"到现代诗的转变，建构了广西诗歌的现代转型，并对中国民族诗歌创作的现代进程深有影响。而20世纪80年代以来，韦其麟

---

① 周作秋编：《周民震　韦其麟　莎红研究合集》，漓江出版社1984年版，第335页。

以否定情感为表现维度的现代诗写作，一方面是对《百鸟衣》模式的"民族书写"的承袭与深化，体现了其个人诗歌写作的时代转变，另一方面也反映与丰富了广西现代诗歌转型后的成熟态势与时代内蕴。这些特征共同说明了壮族诗人韦其麟诗歌创作的价值与意义。

梁庭望指出："少数民族诗坛在很长的时间里，是由民间诗歌（包括民歌、民间长诗、民间说唱）领衔的，作家诗产生比较晚。"① 在"全国民间文学工作者大会"（1958）与"少数民族文学史编写工作会议"（1961）之前，少数民族地区的民族诗人队伍基本由民间歌手、艺术工作者等构成，他们收集、创作的文本属于"民间诗歌"，即是一种有固定押韵格式的"韵体诗歌"。"由于许多民族没有自己的文字，直到新中国成立前夕，大部分少数民族都还没有作家诗，故而民间诗歌在少数民族韵体文学中占有绝对优势"。② 广西是少数民族聚居地区，世居有壮、瑶、苗、侗、京、仫佬等12个少数民族。在历史发展过程中，各民族以山歌、神话、传说、叙事诗等形式创作与流传着丰富的民间诗歌。这些民间诗歌本质上是"韵体诗歌"。与其他民族一样，广西现代意义"民族书写"始于"全国民间文学工作者大会"，即"从1958年起，我国各少数民族聚居的省、市和自治区开始有计划、有步骤地开展本地区少数民族文学调查，编写各个民族的文学史或文学概况"。③ 根据编写广西民族文学史的工作要求，广西相关部门开始召集与培养民族作家和诗人。在大学期间发表《玫瑰花的故事》（1953）、《百鸟衣》（1955）等民族叙事长诗的壮族诗人韦其麟，因其壮族的民族身份与文化积淀

---

① 梁庭望：《中国诗歌通史·少数民族卷》，人民文学出版社2012年版，第5页。
② 同上。
③ 中国社会科学院少数民族文学研究所编印：《中国少数民族文学史编写参考资料》，中国社会科学院少数民族文学研究所1984年版，第7页。

及所掌握的现代诗歌写作理念、方法及技巧,也因民族叙事长诗《玫瑰花的故事》《百鸟衣》在全国的影响,大学毕业后回到广西民族大学(原广西民族学院)、广西文联等单位工作的韦其麟成为广西第一批现代意义上的诗人。"经过诗人的辛勤努力,使得他的作品,既有自由体诗的生动活泼,抒卷自如的长处,又保持着壮族民歌浓郁的韵味",①并且通过《百鸟衣》(1955)、《凤凰歌》(1964)、《寻找太阳的母亲》(1984)等壮族叙事长诗创作,韦其麟推助了广西诗歌由民间"韵体诗歌"到现代诗的转变,建构了广西诗歌的现代转型。

"勒脚歌"与"排歌体"是广西民间"韵体诗歌"的主要创作形式。"勒脚歌"流传于广西红水河下游各地域,结构为"首节定基调的歌,其结构比较复杂,有特殊的反复规律:其最基础的是每首八行,七、八行复沓一、二行,十一、十二行复沓三、四行,经过反复,形成三节十二行"。② "排歌体"主要流传于广西右江地区,"每首的句数不定,但一般是双数;每句字数也不确定,但大多数是单数。除每两句须押腰脚韵外,比较自由,句子往往采用铺排的方式"。③ 由于在壮族母语(山歌)的环境中成长,也由于熟悉壮族的文化与传统及在大学期间掌握的现代诗歌写作理念、方法及技巧,壮族诗人韦其麟创作的《玫瑰花的故事》《百鸟衣》《凤凰歌》《寻找太阳的母亲》等民族叙事诗构成了对广西民间"韵体诗歌"(即"勒脚歌"与"排歌体"为代表的山歌体)的反转与超越,其现代意义上的民族叙事长诗,虽然仍然遗留有"韵体诗歌"某些传统特征,但已属现代诗范围。"他早期的《玫瑰花的故事》和《百

---

① 肖远新、李况彬:《崇高与美的追求——谈韦其麟近年来的叙事诗》,《民族文学研究》1988年第2期。
② 梁庭望:《中国诗歌通史·少数民族卷》,人民文学出版社2012年版,第7页。
③ 韦其麟:《壮族民间文学概观》,广西人民出版社1988年版,第174页。

鸟衣》的成功，显然是由于选择了适合自己气质的自由的形式自由的行文，这适合他的格调和艺术情趣，这就是诗行中的自由体的形式和强烈的抒情色彩。"①

据梁庭望《中国诗歌通史：少数民族卷》考察，新诗百年发展进程中，广西现代诗歌创作始于"五四"新文学运动，在抗日战争、解放战争时期广西都诞生出一批诗人群体，中华人民共和国成立后陆地（壮族）、苗延秀（侗族）等作家诗人更是由延安返回广西生活并进行创作，他们的诗歌创作与实践显然属于"现代诗"范畴，而在广西"以全新的现代新诗的艺术形式与壮族最古老的民间文化相应地有机地结合，并在中国现当代新诗的格局中取得了应有的艺术地位的，则是韦其麟"。② 从民间"韵体诗歌"至现代诗歌，广西诗歌的现代转型在诗歌的文本、格式及审美方面表现出明显而清晰的轨迹，广西民间"韵体诗歌"（即"勒脚歌"与"排歌体"为代表的山歌体）与现代诗歌（韦其麟民族叙事诗）的文本、格式、审美及诗性特征的增长、演变情况及与韦其麟民族叙事诗创作的互文性关系呈现如下：

嘉庆四年皇，	依情由来讲，	故事那时事，
号中原甲子。	村与村传扬。	歌在己未年。
在广西无事，	嘉庆四年皇，	在广西无事，
讲英台故事。	号中原甲子。	讲英台故事。③

广西是"山歌"的故乡，"勒脚歌"与"排歌体"格式的山歌

---

① 杨长勋：《朝圣者的沉思——论壮族诗人韦其麟》，《民族文学研究》1992年第2期。
② 同上。
③ 梁庭望主编：《汉族题材少数民族叙事诗译注·壮族卷》，民族出版社2009年版，第923页。

创作构成了广西民间"韵体诗歌"的主体。"勒脚歌"是广西山歌常用的创作与对唱的形式之一。广西壮族中汉族题材的少数民族叙事诗《梁山伯与祝英台》主要以"勒脚歌"格式创作而成,它的创作遵循并展现了"勒脚歌"最简单的押韵及复沓格式,即第二节的"七、八行复沓一、二行,十一、十二行复沓三、四行",以反复至二十行、二十四行及七十二行。并以多节反复,形成长诗。从文本的形式与内容上看,"勒脚歌"以描述与对唱为主,其格式与押韵特征与古体诗有相似之处,但在意境与诗性创造方面不如古体诗;并且与现代诗相比,"勒脚歌"的押韵与复沓规则,亦不能创造出现代诗具有的诗性与审美。显然,尽管"勒脚歌"在广西民间"韵体诗歌"中具有重要的价值与意义,但不能把"勒脚歌"的时代创作理解或视为广西现代诗歌。

> 妹叫唱,
> 要对山歌也无妨,
> 只因妹的山歌带身上,
> 哥的山歌还在屋里放;
> 妈把山歌拿到柜里锁,
> 妈把山歌拿到仓里藏,
> 锁在杉木柜,
> 藏在桦木仓,
> 上了铜钉百二颗,
> 天下无人开得仓;
> 若是妹妹撬得动,
> 哥才有歌上歌场。①

---

① 何承文、李少庆翻译整理:《壮族排歌选(情歌对唱)》,广西人民出版社1982年版,第35页。

从文本形式上看，与"勒脚歌"相比，"排歌体"是广西山歌创作与对唱中相对开放、自由的形式，其一般格式为：每首（节）行数为双数，每行字数为单数，二、四、六、八行等押韵，不要求所有行数数字一致，整体上与传统民歌的铺陈直叙的"赋"体相似，并且其明显的特征开始展现出一定的文学性、审美性。这一特征能够为诗人们进行民间传说、故事的再创作，即民族叙事诗的创作，提供形式与思维上的优势，但严格的行数、字数、押韵要求及描述特征是文本中审美性与诗性创造的严重"束缚"。

对广西现代诗人来说，"勒脚歌""排歌体"形式的山歌传统是非常重要的资源与土壤，"在民歌里，那大胆的带有浪漫色彩的夸张，和那丰富的比喻、起兴、重复，是那样形象、精确、具体、生动和恰到好处，给人的印象是那样强烈、新鲜、明朗"。[①]"勒脚歌""排歌体"固有的传统很重要，但"勒脚歌""排歌体"的行数、字数、押韵等格式"局限"，同时也导致了广西山歌本质上不是现代诗，而属于民间的"韵体诗歌"。显然，通过对广西"勒脚歌""排歌体"及现代诗歌的比较与分析而知：广西民间"韵体诗歌"与真正意义上的现代诗之间还存在一定距离。中华人民共和国成立后，广西新一代诗人的创作与追求，目的就是在"勒脚歌""排歌体"的山歌传统中实现广西"山歌"向广西现代诗歌的本质"跨越"。

> 像春天的竹笋一样，
> 古卡日夜成长。
> 白圆圆的脸会朝着娘笑了，
> 乌亮亮的眼睛会认出娘了，
> 红扁扁的小嘴会叫娘了，

---

① 周作秋编：《周民震 韦其麟 莎红研究合集》，漓江出版社1984年版，第250页。

> 肥胖胖的手脚会爬地了。
> 娘看见这些啊,
> 高兴得三天三夜睡不着觉。
> 没有花就没有果子,
> 果子从花蕊里结成;
> 没有娘就没有古卡,
> 古卡从娘的怀里成长。①

实现"山歌"的跨越,就是实现广西民间"韵体诗歌"至现代诗歌的转型及现代的"民族书写"的跨越。20世纪50年代至70年代,壮族诗人韦其麟为广西诗歌建构了这种广西"山歌"至广西现代诗歌的民族跨越。在韦其麟民族叙事长诗《百鸟衣》"绿绿山坡下"一节中,我们看到:其本人开展的诗歌创作,对"勒脚歌"的复沓、"排歌体"押韵与数字"限制",并不作强制要求。相反,诗中每行的字数、长短、意蕴及整体形式已因遵循现代诗歌的修辞技巧与体制而实现自由化、审美化,展现出现代诗的诗性与审美特征。由文本分析可知,韦其麟的民族叙事诗"善于吸收壮族民歌的营养,大量采用民歌的比兴、夸张、重叠等表现手法,通过朴素而生动、简洁而活泼的语言,形成明丽的诗的意境和浓郁的抒情气氛,有着较高的艺术价值"。②通过广西民间"勒脚歌""排歌体"与韦其麟民族叙事长诗《百鸟衣》的文本、形式、意蕴、修辞及审美的对比,我们可以明显地看到,韦其麟《百鸟衣》模式的民族诗创作,实现中华人民共和国成立后广西"山歌"、民间"韵体诗歌"至广西现代诗歌的重大跨越,让广西诗歌在"民族书写"维度上实现了文学性、审美性、诗性的现代转型。同时,由于大学教育的推广、新诗的传播及韦其麟《百

---

① 韦其麟:《广西当代少数民族作家丛书:韦其麟卷》,漓江出版社2001年版,第12页。
② 梁庭望:《中国诗歌通史·少数民族卷》,人民文学出版社2012年版,第805页。

鸟衣》模式的"民族书写"的影响，广西青年诗人群体相继学习并使用韦其麟《玫瑰花的故事》《百鸟衣》等民族叙事诗模式的"民族书写"的创作方法与技巧，并积极付诸创作实践，最终使《百鸟衣》模式的"民族书写"成为20世纪50年代至70年代广西诗歌创作的主流模式，从而共同塑定广西诗歌现代转型的成果与意义。这一时期，广西诗坛苗延秀（侗族）、包玉堂（仫佬族）、萧甘牛（壮族）、侬易天（壮族）等诗人先后创作出《大苗山交响曲》《虹》《双棺岩》《刘三妹》等民族叙事长诗。基于韦其麟《百鸟衣》模式的"民族书写"的影响、广西诗坛现代诗歌创作队伍的形成及成果的积累，广西诗歌的现代转型基本完成。

《百鸟衣》是韦其麟民族叙事诗的代表作，也是其壮族民间传说创作的最成功且最有影响的作品。"在以诗歌的艺术形式歌唱壮民族文化方面，韦其麟是最真诚，也最为深刻和出色的一位壮族诗人"。[①] 20世纪50年代至70年代，韦其麟以其个人的民族意愿、诗歌才能及影响证明了他是一位出色的民族诗人、现代诗人，韦其麟《百鸟衣》模式的民族叙事诗创作，不仅证明了其本人诗歌写作的价值与意义，更作为一种主流的创作模式引领广西诗人群体的创作。与其他同期的广西诗人一起，韦其麟以《百鸟衣》模式的"民族书写"完成了广西诗歌从民间"韵体诗歌"至新诗的现代转型。

第二节 否定情感诗写与广西诗歌"花山"探索

因韦其麟《百鸟衣》模式的"民族书写"的影响，20世纪70年代以来，民族叙事诗模式的"民族书写"作为广西诗歌时代发展

---

① 杨长勋：《朝圣者的沉思——论壮族诗人韦其麟》，《民族文学研究》1992年第2期。

的传统与愿望，被不断地挖掘、丰富与深化。特别是在80年代"寻根思潮"及"百越境界"的影响下，广西诗歌在民族叙事诗模式的"民族书写"的传统上形成了以壮族文化发源地"花山岩画"为核心的现代"民族书写"。在广西诗歌地域性、群体性的意愿与努力下，80年代以来，广西诗坛围绕"花山"的现代"民族书写"的探索活动主要有："花山文化与我们的创作研讨会"（1985，南宁）、"广西青年文艺工作者花山文艺座谈会"（1996，崇左花山）、"广西首届花山诗会"（2017，崇左花山）。这些具有传承性、时代性的"民族书写"探索与实践，不仅是在民族叙事诗模式的"民族书写"传统上挖掘了广西诗歌"民族书写"的现代可能，而且凸显了广西现代诗歌创作的新态势与时代特征。韦其麟作为广西诗歌现代"民族书写"的建构者、见证者、实践者，其80年代以来以否定情感为创作维度的现代诗写作，对丰富与深化广西诗歌的现代"民族书写"的审美与表现维度，同样具有重要意义。

探索是对本体的寻找与想象，广西诗歌"花山"探索目的是为找到"民族书写"本体价值与时代可能。一般而言，民间叙事诗、传说、神话是"民族"本体的载体与表现形式，进行自觉式的批判、讽刺及怜悯是民间叙事诗、传说、神话惯用的创作原则与情感指向。这种特征在不同的民族叙事诗、传说、神话等中均得以体现，如壮族民间传说《刘三姐》写道："唱山歌，/一人唱来万人和；/唱得穷人哈哈笑，/唱得财主打哆嗦"，[1] 蒙古族叙事长诗《嘎达梅林》也同样写到了这种"情感"："隆冬的草原虽然阴沉，/跟着就是明媚的春天；/嘎达梅林啊，虽然死去了，/坏人的天下不会久远"[2]；这种"假、丑、恶"的"批判、讽刺及怜悯"之情与"真、善、美"追求明显的创作原则与情感指向，展现了不同时代、

---

[1] 唐长凤、潘伯羽改编：《刘三姐》，人民美术出版社1983年版，第71页。
[2] 陈清漳、赛西、芒·牧林整理：《嘎达梅林》，上海文艺出版社1979年版，第103页。

不同地域的民间叙事诗、传说、神话所蕴含的劝善惩恶的教化作用和批判功能。由此,广西诗歌的"花山"探索理应在民族的民间叙事诗、传说、神话中寻找广西诗歌现代"民族书写"的本体价值与审美情感。韦其麟在谈及《百鸟衣》创作的感受时表示:"民间故事和传说是人民群众所创作,里面非常鲜明地体现着他们深刻的爱憎,通过他们所创造的故事和人物,给统治者以辛辣的讽刺和打击。"[①] 广西现代诗歌从"韵体诗歌"的母体中走出,其现代"民族书写"一方面应继承民间"韵体诗歌"充满自觉的批判、讽刺、怜悯的传统及审美情感;另一方面由于受到19世纪以来"重估一切价值"、文化虚无主义、存在主义等现代性观念与意识的影响,它的现代创作在继续展现民间"韵体诗歌"的批判、讽刺、怜悯传统与审美情感的同时,应进一步转向根植于时代精神的否定情感书写与诗性审美。如波兰诗人切斯瓦夫·米沃什写道:"做一个20世纪的诗人意味着要接受各种悲观主义、讽刺、苦涩、怀疑的训练。"[②] 民间"韵体诗歌"蕴含的批判、讽刺、怜悯传统与审美情感及时代的否定情感作为一种诗性的关怀、认知、审美,作为生命与写作的最高准则与高度,不仅建构了一个20世纪诗人最本质的训练与诗写,同时也构成了广西诗歌现代"民族书写"的本体内蕴及人在时代之中的"诗意栖居"与胜利。

"随着现代主义文学的不断成熟,文学愈加关注人类的否定性情感与价值反思,以及时代狂欢与精神贫困等形而上学的终极问题与话语。"[③] 在80年代"寻根思潮"影响下,从民族的传统与精神之中寻找创作的思想、方法及可能成为时代的一种主流意愿。文学

---

① 周作秋编:《周民震 韦其麟 莎红研究合集》,漓江出版社1984年版,第249页。
② [波兰]切斯瓦夫·米沃什:《诗的见证》,黄灿然译,广西师范大学出版社2013年版,第19页。
③ 董迎春:《当代诗歌:诗性言说与诗学探索》,《学习与探索》2017年第10期。

围绕"民族"的"寻根"、创作及探索"是一种对民族的重新认识、一种审美意识中潜在历史因素的苏醒,一种追求和把握人世无限感和永恒感的对象化表现"。① 壮族诗人韦其麟熟悉壮族传统、文化及精神,擅长民族叙事诗创作,经过 20 世纪 50 年代至 70 年代"百鸟衣"模式的"民族书写"阶段,在"寻根思潮""百越境界"及虚无主义、存在主义等现代性观念与意识影响下,其诗歌写作转向时代的否定情感书写与诗性审美,以沉思与哲学关怀相结合的状态进行广西诗歌现代的"民族书写"探索与实践。"伴随着中国当代文学从讴歌走向反省,伴随着新时期文学从政治反思走向文化反思,韦其麟的创作也越来越趋向于沉思。"② 现代意义上的"民族书写"强调对"民族"传统意蕴与时代现状的综合反思与表现,"尤为关注人类的否定性情感与价值结构,探讨人类心灵深处的文化价值与哲理关怀"。③ 作为优秀的民族诗人,民族与时代相融合的否定情感不仅是 80 年代以来韦其麟对民族根性与时代现状的本质理解与诗写方式,而且也是其对现代的"民族书写"的本质理解与表现方式。"对恶的鞭笞及对善的张扬……他的意念超越了具象,进入了抽象——哲理之境",④ 他这种以否定情感为表现维度的现代诗创作,表现着广西现代诗歌转型后的成熟态势与时代内蕴。在诗作《孤寂》中韦其麟写道:

走进灵魂市场而惶怵,/在拥挤的喧嚣里窘苦地举步。//卖淫妇高歌爱情的坚贞,/激起四周热烈的掌声。//江湖佬骗卖假药的功夫,引起阵阵如狂的欢呼。//躺在一片如雷的鼾声,/听

---

① 韩少功:《文学的"根"(〈作家〉论坛)》,《作家》1985 年第 4 期。
② 杨长勋:《朝圣者的沉思——论壮族诗人韦其麟》,《民族文学研究》1992 年第 2 期。
③ 董迎春:《当代诗歌:诗性言说与诗学探索》,《学习与探索》2017 年第 10 期。
④ 周鉴铭:《韦其麟》,《南方文坛》1988 年第 5 期。

得见自己心跳的清醒。(《孤寂》)①

否定情感是对时代快感、狂欢及精神贫困现象的"清醒"认知与本体"穿刺"。于时代之中，进行一种否定情感的现代诗写作首先能够让诗人守住个人感觉与精神的家园，守住一份时代的良知与善意，其次是基于难能可贵的良知与善意，诗人们才能够完成审视人类心灵与时代的诗写，为人类与时代创造一份"诗意的栖居"、净化和怜悯。越是荒诞、怪异的时代，否定情感的现代诗写作所具有的净化与怜悯意义愈重大。韦其麟在捕捉到"卖淫妇高歌爱情的坚贞""江湖佬骗卖假药的功夫"等时代"症状"之时，以一种批判、讽刺、怜悯的否定情感进行诗性、审美化的观照，展现诗歌艺术在时代之中的净化功能与怜悯情怀。

  弄舌的鸟儿，/歌赞自己笼子的宽广。//弯曲的小松，/矜夸所在盆景的壮美。//英雄的雕像，/画满了游人的名字。//沉痛的哀乐，/被奏成喜庆的欢歌。(《悲哀》)②

诗本质上是一种语言艺术，理应追求语言的诗性言说。对日常生活事物、现象进行否定情感式的感知、想象与诗性言说是80年代以来韦其麟现代诗写作的重要维度。韦其麟从民族叙事诗叙事性、故事性的写作转向强调感觉、体验、想象及审美的现代诗写作，实际上是一种诗性的进步与转向。其否定情感的现代诗写作，不仅注重诗歌语言的诗性言说，而且注重诗歌的时代与社会功能发挥。诗中"鸟儿歌赞笼子宽广""小松矜夸盆景壮美""雕像画满游人名字""哀乐奏成欢歌"，这些否定的对比形成一个诗性与情感的张力

---

① 韦其麟：《广西当代少数民族作家丛书：韦其麟卷》，漓江出版社2001年版，第182页。
② 同上书，第183页。

场域，既展现诗歌艺术的言说之美，又击中人类的情感与心灵世界，引起生命的哲思与情感的怜悯。

> 菟丝子诅咒寄生的无耻，/墙头草礼赞信念。//树顶的藤鄙夷树的低微，/田里的稗子歌唱丰年。//狐狸宣扬诚实的美德，虻蚊谴责吸血的罪行。//乌鸦耻笑白鹤的乌黑，/豺狼控诉小羊的残忍。(《滑稽》)[①]

"审丑"是否定情感的现代诗写作所使用的重要审美策略和言说意识。诗人对时代当中"丑"的观照与审视，最终显现出的是美的认知与把握，"审丑"出美吻合否定情感追求的"肯定之否定"。"菟丝子的无耻""稗子歌唱丰年""狐狸宣扬美德""乌鸦耻笑乌黑""豺狼控诉残忍"这些"假丑恶"审视与聚合，共同构成了一次否定情感的诗性言说与心灵的凝视，展现现代诗对人类心智及时代的一种"形而上"的思考。作为时代之中一个非常敏感的诗人，韦其麟"充满怜爱的目光总是时刻关注着民生的疾苦和民族的兴衰，以闪烁着智慧光芒的文字，真诚地讴歌人间的真、善、美，无情地鞭挞假、恶、丑"。[②]

现代诗中"否定情感"的挖掘与开拓作为一种诗写的思维与意识，在中西方民间叙事诗、传说、神话当中有久远的传统与相通之处。悲剧是西方文学的起源之一，亚里士多德在《诗学》中指出，"悲剧是从临时口占发展出来的"，[③] "借引起怜悯与恐惧来使这种情感得到陶冶"。[④] "临时口占"指民间的合唱队或歌队，古希腊悲剧

[①] 韦其麟：《广西当代少数民族作家丛书：韦其麟卷》，漓江出版社2001年版，第181页。
[②] 梁梓群：《论韦其麟诗歌中的悲剧艺术》，《歌海》2012年第5期。
[③] [古希腊]亚里士多德、[罗马]贺拉斯：《诗学 诗艺》，罗念生、杨周翰译，人民文学出版社1997年版，第14页。
[④] 同上书，第19页。

(格式为四双音步短长格的"讽刺格"与六音步长短短格的"英雄格"的"韵文"或歌曲）主要由诗人从民间的合唱队或歌队表演的故事整理与创作而来。在文体的格式与形式上，西方悲剧与壮族民间"韵体诗歌"的"勒脚歌""排歌体"相似，并且在文体的功能与意义追求方面，西方悲剧通过"引起怜悯与恐惧"使"情感得到陶冶"与壮族民间"韵体诗歌"追求批判、讽刺及怜悯的情感审美指向一致。现代的否定情感的诗写作本质上是传承中西诗学的民间"韵体诗歌"传统与情感，并为探寻人的内心世界与时代书写提供一种可能与方向。韦其麟以否定情感为特征的现代诗写作转向，参照并深化了中西诗学民间"韵体诗歌"的传统与情感，践行诗歌的"形而上"价值及社会功用，体现了他"总是考虑到如何陶冶人们高尚的心灵"的诗学追求。

综合而论，20世纪80年代以来，壮族诗人韦其麟走向否定情感的现代诗写作，首先是对壮族民间"韵体诗歌"批判、讽刺、怜悯传统与审美情感的沿袭与深化，体现了其本人一贯的民族叙事诗模式的"民族书写"的风格与力度；其次作为广西最有影响力的诗人，他从叙事性、故事性的民族叙事诗书写转向时代的否定情感书写与诗性审美，本质上是对广西诗歌"花山"式的"民族书写"的现代探索，在某种程度上反映80年代以来广西现代诗歌转型后的成熟态势及其现代意蕴不断丰富与深化的过程。

第三节 韦其麟诗歌创作的影响及价值

壮族诗人韦其麟六十余年的诗歌创作与实践，是中华人民共和国成立以来广西诗歌发展与转型的重要参照。20世纪50年代至70年代，韦其麟《百鸟衣》模式的"民族书写"是广西诗坛创作的主导模式，这一模式直接推助广西诗歌由民间"韵体诗歌"到新诗的过渡，建构了广西诗歌的现代转型；而80年代以来韦其麟以否定情感为创作维度的现代诗写作，对推动广西诗坛现代的"民族书写"的深化，丰富广西诗歌现代书写的审美维度与表现领域，也表现出积极的意义与价值。

第一，构建广西诗歌的现代转型与探索。

在悠久的历史发展过程中，虽然广西民间"韵体诗歌"的"勒脚歌""排歌体"，特别是"排歌体"，它们的格式、押韵与现代诗歌相近，但本质上并不能归入现代诗。因而，在中华人民共和国成立之前，广西诗歌以民间"韵体诗歌"为主。广西诗歌的现代转型，实际上始于韦其麟《玫瑰花的故事》（1953）、《百鸟衣》（1955）、《凤凰歌》（1964）等民族叙事长诗创作，完成于苗延秀（侗族）、包玉堂（仫佬族）、萧甘牛（壮族）、侬易天（壮族）等广西诗人群体及《百鸟衣》模式的"民族书写"的形成。这一过程中，壮族诗人韦其麟的民族叙事诗模式的"民族书写"发挥着关键性的作用。结合新中国成立后广西现代诗歌的发展特征，我们可以说，广西诗歌是在韦其麟民族叙事诗模式的"民族书写"维度上实现了从民间"韵体诗歌"（"勒脚歌""排歌体"为代表的山歌体）到现代诗歌的转型与深化。

20世纪80年代以来，韦其麟走向否定情感的现代诗写是从民间叙事诗、传说、神话创作惯用的批判、讽刺、怜悯原则与情感指向，及时代与现代人类的情感结构与文化观念之中探寻广西诗歌现代"民族书写"的本体情感与时代可能。对于自己的诗歌创作，韦其麟说："一切真正的诗歌都是诗人的生命、理想、道德、品质、情操、人格的表现。"[①] 80年代及21世纪以来，韦其麟在进行否定情感式的诗歌写作过程中，一直根植于对"花山"、民族、时代、

---

① 韦其麟：《我的几点感想》，《南方文坛》1991年第3期。

社会及人类等终极问题的"形而上"关怀与思考，从主体的"人"的"形而上"审美维度，丰富了广西诗歌探寻现代"民族书写"的意蕴与价值。

第二，推动（中国）民族诗歌的创作。

"民族"是一个"想象的共同体"，"民族"的情感、观念早已存在，但不得不承认"民族"是产生于近代的年轻概念。"人们普遍认为，它的正式形成是在18世纪末19世纪初，其标志性事件是北美独立战争、法国资产阶级革命和费希特的《对德意志民族的演说》的发表（有人认为，还应包括1775年波兰的第一次瓜分）。"① 现代的"民族"概念与意识于20世纪初传入中国，据考证，倡导"诗界革命""文界革命"的梁启超是中国最早引用"民族"一词的人。从新文学20世纪初的诞生伊始到中华人民共和国成立，虽然民族的观念与意识在文学当中已传播了半个多世纪，但民族文学、民族诗歌概念被普遍认可与使用，则是在"全国民间文学工作者大会"（1958）和"少数民族文学史编写工作讨论会"（1961）之后。中国科学院文学研究所1961年全国范围内的"少数民族文学编写工作讨论会"虽然提出"民族成分""语言""题材"是判定民族诗歌属性的三项基本要素（梁庭望在《中国诗歌通史：少数民族卷》指出：民族诗歌是民族文学的主要构成部分，其范畴界定与民族文学一致，即以"民族成分""语言""题材"为标准进行界定），但民族诗歌从概念提出到其实体的形成，即民族诗人群体、民族诗歌作品形成，仍然缺少有力的实践与文本佐证。在中国民族诗歌（文学）建构时期，韦其麟20世纪50年代至70年代《玫瑰花的故事》（1953）、《百鸟衣》（1955）、《凤凰歌》（1964）等民族叙事长诗创作模式，不仅直接推动了广西地域民族诗歌的创作，

---

① ［英］厄内斯特·盖尔纳：《民族与民族主义》，韩红译，中央编译出版社2002年版，代序言第3页。

其民族诗歌创作实践及其全国影响，对其他民族地域的民族诗歌创作及中国民族诗歌的实体形成，也深有影响。

作为中华人民共和国成立后的第一代民族诗人，"与众多当代作家一样，韦其麟创作中所体现的民族文学现代转型的历史逻辑被深深地嵌入民族国家现代化建设的进程之中"，① 其以《百鸟衣》为模式的"民族书写"及否定情感的现代诗创作，在民族题材、情感、审美的现代嫁接方面形成的经验，不仅推动了广西诗歌"民族书写"模式的形成及中国民族诗歌创作实体的完善，而且对吉狄马加（彝族）、梅卓（藏族）、冯艺（壮族）等第二代民族诗人及"80后""90后"民族诗人的现代"民族书写"，也深有影响与启发。

第三，塑造壮族文化的符号价值。

民间传说《百鸟衣》是壮族文化与精神的象征，20世纪50年代韦其麟根据民间传说《百鸟衣》创作的民族叙事长诗《百鸟衣》，是对壮族文化与精神的第一次现代阐释与开拓。继韦其麟民族叙事长诗《百鸟衣》（1956）之后，广西各艺术团体根据民间传说《百鸟衣》故事主线，先后改编创作出大型民族歌舞剧《百鸟衣》（2013）、大型壮族杂技剧《百鸟衣》（2015）及中国非遗电影《百鸟衣》（2015），多维度地演绎壮族经典，多角度地阐释壮族坚韧、顽强、不怕牺牲的民族精神与文化符号。从韦其麟民族叙事长诗《百鸟衣》开始，六十余年来，民间传说《百鸟衣》不断地被赋予不同的时代价值与意义，至今已成为广西代表性的民族符号。

韦其麟对广西的贡献不止于诗歌，他1988年出版的《壮族民间文学概观》是比较全面而系统地研究壮族民间文学的专著，在书中，他对壮族的神话、民间传说、歌谣作详细而严谨的梳理、论

---

① 单昕：《民族形式及其现代转型——以壮族作家韦其麟的创作为例》，《民族文学研究》2014年第4期。

证，推动了广西壮族民间文学的现代研究。综合来看，韦其麟民族叙事长诗《百鸟衣》及壮族文学贡献不仅塑造了民间传说《百鸟衣》的民族符号，也造就了韦其麟本人在21世纪具有的时代价值、民族价值和符号价值。2015年，广西籍"80后"博士钟世华以"韦其麟年谱长编"为题目申请了2015年广西哲学社会科学规划研究课题，并获得立项与资助，是对韦其麟本人所具有的时代价值与符号意义的证明。

第四，勘探诗歌语言的时代意蕴。

诗是语言的艺术，也是时代的艺术。时代的种种状态、特征设置了诗歌艺术应该抵达的维度。苏珊·朗格认为："诗人以为诗歌是时代生活中宝贵的部分，并且，他可以从感情上去观察经验（不止于他自己的经验），因为他懂得感情。"① 作为现代诗歌重要的诗写理念与视角，否定情感不仅有民间"韵体诗歌"深厚的批判、讽刺、怜悯传统与审美情感，其触动与呵护人类情感世界的感性价值，净化与提升时代的知性追求，本质上是在进行现代诗语本体的时代勘探与认知。人是情感的动物，能够本能地进行情感的认知与审美，韦其麟从《百鸟衣》模式的民族叙事诗创作转向否定情感的现代诗创作，是在诗歌艺术的语言本体与时代特征之中，进行人类情感、诗歌艺术及时代的综合思考与勘探。

在21世纪，民间"韵体诗歌"蕴含着丰富的诗歌潜能，"它是所有诗歌类型的伟大母亲"，民间"韵体诗歌"的批判、讽刺、怜悯传统与审美情感能够直接构成一个时代诗人最本质的训练与精神品质。韦其麟否定情感式的现代诗写作，既涵盖"韵体诗歌"批判、讽刺、怜悯的传统情感与精神，又勘探诗歌语言本体的时代情感与意蕴，表现人类终极价值的时代可能、话语可能。质言之，韦

---

① ［美］苏珊·朗格：《情感与形式》，刘大基、傅志强、周发祥译，中国社会科学出版社1986年版，第294页。

其麟否定情感式的现代诗写作是一种真正意义上的时代书写、语言本体书写。

综上可知，壮族诗人韦其麟20世纪50年代至70年代民族叙事诗模式的"民族书写"及20世纪80年代以来走向否定情感的现代诗创作，在构建广西诗歌的现代转型与时代探索，推动（中国）民族诗歌创作，塑造壮族民族文化及勘探诗歌语言的时代意蕴方面表现出多重的价值、意义及影响。而且《百鸟衣》模式的民族叙事诗作为壮族诗人韦其麟"民族书写"的灵魂与表现形式，它既构建了广西诗歌的现代转型，同时也影响了20世纪50年代至70年代中国民族诗歌创作本体的形成。韦其麟20世纪80年代走向否定情感的现代诗写作，既是对《百鸟衣》模式的"韵体诗歌"批判、讽刺、怜悯情感的延续与深化，又是从语言本体角度对诗歌艺术进行时代的勘探与认知。可以说韦其麟这种既传承传统又融合时代的现代诗歌创作，展现了广西现代诗歌在民族、时代及文化等多方面所具有的价值与意义。

第六章

冯艺：醒觉的民族情结和地域"相见"

壮族作家、诗人冯艺曾获得第四届、第八届全国少数民族文学创作"骏马奖"，四十余年的文学生涯主要体现为散文诗、散文及现代诗的创作。他的散文诗集《朱红色的沉思》（1990）和散文集《桂海苍茫》（2004）分别体现了冯艺散文诗与散文创作的历史价值。21世纪以来，冯艺凭借散文诗的省思性、意味性和散文从容与灵性的创作经验回归现代诗的创作。冯艺的现代诗创作集中体现于《冯艺诗选》（2014）和《相见》（2016）两本诗集当中，作为少数民族身份的诗人，冯艺在趋向人物、风物的人格化、命运化的诗意审美与哲理观照中表现出广西本土的诗意发现和故土情结。

冯艺1975年开始文学创作，他的文学成就主要集中于散文诗与散文方面，学术界对其现代诗创作论述较少。然而作为以现代诗创作走上文学道路的写作者，冯艺对现代诗歌有特殊的感情与追求，他在回忆个人四十余年的创作历程时坦言："我是从诗歌开始写作而走上文学之路的，诗歌给我了无数的激动、跳跃和沉郁。"[①] 并且作为一个已过知命之年的写作者，冯艺将个人当下的写作状态总结

[①] 冯艺：《相见》，广西人民出版社2016年版，第233页。

为:"如今,我突然变老了,发现自己又回到诗歌。"① 21 世纪以来,冯艺集中于广西地域与民族情结的诗歌创作与思考,形成他独特"广西"的情感符号和民族认同写作态势。对自身的这种诗歌书写观、生命认识观,冯艺如实写道:"与广西的美丽相见,与祖国大地相见……这是日常生活的一抹阳光,片片深绿乃至灰色,它们都是我心中的悠悠沉思。"② 显然,对回归诗人身份的冯艺来说,进行诗歌创作既是进行与广西历史、人物、人文、山水的情感对话,也是对自我命运的观照与沉思。这种扎根于广西地域与生命哲学的诗歌观建构了冯艺的广西书写、民族书写,展现冯艺在广西诗歌发展的价值与意义。

第一节 与广西的诗心"相见"

如上所述,冯艺是广西当代重要的诗人、散文家,20 世纪 90 年代以来他先后出版有《朱红色的沉思》(广西人民出版社 1990 年版)、《桂海苍茫》(广西人民出版社 2004 年版)、《冯艺诗选》(广西民族出版社 2014 年版)、《相见》(广西人民出版社 2016 年版)等十余部著作,其中散文诗集《朱红色的沉思》和散文集《桂海苍茫》分别获得第四届、第八届全国少数民族文学创作"骏马奖"。冯艺曾任广西民族出版社社长、广西作家协会主席,现任中国作家协会主席团委员、广西作家协会名誉主席、广西文联副巡视员等职务。在 2002 年出版《广西当代作家丛书·冯艺卷》中,冯艺曾将个人多年来的文学创作分为诗歌(1975—1985)、散文诗(1985—

---

① 冯艺:《相见》,广西人民出版社 2016 年版,第 233 页。
② 同上。

1992)、散文（1992—2002）三个阶段。① 然而十六年过去了，对在 21 世纪再次回归诗歌创作的冯艺来说，他四十余年（冯艺 1975 年开始文学创作）的文学创作可明显地重新划分三个阶段，即 1975—1992 年的散文诗创作、1992—2004 年的散文创作及 21 世纪（2004）以来的现代诗创作。冯艺曾获得第四届全国少数民族文学创作"骏马奖"的散文诗集《朱红色的沉思》（广西人民出版社 1990 年版），获得第八届全国少数民族文学创作"骏马奖"的散文集《桂海苍茫》（广西人民出版社 2004 年版）及 21 世纪出版的诗集《冯艺诗选》（广西民族出版社 2014 年版）、《相见》（广西人民出版社 2016 年版）印证了其自 1975 年以来三个阶段的文学创作。

  在 2016 年出版的诗集《相见》（广西人民出版社）中，冯艺将 21 世纪以来个人的诗歌创作称为"与广西的美丽相见"："怀揣谦卑而热烈的赤子之心，爱恨之情，人文之思，心性之光奉献于生我养我的土地。这便是我的诗，你会看得见，摸得着，读得懂。"② 冯艺"与广西的美丽相见"就是以行者、思者的姿态，从故乡（广西）出发并与祖国大地的万物相见。这些"万物"与诗人息息相关，是他的生命养料，给予他"沉思"，让孤独体验与"共通心灵"相见、相遇、相知、相守。

  诗人之所以吟唱、赞美笔下"相见"的人物和风景，主要源于其深厚的"大地"情怀和哲理性的自我"沉思"。冯艺作为一个土生土长的广西人，古老而年轻的广西山水、土地、人文在其成长过程中，潜移默化地构成了其个人情感与灵魂的质地。在年轻的时候这种广西地域的情怀与情感并不十分明显、重要。但随着年龄的增加，生命阅历的丰富，这种像生命和灵魂般悄无声息的广西情怀与情感对其而言就愈发变得重要。"通过情思的游弋、视角的流转，

---

① 冯艺：《广西当代作家丛书·冯艺卷》，漓江出版社 2002 年版，第 309 页。
② 冯艺：《相见》，广西人民出版社 2016 年版，第 233 页。

在记忆的宝库中寻找其中的精神的支脉和文化的源流,达到了一种纵深的审美意味和文化诉说。"① 可以说,冯艺愈是处于能够感知生命"形而上学"本质的年龄阶段,广西特有的这种"形而上学"的情怀与情感对他的影响就愈深刻与本质。所以,在这个时候,吟唱、赞美广西的人物和风景就是冯艺与广西情怀、情感的"相见"方式。这种触及生命本质与灵魂的"相见",不同形式地显现于冯艺21世纪以来的诗歌当中。

第一,与广西(中国)传统文人典范"相见"。对现代人来说,虽然诗人是文人这种意识并不明显,但对于诗人来说,"诗言志"的文人传统并未淡化,而且这种"文人诗"的情感与传统随着年龄与诗写能力及身份的转变而愈发厚重。这种"文人"(诗人)的情结在已过知命之年的冯艺身上以广西(中国)传统文人典范的怀想与吟唱的形式显现。

广西虽处南方,远离中国文化的中心,但历史上依然留下了柳宗元、徐霞客、张鸣岐、冯敏昌、黄庭坚等文人生命足迹。冯艺以诗歌形式对这些传统文人典范进行跨时空的对话与凝视,彰显了冯艺文人相知文人的人格审美与精神旨趣。比如,他反思个人现实语境与张名风的情怀:"逃离官场的污浊/开始一页页/清新的文字/像安抚亡灵一样/带走汹涌的河流……你的睿思/和万缕激情/坚韧是一生的品质/你说 写作是你/生命的目的/我的心被你拨动"(《读张名风》)②;他寻味马君武先生的苦难经历与道德人格:"奸小之境/云寒雨冷/一波三折/举步维艰……那时一场/久远的未遂/和虚空/桃李盛开/这个时代/必然来临/被激情/与岁月辜负的人/会找到故乡"

---

① 李翠芳:《心灵的还乡行走——评冯艺的〈红土黑衣——一个壮族人的家乡行走〉》,《民族文学研究》2008年第3期。

② 冯艺:《相见》,广西人民出版社2016年版,第15—16页。

(《光在风中奔跑》）①；他敬畏"大我"的人格："将军 有侠骨/却又柔肠/风雨淫浸/霜色弥坚"（《老河口遇上李将军》）②；他从"石涛"绘画汲取生命智慧："在万物之外/晨钟暮鼓中/呼吸善良……我自用我法/笔墨当随时代/哲理露出筋骨……意境/如此开阔"（《苦瓜和尚》）③……还有他笔下的"半塘先生"、唐景崧、赵观文、梁漱溟、柳宗元、徐霞客、张鸣岐、冯敏昌、黄庭坚等历史和文化人物，诗人通过对相关历史事件和他们生平细节的细致观察与向内省思，阅读历史和文化这本大书，进而勘探"自我"的品质与厚度，抵达人生本质性价值体验与"醒觉"智慧。

第二，与广西山水历史"相见"。对一个已是知命之年的土生土长的广西人来说，相信山水有灵、草木有情已是自然的一种生命状态。对已走过人生六十余年时光的冯艺来说，广西的一草一木、一山一水、一景一物如今看来都充满了生命的情意与灵性。"冯艺的许多作品记下了自己对生活对生命的真切感受"，④可以说，广西的这些草木风物和历史景观因为冯艺的自我移情与情感投射，也变成了鲜活的生命话语，抵达内心的柔软之处。如他写"桂江"："多少年过去了/我还要认识您/沿着这些倾泻的水/这些疼/不说话/像多年前一样"（《桂江》）⑤；"桂花开了"，正是诗人感应生命与自然灵性的融合"瞬间"，他写道："秋的枝丫下/我的嗅觉/贪婪地吮吸/它的芬芳/我感觉/呼吸轻盈如风/我感到 此刻/载满/一坛诗歌"（《桂花开了》）⑥；诗人还用幽默的"柳州话"来感悟另一审美意境："我不再挥霍/时间和疼痛的句

---

① 冯艺：《相见》，广西人民出版社2016年版，第18—20页。
② 同上书，第24页。
③ 同上书，第25—27页。
④ 李建平等：《广西文学50年》，漓江出版社2005年版，第403页。
⑤ 冯艺：《相见》，广西人民出版社2016年版，第42页。
⑥ 同上书，第44页。

子/今夜我要喝一杯/这杯酒 给/满是敬重的/月光"(《好一个柳州仔》)①；诗人又与广西的圣堂山、土司衙署、下乡源、海棠桥、十里洋渡、左江、花山壁画、斜塔、明仕田园、德天、万福山、白水塘、灵山荔枝、坭兴陶、梧州骑楼、北仑河、涠洲岛、红树林、金田、大藤峡、黄姚、姑婆山等"风景"对话，展示他灵魂深处的"通感"抒写，诗人在风物中醒来，闪耀鲜活的人格和灵性。这其中的人物与山水不仅是丰盈的人文与历史地理的展示，更是诗人自我的情感与精神投射。

综上而论，对冯艺来说，与广西万物的"相见"是既是愉悦而灵性的，又是凝重而沉思的。他这种与广西万物"相遇相思相望的瞬间"，映衬着他本人灯下、月前、静寂中的个人肖像与内心"声音"。"冯艺以其史家的深邃、诗人的敏锐和旅行家的开放胸襟，以复合了自然地理、经济人文的眼光，为我们描述了另一个广西：一个处于中原文化与南方少数民族文化融合状态的广西，一个以中国文化与世界文化交流碰撞、相互影响的广西。"②作为一个现代的诗人或者说文人，相对风骨与清醒，冯艺表现出对浮华、过度的现实与局限的理解和悲悯，不断反思心灵深处的文化意识与人生悖论。广西这些美丽的山水，是他思想深处的纹理；这些超然的风物，是他深情的另一延展与内化，而且面对种种"人物"与"风景"所遭遇到的种种不平与忽视，冯艺均以同情之心和理解态度去感应和对话，呈现他内心深处的那种独处与醒觉意识。

---

① 冯艺：《相见》，广西人民出版社 2016 年版，第 54 页。
② 黄伟林：《论壮族作家冯艺的文学创作》，《民族文学研究》2006 年第 3 期。

第二节 故土情结和"醒觉"省思

"道物叙人"的诗篇，尤其看出诗人自我的情怀与情感投射。对冯艺来说，他与广西地域内万物的"相见"，与其说是他在行走与运思中抒写美丽南方的诗篇，不如说他是在阅读山水中醒觉"自我"，并予以形而上学与哲理化的心灵观照和质询。从成熟的诗歌写作状态来看，冯艺集中表现广西山水、风物"相见"的诗歌创作，本质上是在进行一种个体精神意蕴的"自我"探寻与诗性言说。可以说冯艺这种个体的探寻与言说，本质上是一种个体的"醒觉"。米沃什写道："做一个二十世纪的诗人意味着要接受各种悲观主义、讽刺、苦涩、怀疑的训练。"① 冯艺这种带有讽刺、批判、怀疑的诗歌"醒觉"展现了一个诗人在时代当中应有的责任与担当。

作为一个年过知命之年的诗人，冯艺在广西地域内展现出他作为一个成熟的时代诗人的"醒觉"意识。对于个体生命般的这种"醒觉"，冯艺如是说："让我借着诗的语言和意象抒写人间之情怀、天地之沧桑，表达我依然的真实、真情、真知和愚钝。"② 这种清醒的豁达和对人生事实性局限的关怀，映衬了冯艺的人格自我与精神风骨，表现了对广西的眷恋与热爱和对广西一草一木、一山一水、一景一物的深情与等而视之情怀。对冯艺来说，如今的诗歌写作"包含着自然、社会、历史、文化和现实人生，也包含着真诚与谦卑、苦难与幽暗、悲凉与爱，以及我内敛的顽强并以此来喟叹我骨

---

① ［波兰］切斯瓦夫·米沃什：《诗的见证》，黄灿然译，广西师范大学出版社2013年版，第19页。

② 冯艺：《相见》，广西人民出版社2016年版，第233页。

子里不灭的炽热和虚空。"① 这种带有讽刺、批判、怀疑的广西地域审视实际上是一种"否定之否定"的"醒觉"。

海德格尔式的"向死而生"启示了现代文学的"否定性"的情感反思与思想可能,这种向内的诗性言说赋予了文字的现代品质与思想意蕴。而弗里德里希则直接指出:"语言总是不可预测地经历了最为迥异的各种模态:枯燥的记述、忧伤、观察、如笛音般的旋律,有时也有激情,随后又是讽刺、挖苦、漫不经心的谈话语调。"② 历史地看,古今中外优秀的诗歌便是对人生的"否定性"情感与价值的触摸。21世纪以来,冯艺的诗歌创作集中展现了其个体对广西地域内人性和人心的积极审视和对深度情感、深度真相的"醒觉"道说。冯艺以其个人的否定性的阅历、孤独、虚无、灰色及无助的情感状态的反思与转化,确认了生命的另一在场言说的价值与意义。他那种成功与喧哗背后的"静寂"与独处,让我们更悲悯地理解了生命的创伤与无助。显然,冯艺在21世纪以来的个人诗歌当中展现出对深度情感、深度事实与深度真相的哲理观照与智慧审视。

"每一个人/只是一缕轻烟/挂在风中/慢慢冷却而孤独/天 一下子高了/地 一下子陷了/所有的沟隙/仇怨 冤屈/缝合或泯灭或原谅"(《土司衙署》)③;"一片生命/每一种细胞/都在跳动/幽静中/被爱或爱/包裹着稚嫩/生机 顽强/属于各自的意义//我多么羡慕/她们身上/藏着/一种柔软和坚硬"(《东红》)④;"海棠开/春色又添多少/你怎么忽然/成了犯人/像一只孤独的飞鸟"(《海棠桥》)⑤;"容纳

---

① 冯艺:《相见》,广西人民出版社2016年版,第233—234页。
② [德]胡戈·弗里德里希:《现代诗歌的结构:19世纪中期至20世纪中期的抒情诗》,李双志译,译林出版社2010年版,第186页。
③ 冯艺:《相见》,广西人民出版社2016年版,第58—59页。
④ 同上书,第64—65页。
⑤ 同上书,第69页。

旷野寂寞/过滤人间更迭/心里写满/对世事的感慨/特立独行/就是一个奇迹"(《左江斜塔》)①;"山与水几成一体/水与山/共修今世来生/我与清风/共看山/仙风道骨/圈养我的静寂"(《从明仕到德天》)②;"红树林/站稳脚跟/就从黑暗中出走/向上 向上"(《向上的树根》)③;"突如其来的震颤/绝不喊半句冤屈/用忠诚面对/去平复/令人心碎的杂音"(《忠诚——写给袁崇焕》)④……这种"声音"构成了冯艺的醒觉意识与内在意蕴。风物与人物的深情,正是诗人的柔软之心、生命之真的流露和升华。在与"万物"的对视与沟通中,践行了生命的根性的价值和意义。因而,诗性与灵性的人物、风物的感应与"醒觉",成为冯艺诗歌当中审美化、艺术化的"人格"投射,也是极具悲悯与智慧的诗化哲学。

"诗歌应该被理解为一种认知上的探求",⑤ 冯艺对广西山水、历史、人文的对话与"沉思",敞开了他自我与"大我"的对话,而"否定性"的情感和向内"沉思",赋予了他诗篇凝重与探求的质地。他写道:"溪水是幸福的/心里无须负累/所有蛰伏的/浮躁往事/冷却之后/不再有任何重量"。(《冷冻》)⑥ 他在《泗城月光》中也同样追问:"一个人/山水中洗尘/我在月光下沉思/今夜/幸福就是月色/我从头到脚披了一身"。⑦ 比起许多诗人,冯艺作为一个文学前辈,丰富的人生经历使他获得了许多人难以企及的生命馈赠。而且,他的醒觉意识与自我疏离,总能让他在"沉思"中获得内心的修为与净化,触及人类极具"否定"色彩的孤独意味与虚无

---

① 冯艺:《相见》,广西人民出版社2016年版,第85页。
② 同上书,第91页。
③ 同上书,第138页。
④ 同上书,第144页。
⑤ [美]查尔斯·伯恩斯坦:《语言派诗学》,罗良功等译,上海外语教育出版社2014年版,第49页。
⑥ 冯艺:《相见》,广西人民出版社2016年版,第176页。
⑦ 同上书,第185页。

体验，探寻"真文字/大文字"的风骨与品质。冯艺的诗歌写作说明：诗歌不仅是人物与风景的情感抒写，更是澄明之境的"真相"勘探。

对一个醒觉诗人来说，诗是写给自己与极少数的知音、故人的心灵艺术。冯艺以广西地域内山水、人物、历史、风景为载体为隐藏于其生活中的私密读者展现了一种生命当中难得的"醒觉"，而且让他们与这种广西地域内的"醒觉"闪烁和共通心灵相遇相知。对冯艺来说，"那些在他生活视野界里所见的特别有助于获得人生觉醒的事物，便最容易刺激起他的直觉情绪，使他发生突发性的心灵感应，因而渐渐形成了他自己特有的审美敏感区域"。① 冯艺通过这种"醒觉"的诗性言说，表现了他本人对广西、对人生、对生命本质的理解与抵达。我们看到，在冯艺的字里行间，静寂的山水已融入逼真的生命之境，他本人的这种"幽暗""悲凉"和"虚空"的"否定之否定"的情感体验，建构了他与广西"相见"及个体存在的内在意蕴与知性特征。

第三节　诗意的"行者"与栖居

冯艺说："我去某一个地方，当时我就会知道，它将变成我挥之不去的回忆之诗。我希望自己的诗歌越写越好，希望与一切与我相遇的人、事万物结缘成诗。"② 因为工作的需要，冯艺经常处于身体"行走"的状态。在2014年广西民族出版社出版的《冯艺诗选》

---

① 字凡：《从多彩的映象省识人生——读冯艺散文诗集〈朱红色的沉思〉》，《南方文坛》1992年第2期。

② 钟世化：《穿越诗的喀斯特：当代广西本土诗人访谈录》，长江文艺出版社2015年版，第16页。

中，集中出现了冯艺写于国内外不同省市地域的诗歌作品，如法国巴黎，意大利罗马，希腊雅典，丹麦哥本哈根，印度新德里、阿格拉，澳大利亚墨尔本，新西兰奥克兰，新疆阿勒泰、克拉玛依，湖北荆州、赤壁，陕西太白山、甘肃酒泉、敦煌，安徽亳州，内蒙古和林盛乐，黑龙江伊春、黑河，福建福州马尾、武夷山，江西庐山，宁夏银川、中卫，云南昭通，贵州镇远等。很显然，作为一个诗人，冯艺善于将身体的"行走"转化为诗歌和人生的"漫游"："我想，我的感受力就产生于这种漫无目的、漫无止境的行走过程中。"① 这种身体、心灵及诗歌的行走与漫游造就了冯艺在国内外大地上的"行走"与栖居。如其所言："无论国内还是国外，不管什么，只要引起我的兴趣的，让我动情，让我遐想，让我思考，我就写诗。"②

"诗歌只能够在生活的个别时刻和在精神的个别状态之下萌生"，③ 而冯艺表现出善于抓取"行走"个别时刻与个别精神状态下的"成诗"契机，并加以创作与思考。如冯艺在《离开罗马》中写道："离开罗马的时候/我想起一个人/并被这个人/对另一个离开罗马的人的思念/深深打动/他是歌德"④；在《今夜，我在阿勒泰》中冯艺写道："今夜 我在阿勒泰/清朗与宁静 明确与直接/走向克兰河滩桦树林 听熟悉的流水/寻找自己的影子 一直以来就想/取走属于我今生的一张桦树皮/并把我遥远的前缘 告诉迢迢来路"⑤；在《八女浣衣》中冯艺写道："今夜 我听/潋江如泣之波/泣伴狂啸的涛声/

---

① 冯艺：《冯艺诗选》，广西民族出版社2014年版，第263—264页。
② 钟世化：《穿越诗的喀斯特：当代广西本土诗人访谈录》，长江文艺出版社2015年版，第7页。
③ [德] 威廉·冯·洪堡特：《论人类语言结构的差异及其对人类精神发展的影响》，姚小平译，商务印书馆2010年版，第237页。
④ 冯艺：《冯艺诗选》，广西民族出版社2014年版，第232页。
⑤ 同上书，第11页。

月光像/破碎的镜片/难忘流走的乌云/留下了/每一个心灵/一双深思的眼睛/闪烁一个时代/深沉的记忆"。①"行走"是一种真切的感受与认知，冯艺在罗马、阿勒泰及马迭尔的这些"行走"与生命思考涉及不同地方的历史、时间、空间和个人的体验、记忆，这种个体与不同地域的关联和触动展现了生命流动、时间流逝的本质。显然，冯艺在一次次的大地行走过程中，感受到了生命与存在的本质，并以诗篇形式记录。

伯恩斯坦说："诗歌行为随遇而安，随风而动，常常自我矛盾，中意于支离破碎。"②冯艺去过国内外多个地方，这种从出生之地（冯艺是广西天等人）到工作与生活的城市（南宁），再到国内外不同地方的一次次"行走"的经历一方面以丰富的人文见识夯实了其作为一个诗人的感觉与体验，让其诗歌创作与作品表现出应有的历史深度与穿透力；另一方面这种漫无目的、漫无止境的"行走"过程也催生了他身体与心灵的"回归"之感，这种生育之地的回归也吻合其已过知命之后的年龄特征。从"行者"的角度看，冯艺的身心"回归"体现于对广西的回归与热爱。这种"行走"与"回归"的书写特征"大致上都显露着或隐藏着一个由'旅人'与'乡土'这两个意象组合而成的情境"。③

"山下 绿树蓊郁/枯榕江 一条绿色的飘带/人们诠释天人合一的道理/掬一捧山水洗洗脸/我的乡亲我的根/我成了一个陌生人//山离我很远/不知该怎样接近 扯伤我的心思/山 离我已近/带着淡淡的乡情/在圣境中将心放逐"。（《万福山》）④冯艺是广西天等县人，

---

① 冯艺：《相见》，广西人民出版社2016年版，第228页。

② [美]查尔斯·伯恩斯坦：《语言派诗学》，罗良功等译，上海外语教育出版社2014年版，第147页。

③ 宇凡：《从多彩的映象省识人生——读冯艺散文诗集〈朱红色的沉思〉》，《南方文坛》1992年第2期。

④ 冯艺：《冯艺诗选》，广西民族出版社2014年版，第179页。

万福山是他故乡有名的一座山。这首写于2010年的诗作展现了冯艺再次踏上故乡的山水时的感受。当冯艺再次踏上故乡的土地、遥看故乡的万福山时,首先产生的是一种"陌生人"的感觉,这种"陌生人"之感既是由于离乡太久,也是由于"行者"之感太强烈所致。但随着"掬一捧山水洗洗脸"和真正走入天等和万福山,诗人冯艺就感受到了家乡和故乡的乡情和温暖,从而产生了"在圣境中将心放逐"的回归之感。这种对故乡的放逐和回归表现了冯艺对广西和故乡的热爱和迷恋。

人更本质的回归是对自身所具有的文化和民族身份的认同与回归。冯艺作为一个壮族诗人,随着年龄的增长和阅历的丰富,他对广西的热爱与迷恋也慢慢地从山水、地域认同与回归转入到壮族文化与身份的认同与回归。在《铜鼓》中冯艺写道:"能从鼓声里倾听世界/击痛怀乡者的灵魂/无论幸福还是忧伤/这是多么纯粹的超越/我在静默的某刻/接受神秘的信号/穿越心灵的原路/把我流浪的心/收留 唤醒"。① 铜鼓是壮族文化的象征,冯艺从铜鼓声中感受到了世界的声音、怀乡者的灵魂和心灵的还乡之路,对已过知命之年的冯艺而言,铜鼓散发出的这种民族之声、壮族之音能够把他"流浪的心/收留 唤醒"。可见,冯艺在民族文化与身份的认同与回归中,"以一个壮族人的身份,自豪地展示富有壮乡特色的历史和文化,字里行间充满着对故土的热爱"。②

诗作为一种形而上的艺术,看似没有现实的功用,"但却能帮助你生活,让你做个不同的人。"③ 冯艺游弋于人生经历的"行走"与"回归"维度的诗歌创作建构了他生命栖居的态度。在一次次地

---

① 冯艺:《冯艺诗选》,广西民族出版社2014年版,第62页。
② 胡国威:《"边缘"的表达——论冯艺的散文创作与文化身份》,《广西师范学院学报》2016年第4期。
③ [美]哈罗德·布鲁姆等:《读诗的艺术》,王敖译,南京大学出版社2013年版,"序"第2页。

"行走"与"回归"之间,冯艺感受到了生命和诗歌的诗意与诗性所在。"雨声变成/某种和弦/雨成/城市的抹布/天空越擦越净/PM2.5只有个位数/想象某种感觉/好强烈/诗意的活着",(《大暑之后》)①"无奈 树叶/在绿意里燃烧/沙沙落下/一年又一年/还是渐渐苍白/好在/文字牵引着我/倾听身体/深处的声音/把它变成诗页/散发墨香/似乎比岁月更永恒"。(《比岁月更永恒》)② 这种时不时显现于生活瞬间的诗意和诗歌意义的恒久感受,建构了冯艺对人生、对诗歌的书写观和诗意栖居状态。

诗是一种语言艺术,也是一种生命状态。对一个诗人来说,生活是诗,行走是诗,思考更是诗。冯艺以"个人言说的话语方式发现、想象历史,以心灵体验感知民族文化和人类文化精神的灵魂,以自我为基点而秉持'边走边寻'的'行走'姿态探寻生命的意义"③,表现了诗歌艺术无时不在的可能,展现了诗对人生、对历史及对广西文化的价值与意义。

诗赋予生命以智慧与心灵价值。21世纪以来,广西诗人"不仅仅局限于构筑山水美的'广西形象',更多地投注笔力于发掘一个'人文广西'"。④ 冯艺作为21世纪广西诗坛的重要代表,其21世纪以来的诗歌创作,与其说是流连于广西山水、风物的"相见"和大地上的"行走"与栖居,不如说他通过诗性言说捕捉人性和人心的"真情"。在冯艺与广西的"相见"里,地理、人物、风景、典故等浓缩成广西独特的"文化名片",其柔软之心和内在意蕴也走向广西山水"相见"与"大地"归途的通感体验。广西本土化的诗意审视和发现之美,不仅成就了冯艺作为少数民族诗人对美丽壮乡

---

① 冯艺:《相见》,广西人民出版社2016年版,第217页。
② 同上书,第190页。
③ 罗小凤:《论壮族作家冯艺的散文艺术》,《民族文学研究》2013年第2期。
④ 罗小凤:《新世纪广西诗歌观察》,广西人民出版社2014年版,第23页。

的深情，而且也变成一种民族记忆和身份认同。他读山水、读人物，是对丰富人生的心灵体验，也是"相见"和相视一笑的"醒觉"意识。"相见"，是一种审美情趣，也是一种诗化哲学，冯艺笔下的"抒写"显然不再是表面意义上的赞美，而是趋向人物、风物的人格化、命运化的诗意审美与哲理观照。可以说，冯艺的诗属于个体的文化记忆，也是属于壮乡儿女的共同情感。

第七章

"自行车诗群"：非亚的日常诗性与"诗无体"解构

综观广西诗坛，21世纪广西诗歌呈现出"多元化"的发展趋势。具体表现为：以诗意抒情见长的桂林诗人刘春、黄芳为代表的"扬子鳄"；以非亚、罗池为代表的"自行车诗群"以日常叙事为主的口语化、日常化的写作；以广西民族大学师生为代表的"相思湖诗群"、以广西师范学院师生为代表的"渔人诗社"、钦州学院师生的"守望诗社"等明显带有学院派"知识分子"风格的诗歌写作。显然地处南方之南的广西诗歌一直处于繁盛、浓郁的生长状态。特别是90年代及21世纪以来，以非亚、罗池为代表的"自行车诗群"在全国诗坛产生了广泛的影响。他们不仅与韩东、小海的"他们"诗歌同仁保持着联系。而且在"口语写作"的道路上，他们一边实践，一边不断构建自己的诗观。

1991年5月，刊物《自行车》创办于广西南宁，创办者为非亚、麦子和杨克。1991—1994年共出版4期（诗报），主要参与者为非亚、杨克、麦子、无尘、肖旻、戈鱼、安石榴、罗池等，他们强调对现代性和先锋的探索，以及诗歌实验和个人风格的挖掘，1994年以后，有关诗歌的"现实感"尝试开始成为重要话题。

1995—2000年因故停刊，2001年复刊，并正式由报纸改为每年一期的刊物，截止到2017年，共出版了17期，前后参与编辑的人员除非亚、罗池外，还有张弓长、黄彬等人。复刊之后的《自行车》，仍旧强调对诗歌"现实感"的尝试，即"原始的、粗糙的、未被过滤的生活和语言，成为诗人的表现对象"。这种"现实感"即本书所说的"日常生活"叙事，以此来建构诗意的生活，通过诗歌这种艺术形式为生活去蔽。以非亚为代表的诗歌创作基本上体现了整个诗群的创作现状，本章着重于探讨对"自行车诗群"用心最多的代表诗人非亚的诗歌，以此来探讨他对诗群内其他诗人的影响，来呈现整个"自行车诗群"的美学特征。

第一节 "诗无体"命名

非亚的身份是建筑师，他的写作一开始就呈现了身份的自我取向与独特性。但最难能可贵的是，非亚不仅坚持诗歌创作近三十年，而且团结了一批民间诗人，在广西形成了以非亚为代表的"自行车诗群"。他们的诗学取向更多地指向了日常生活的建设意义。显然，因为诗的存在，为他们在焦虑的都市中寻找"诗意"提供了可能；因为有了"诗生活"这个重要的维度，所以，他们让"诗"补充了属于"诗无体"的诗意与诗美。

非亚的很多文章中提到"诗无体"，即诗应该呈现生活。我们知道，1999年的"盘峰会议"上爆发了"知识分子写作"和"民间立场"这两种诗学观念不同的激烈争论，西川等人被指认为注重技巧和追求诗歌内容超越性和文化含量的"知识分子写作"；于坚等人被指认为强调"本土化"和诗歌原创性、注重题材、内容的日常性和当下性的"民间立场"。① 非亚的诗歌观点无疑是对"民间立场"诗歌潮流的补充与突破。"体"就是诗歌的体例、形式；所谓"无体"，就是对语词的无节制运用和内容的自由表达，是注重内容的呈现而对形式的一种放逐，只要能呈现生活，什么隐喻、诗歌的多纬度建构、意象的象征性、陌生化或者"诗到语言为止"等都可以搁在一边。

非亚认为："诗就是对我们日常生活中一个个具体可感的重要性的维系，它不间断地把重要性赋予我们每日必要遭遇的贫乏经历，重新标定诗当时的场所。"② 从这一点来看，非亚的写作无疑属于"口语写作"，但是他与许多"口语诗"诗人有着不一样的对于"诗无体"的理解，并且在众多诗歌实践中践行自己的诗歌审美主张。"诗到语言为止"强调了诗歌的自我呈现功能，赋予了诗歌很大的主动性，"诗以自己的身体说话。在这个身体上，不需要另一个自我表白的舌头"③；而非亚模糊、淡化了诗歌形式及修辞、隐喻等现代表现技巧，重视其为人存在所附属的现实意义，让精英的、高蹈的诗歌返至人间，使更多的人接受并试着创作。如非亚所言："诗歌不是文学，不是诗体文学，也不是散文体的。诗无体。甚至，诗不是诗；'诗本身'这种东西根本就不存在。存在的是人、个人、人们、人类。人就是诗。此外无诗。"④ 只要一个写作者通过"诗歌"的形式介入了现实的、日常的、活生生的生活，这样的诗歌就足见其积极的价值与影响。

诗歌创作，忽视了理论，多少会伤害他的诗歌，出现过度性的意义阐释和误读现象。"诗到语言为止"确实是一种对生活非常直

---

① 谭五昌：《中国新诗白皮书 1999—2002》，昆仑出版社 2004 年版，第 11 页。
② 非亚：《我们诗歌的基本原理》，《自行车》2004 年卷总第 8 期。
③ 于坚：《于坚诗学随笔》，陕西师范大学出版社 2010 年版，第 73 页。
④ 非亚：《我们诗歌的基本原理》，《自行车》2004 年卷总第 8 期。

接的表达，但危险的是，脱离了言志和抒情，就容易陷入了罗兰·巴特所谓的"零度叙事"，"从此，写作除了符号以外，再也看不到思想的烙印，再也没有那种梦幻般的理想光泽，而是一种纯结构性的单色调写作——白色写作"。① 作者消隐，只剩文本在欢愉的写作局面是可怕的，这可能让读者感到一个作者的存在并非其文本内容，取而代之的是文本形式，或者根本就没有作者，或者也有千千万万个作者，但实际存在的只是一种生活方式，一种体制，人性的异化、物化。表现的生活不再鲜活，而是死气沉沉。

在非亚看来，诗歌中的自由精神"只存在于诗被创造出来的那一瞬间，其他时间，一种禁锢早已存在于日常生活和行为之中，我要做的，就是用诗歌来冲破这重重黑暗"。写诗，在他看来，是冲破"日常生活和行为"的"一种禁锢"的方式。"禁锢"的是方式，生活的体制把人禁锢在没有诗意的零度表达中。诗歌作为生活的呈现，作为先行军，必定要先突破自身的形式限制，达到"诗无体"，从而突破生活中的体制。非亚作为"自行车诗群"的创办者和"领车人"，他的诗歌观点也基本吻合"自行车诗群"的写作规范："自行有理的另一个原因是它涉及了人解放，人解放比什么都重要，因为人解放你会更觉得自行绝对有理，毕竟，自行的目的和首要前提就是打破一切条条框框和戒律，打破自身的极限向另一个高度去蹦。"②

第二节 "口语写作"与诗意的生活

在"诗无体"的观念下，非亚的诗歌成为"第三代诗"潮流以

---

① 王岳川：《二十世纪西方哲性诗学》，北京大学出版社1999年版，第356页。
② 非亚：《自行杂谈》，《自行车》2003年卷总第7期。

来"口语写作"的一个重要诗人代表,而且一直坚持了近三十年的诗歌探索,足见其诗歌的影响力与可能。

非亚在诗中表现了都市繁复生活中多层次的"禁锢"状态。非亚在一次谈话中说:"我的写作与自己的生活比较接近,会写到与自己生活有关的东西","我可能会写到民族大道、民族路、南宁的一些东西",所以了解南宁的地区风貌是进入非亚诗歌的一个切入点。非亚身居的南宁作为广西的首府,是广西政治、经济、文化、金融和信息中心,是全区最具活力及向外程度最高的城市。南宁的经济产业突出特色在于第三产业的日益活跃,如信息业、房地产业、旅游业、餐饮业发展态势良好,南宁的街道文化也足以显示这个都市生活的特色与喧嚣程度。可以说,南宁的喧嚣来自于本土闲适而热闹的消遣娱乐的生活方式与发展中各层面文化涌入而形成的本土和外来、新和旧、快和慢、小和大的相碰撞、磨合的不安定。这些风土人文,也渗透进非亚的生存思考与写作经验的探索中。从童年和少年在苍梧县龙圩镇度过的宁静、直觉和诗意的乡镇生活到大学毕业后进入的城市生活,从稳定的城市场景进入喧嚣失衡的现代都市生活链中,诗人的生活受到时间和空间上的双重变更,纷繁复杂的都市意象扑面而来,使人在时间飞速变化和空间统摄中心范围相对缩小(主要从日常生活空间环境)而意识量增大的不协调中进入了生存"禁锢"的状态,诗人潜意识中也无时不在冲破这样的"焦虑"。所以,"禁锢"的存在,就必然突破消解它。诗,提供了一个很好的渠道,使得每个人都有可能对生活发声,通过诗这把钥匙打开心灵之门,同时观照繁杂、焦虑的现实生活。

广西当代作家丛书中的《非亚卷》,是非亚的第一本诗集,其中收录了他从1987年到2003年的诗歌。纵观这一诗集,可以发现,非亚1987年至1990年的诗歌明显让读者感受到清新、活跃和对身处环境的直觉诗意,诗人能敏感捉住对周围事物的情感,色彩感强烈，有透明冰凉的质感，用放大镜的手法把一瞬间的感觉缓慢呈现，同时其中不失诗人对于思考的激情、对于生活的积极感受，使诗歌在感情与场景中处于流动状态。如《生命的幻觉》中，有生命的光泽和速度，有对生命流向的积极探索和清晰深刻的视觉展示。通过这些细致生动的描写来明白无误地表现诗人对于新起点的积极探索和融入，而把第一部分成为"内向"，也对应了诗人对自身的了解多于对城市生活环境的了解，对于新生活相对的内敛，从反面突出了诗意生活的状态和将要采取的适应态度。他诗歌早期的意象与大自然清新明朗有关，人与大自然是比较贴近，所以"禁锢"因素并不突出。

从1990年到1999年的诗歌可视为非亚对于都市生活适应的另一个过程。清新、直觉的诗意开始遁去，诗歌风格渐渐进入都市生活的场景当中，"但我还是无法让自己到达/远处的一片树林/一片幽蓝幽蓝的湖水/我的身边/一节一节的楼梯随意生长"。（《迷途的鸟》）对于诗意的逝去，诗人疼痛的言说是那么无力和疲惫，"众多的人群把我带动/消失，埋葬/不留痕迹/在春天，我看见/到处都是垂危的病人"。（《春天的悼词》）而在和自然距离的拉大过程中，诗人又感到在都市生活适应过程中与都市的隔膜，可以说这是一个中立的艰苦的历程："我感到到处都是墙壁/到处都是被折回的目光/我行走在一个/极其烦躁的/环形物中间/然后又深陷于一栋厚实的/房子/……然而当我/跨出一步/我看到一堵墙壁/又出现在我面前"。（《我感到到处都是墙壁》）对现实的硬度和诗意式微的抗争的背后是对于诗意的苦苦坚守，诗意带来的是对都市生活禁锢中焦虑感的缓冲作用，如《白日之歌》《南方日记》和《诗歌是有用的》等多首诗中对诗意的表白，诗篇确实是这样："伟大的诗篇是那样，领着我们/穿过墙壁，/并走出树木/的人"。（《伟大的诗篇》）在此，非亚明确表明了"诗歌"是冲破都市生活禁锢的一种方式，也成为现代人观照内心的路径。

2000年后非亚的诗歌明显表现出人生受到都市生活的禁锢感。生活就像在迷雾中一样，《实在的迷雾》正好诠释了这种禁锢：

> 节日后的空虚是实在的，他坐在房间，感到自己的器官，好像被汽车堵着。
> 终于又上班了，闹钟的一阵尖叫，让他回到了发光的现实。
> 两天前，在400公里外的梧州，他度过了一段快乐时光。
> 离开了令人厌烦的省会城市，离开了熟人，传呼机和乌烟瘴气。
> 像尘埃一样降落，消失于人群之中。
> 呵，那飞驰的长途客车，那擦着耳朵的风，让他滚动得多么快。
> 仿佛在两块木头中打进一个榫子，在一段乐章中插入一个慢调。
> 他想起他的奔跑，他的步行，他坐的2元摩的，他在云朵中，散的自己。
> 他知道，两天后，在他面前的这一堆零件，会涌出阵阵迷雾。

2000年后的诗作除了对都市生活的"禁锢"感到焦虑以外，对生命禁锢的焦虑更为明显。诗歌中充斥着大量关于"死亡"的话题。非亚诗集中有一部分诗是为其父亲而作的，如《2月1日：给爸爸的一个电话》《当父亲从死神的手中回来》《一段斜坡》《夜晚九点》等，从《母亲节》开始，提到了父亲的离去，而后的诗中都不同程度笼罩上一层悼念、悲痛的心情。这一段刻骨铭心的亲情经历，加深了诗人对"病""死亡"的恐惧和思考，"37岁了我决定

第七章 "自行车诗群"：非亚的日常诗性与"诗无体"解构　　145

开始珍惜　每天像面条/摆在　厨房案台上的早晨/……我经历过的　父亲的死亡　疾病/构成我的五官　我从不忌讳/……在岁月中　像老人一样　变得/沉默　仁慈　漂亮/甚至好看"。(《为我的37岁而作》)诗人更是从父亲的身上看到自己生命的脆弱和死亡的逼近，肉体也会产生"禁锢"。对于生命未知因素和死亡的预想，如《未来诗篇》《一个老人对新年的想法》《对死亡的描述》《对死神的警告》《让我们在日光灯下谈一谈死》《死亡的电压是200伏》《给死神打个电话吧》《有一天，我死得如此一干二净》《糟糕的成绩单》《希望》《我曾经是一个濒临死亡的孩子》《准备》和《钟》诸多诗作中都有表现。

　　对个人来说，肉体是沉重的。在诗人看来，生命易逝，死也是无法避免，但是却可以超越。非亚说："死亡意识的存在能够让我在混乱的现实中，获得一种冷冽的清醒，能够让我俯下头去观看人世，摆脱附着在自己肉体内的梦魇……从写作来讲，正是对死亡的一次次体验，让我彻底摆脱日常生活那种浮泛的非诗状态，迅速进入到诗歌之中。"① 所以非亚对于死亡的黯淡预想并不停留在恐惧态度的层面，而通过死亡的观照来沉思更多的生活秘密与可能，"我希望在他的名单上/加上我这个站立在窗口脸色苍白为死神所困的人"(《希望》)，还有对于死亡的客观考虑，如《让我们在日光灯下谈一谈死》，直至参透死亡的秘密："我是否太明白每一个人最后都必须消失/以至于没有任何新奇感/对于死亡，我这么看/它可能是一个骗局"。(《太熟悉了以至于没有任何新鲜感》)诗歌让诗人在精神上穿越了死亡，从现实的焦虑中体味到心灵的宁静。

　　生活是短暂的，更是由一个个瞬间所组成，相对于死亡，生存本身就是一个瞬间，"迁流的瞬间作为一个事件凝固下来，抽象的

---

① 非亚：《给非亚的14个书面提问》，《自行车》2001年卷总第5期。

时间成为一个现场、一个当场,或者场所,生命在此发出具体的颤动"。① 在西美尔看来,现代人眼中的生命是短暂、偶然的同义词,生命的飘逝成为现代人的本质直观,对于时间感的关注,当下"瞬间"成为现代人生存的焦虑和关注,特别善于在一瞬间找到契合点,让潜行的岁月伪装成为当下"瞬间"的偶然性,让未来在当下"瞬间"停止并从概念上延伸到永恒,企图在诗中使短暂易逝的生命停在拥有已知的一刻。

非亚对"瞬间"非常敏感的:"啊,光芒溢出了午后的阳台/我回过头,认出了/其中的一个,//他多么像我,多么类似我,/简直就是我://有着苦涩的口腔和舌头。/有着懒散,一动不动,有着午后脑海的片刻空白,/和短暂的灵魂出窍"(《他简直就是……》),"一年又过去了/我抬头向窗边看去/那一动不动的身体/仿佛站在桥上/注视着河水/伸出手/正向云朵告别"。(《岁末抒怀》)风景下的瞬间一直都在存在,但是诗人的一瞬间领悟才成为关键。"瞬间"突出了人的存在,突出了生命在穿梭时空后某一个定格的人文反思和观照。

生命也正是由这一个个瞬间性的细节组成,对瞬间的把握暂时游离了现实的、凡俗的生活,从而找到瞬间生活呈现的诗意与激动,对瞬间、偶然的把握构成了现代人的都市经验、生命体验。诗歌把握了这些瞬间,也记载了这些瞬间,诗歌成为一个媒介,打通了生活与内心的秘密通道,让诗歌成为从现实到精神的必然归途。

第三节 作为生命建制的诗歌

非亚诗中传达出来的是都市中人们即使受到了生活的禁锢,离

---

① 非亚:《我们诗歌的基本原理》,《自行车》2004年卷总第8期。

开了感性、直觉、诗意的抒情式的生活书写，但也创造了另一种可能的生活诗意、美感，一种大都市的后现代经验的直觉表达，让人在喧嚣浮躁的都市生活中回归诗意，回归人性本位，把人从体制的禁锢下解放出来的可能。

"口语写作"是当下生活和诗歌的解构策略。非亚和以其为代表的"自行车诗群"同样倾向于建构口语和先锋的可能，突破"知识分子写作"过于宏大叙事的写作。他们更关注周围的日常生活，关注生命细节自身，关注本土资源的一种积极生活方式的建构。从非亚诗歌的阐释当中，我们不难发现"自行车诗群"具有相似的创作倾向与诗学追求。

具体表现出以下几种话语特征：

第一，日常生活的审美化：发现意识与发现之美。

英国社会学家迈克·费瑟斯通首次明确构造"日常生活审美化"，并对之作了专门界定。在其界定的三个含义当中就有一个是"将生活转化为艺术作品的谋划"① 的含义。非亚等"自行车诗群"的诗歌创作维度大都指向"日常生活"，在"日常生活"中赋予生活诗意，即是他们对禁锢生活的审美性发现。如非亚的这首《传统家庭》："我们三个人，各自坐着：父亲，母亲，/和我，我们三个人，/彼此各自独立。//我们说着话，带着轻微的手势，/有时波动，有时起伏，/那穿堂而过的空气。/三个人，像三块无形的磁铁，在房间，/沉默在一个整体。//幸福和安详，多么像/一对鸟儿，/落在我们窗台。//这是平常生活的一幕：父亲，母亲，/和我，难得地坐在了一起，/感恩的光线，洒在地上"。非亚他们以戏谑、反讽的方式，发现日常生活的瞬间，呈现出生活温馨而温暖的审美情调与诗意，以及背后的焦虑与痛感。

---

① [英] 迈克·费瑟斯通：《消费文化与后现代主义》，刘精明译，译林出版社 2004 年版，第 96 页。

张弓长（自行车诗群成员）也同样写道："这几天，生活，如瓷砖，地板/因某种原因，而出水或者流泪//行走必须小心翼翼/柳州气象台温情提示//连日阴雨天气，路滑能见度差/外出切务注意交通安全"。在《这几天》中，整个"自行车诗群"对生活之美的发现能力与追求，表现出一种对都市生活进行消解后的生活方式的积极建构，漫不经心进行诗意捕捉的同时，呈现生活细节之美、诗意之美。这种"漫不经心"就是对都市生活的一种积极抵制，让诗意回归，让生命自由舒展。这种抒情方式是与很多口语写作中"伪抒情"的诗歌划清了界限，让诗歌的写作回归到真相、真实的生活自身的感受与体验。

第二，拒绝伪抒情：探讨瞬间和永恒的关系。

诗歌要突破的不仅是生活现场，还应该是对生活禁锢的突破。如何将瞬间变成永恒这不仅是诗歌要用自身表现的使命，更是诗歌领域一直探索的问题。我们知道，生活虽然是"瞬间"的，但艺术品则是可以将生活的美进行保存并通向永恒的一个途径。非亚等"自行车诗群"同人就是以拒绝"伪抒情"的姿态，以生活入诗，以生命入诗。

非亚在"诗无体"的诗歌写作中，也发现了瞬间和永恒的关系是表现生活一个不可逃避的话题。非亚将生活的细节捕捉并加工成艺术品——以诗歌的形式——企图将"瞬间"固定并上升到"永恒"。如非亚的《旅程》："你突然发现自己/变得有点儿陌生/和费解"，就用"一瞬间"对自己的陌生感带来的震撼穿越了岁月的脚步，岁月的整个经历和沧桑就凝聚在这幅画面里，从而形成了"诗与思"。这种震撼应该是出自于人的本能的，是具有生命普世意义的。它们也并非时代、社会的限制，而是自觉地上升到诗作为艺术形式永恒的高度。可见"瞬间"大多都是生活本质的具体展现，是高度浓缩的人回到本位回归个性的"瞬间"，出自于内心最深处最真实的"经验和潜意识",正像学者张清华对整个"自行车诗群"的评价一样:"他们('自行车诗群')对直觉经验中的某种潜意识深度的偏好……对于'口语写作'来说,建立意义的必然通道,在现代只有通过其经验与潜意识的敏感联系和接通,而不可能靠日常经验本身来建立。否则就会因为其写作的'零深度'而使写作陷于完全失效。在这点上,'自行写作'也似乎具备了某种共性。"①

所以"瞬间"的禁锢通过诗歌达到"永恒"的解放,"死亡"的肉体禁锢,也通过诗歌让精神震颤后实现心灵必然解放与回归。我们看到,诗歌尽管是"禁锢"的,"诗无体"这个概念本身就是对诗歌形式"禁锢"的一个超越与建构。

第三,众语喧哗:叙事背后的痛感表达。

非亚的诗歌非常重视叙事性,但这种叙事性与其他口语诗相去甚远。主流的口语诗坚持"诗到语言为止",对客观事物的表达停留在场景呈现的层面;而力图突出人自身存在的"自行车诗群"成员则在叙事的同时强调了感觉、思考和抒情的可能。

抒情、感受、思考和叙事融合在诗中,形成了鲜活生动的生活景象,个体性从而在内容上得到了突出。如非亚的《等待》这首诗:"我在家中一幅挂历前/站立了一会,我看到它/仍挂在那里,但今天/已经变得过时/没有作用/我想起10年前的冬天,/在北京,/清华大学西侧的一块空地,/树木光秃秃的/池塘已静静冻结/太阳像发白的/钱币,停在下午/四点钟的天空/我站在那里,独自一人/周围没有雪,没有/特别的响动,我转过身/不知是等待/某种东西的降落,还是/奇迹的来临"。他的叙事性表现在人物活动和情节上,如果取消诗歌的分行结构,把这首诗当成先锋小说一样可以,当成散文是可以的,改成记叙文也同样可以。技巧性的东西在生活面前是那么无力,"口语写作"的语感来自语词的精心营构,它替代了"语义"写作,非亚

---

① 张清华:《"自行"的"南蛮"——关于〈自行车〉》,《上海文学》2005年第11期。

诗歌的语感表现则成了一种生活气息，忠实于诗人自我的直觉，就像同是画一幅画，别人画得很巧妙，让人看得很过瘾，但是过了一会儿就没有新鲜感了，到了非亚这里，就可能听见画中各种声音的存在，以及画面自身的生活气息。

第四，文学作为建制："诗无体"的某种可能。

生活是多层次的，是具体细致的、现场的、可观的、可感的，所以，生活反映出来的是"无体"的，"暧昧"的，人的生命在诗中流动，从而让诗歌作为自身的建制，回归到人的生命存在自身。

诗歌，在这个意义上，也应该是"无体"的。德里达有个重要的文学观念认为，"文本之外无物"。德里达作为20世纪西方重要的哲学家与思想家，他的思想成为整个后现代主义理论的基石。当下"口语诗写作"一开始就是与西方这股思潮的合流。非亚凭着自身的写作实践与艺术直觉，一语道破了离开人思考的过程"无诗"，与德里达的"文本之外无物"有着惊人的相似。

非亚本人艺术与思想探索上的执着精神也成为"自行车诗群"同人共同的精神资源。《自行车》这本民间自费刊物从1991年开始创刊，中间虽然经历了停刊的挫折，但是今天我们可以看到队伍越来越庞大的"自行车诗群"还在不断前进。虽然"自行车诗群"的成员来自社会的各个阶层，但是他们拥有一个共同的诗歌理念——热爱诗歌，热爱生活，不断向前，不断突破。"自行"从这个意义上指向了这样的诗美追求。在话语权争夺的诗歌界中，社会各阶层的人们有了可以表达的空间，拥有一块可以无视于话语权"禁锢"的共同乐园。"诗无体"除了表现生活的复杂多变外，还有一个重要的原因就是生活也并不是一成不变的。生活不仅是立足当下的，也是指向终极可能的，"生活需要我们不断地重新定义，不断确证那些飘忽不定的价值"。[①]非亚在对生命短暂易逝、对死亡的迷恋、

---

① 非亚：《我们诗歌的基本原理》，《自行车》2004年卷总第8期。

"瞬间"的敏感，以及不断企图对生活的现代性进行终极阐释中，表现非亚本人对"诗无体"的深刻领悟与生长可能。

克罗齐说过："人天性都是诗人。"这"天性"不仅是诗意表达的可能，更是诗意表达的权利。"自行"行为正是传达了人类共同的声音。生活是个人的，更是人们的、人类的。谁都有生活的权利，谁都有说话的自由，谁都可以试图建构自身作为"诗人"的文化身份。非亚与罗池撰写的那份"诗学提纲"，很大程度上成为"自行车诗群"共同的美学价值取向。

"诗无体"，这样的审美倾向事实上与当下主流诗歌的思潮不无关系。"诗无体"，从思想意义上而言，可能让我们的诗歌写作实现了"文学的建制"（德里达）功能与文学作为"签名"的本质。但是，"诗无体"过于"游戏"与"暧昧"的本质，或者说缺少某种更深层的思想钙质作为营养补充到"自行车诗群"的诗与思中，这样的写作在思想力度上，在艺术探索上，可能会遭受某种思想与艺术双重价值的局限。这也是整个"自行车诗群"所要思考的，同样也是作为当下诗歌写作主流的"口语写作"所要深刻警惕的。

第八章

"扬子鳄诗群":黄芳的女性情感和朦胧书写

黄芳是"扬子鳄诗群"的代表诗人之一,其21世纪以来的诗歌创作倾向与维度,不仅显现了"扬子鳄诗群"的情感倾向与书写维度,而且也表现了21世纪以来广西女性诗歌的发展特征。本章主要探讨黄芳在女性情感与朦胧书写方面的创作倾向,并部分涉及"扬子鳄诗群"的创作理论与审美追求。

提起"女性诗歌",似乎爱情、回忆、伤感、柔情等主题是必不可少的,也是自然赋予女性的气质特点。黄芳就是这样一个中规中矩的女诗人,在诗歌写作边缘的省份——广西,她不似当前流行的女性写作般标榜女权,不回避感情的弱点,坦然地流露出作为一个女性最为特别的美。我们看到,爱情是黄芳诗歌的主打题材,她处理爱情题材时,与其说设置种种虚拟的场景来让审美经验呼之欲出,倒不如说她在以女性独特的方式处理思维和现实世界的矛盾,在不知缘由的纷乱思绪下用语言呈现矛盾,用极端的方式来追寻解决的方法。

第一节 人与世界的关系

在黄芳的诗歌中，过去的现实造成了离别，残留的悲伤延续到如今以回顾，偶尔翻阅，不禁悲从心起。她竭力让回忆平静，甚至不忍提起，但总是反反复复地耽留。虽然回忆也会有美好的时候，如微风、如溪水，但更多时候是成为刺伤她的碎玻璃；温暖惬意的时候回忆是幻想出来的完美，是忍不住在脑海中虚构出美妙的场景或渲染浪漫的细节，以此来弥补空缺；否定逃离的时候回忆就是残酷的现实。她与现实世界的距离比与回忆、幻想的距离远，她甚至刻意拉开与现实的距离，来保护回忆的美好与当前的平静，但往往未得所愿，便越陷越深。最后她不得不选择主动地逃离，来结束一段短暂的回忆之苦，但又难以保证下次不会又复发作。

第一，被过去所辜负。黄芳的诗歌中"离开""转身""离别"等词语出现频率非常大，时间坐标也都定在过去向度上。诗中，主角以第二人称代词"你"出现，"你"是一个很重要的人，或许是昔日恋人，也或许是青春时期的美好状态，总之，"你"的离去在黄芳诗中产生了巨大的影响，是诗人苦苦挽留而不得的对象。"想说这些很久了。/自从你离开。自从犹豫的眼神被空气带走。/……一个季节很快就过去。/所有的缅想与虚构很快就过去"。（《而这白。这美。这遥远的暖。》）"你"就是白，美，就是温暖，这种感觉是诗人强烈的期盼。"我到处找你，履水火如平地。/翻天涯作枕藉。/……我只需要你轻轻地转身。/……而我只要你慢慢地回头"。（《我到处找你》）"你"的离开是诗人辗转不安的原因，寻找的状态也是诗中持续不断的情感力量来源。"现在是在路上，在离开你的途中。/……这是在悲伤的离别中，/是我一生中无法重复的路途"。(《在离开你的途中》)这寻找的姿态会持续下去,连接不断,诗人无法改变现实,这种与"你"的差距成了无法弥补的遗憾和诗歌的感情基本点。甚至在现实中,诗人还在不断地虚构出"你"回来的画面:"午夜零点的某一个晚上,/我走在街上。/……有人在远处不停地叫我,/叫我隐秘的小名。他的声音/离现实远些,而比梦真实"。(《午夜零点走在街上》)但这画面,仅仅是虚构的,只是为了烘托"你"引起内心渴望的激烈程度,以幻觉的效果达到最大的煽情。

第二,说不出的耽留于深深的回忆。过去已经过去,现在却根本无法释怀,诗人在诗中总忍不住耽留于回忆,她多次清醒地指出这一种状态:"耽于幻想的人在翻晒旧事,/在自身的阴影里反复抒写……"《冬日,某一时辰》;又如"耽于回忆的人,/寂静,喧嚣"(《一半》)。在不停翻阅往事时却又"说不出",如:"——但它的香气/不能说出"(《9月,中秋,乱》),又如"当青春、爱情、写满隐私的旧纸张,/在深处打转、沉浮。/她转身,不发一言"(《仿佛这忧伤,是真的》)。我们看到,黄芳诗歌中的"说不出"的原因有三个:

首先是无倾诉的对象,无人能理解她的心情:"其中漫长的隐忍、内向的伤痛,/谁能比我更加清楚?"(《四月的到来和消失》),所以她决定独自将心事隐藏起来:"你要做一只隐秘的天使,独自飞翔"(《累了》),她甚至认为将心事封存起来是浪漫而美好的:"树下的人独自悲伤/妩媚比流水"。(《9月,中秋,乱》)

其次是已经在心中、在诗中提及太多,倦怠了:"从哪一年开始?/他反复地写一封信,/反复地为一个名字伤痛"(《无题》),她知道说出来已经没有意义,不能改变什么:"'当你累了。当废墟上的花开了。'/这是多年前的句子。/但它今天刚刚到达。/……大雨与永别。/你已经知道,万物之上,/总有一些无法挽回的结局要反复地发生"。(《哀歌》)为了避免再次陷入回忆的漩涡中,此时只想安静地忘却:"这一刻,我要静静地坐着。/……不惊动黑暗中等待的某个人"(《这一刻》),但本身努力忘却的行为却也是源于无法平静、无法忘却:"她在风中奔跑、受伤,/用薄薄的衣衫蒙住呼喊"。(《无题》)

最后是不知道如何说起:"我该如何说出,/其中的漫长和悲伤?"(《四月的到来和消失》)不知道该以何种态度来对待回忆:"霓虹灯模仿星星的夜晚,/我是一株难以启齿的苦艾"。(《苦艾》)她惊骇于回忆里的伤痛而沉默:"而在风的另一面,/有更潮湿消失得更快的光和暗。/我看着,握着,缄默着"(《风一直在吹》),面对尴尬而陷入迷茫状态:"'或许,是爱的?'/……她旁敲,侧击。/……她试图关上一扇多年的窗。……/甚至看见一个黑衣人在独行"。(《或许,是爱的》)

第三,反复地挣扎于回忆中。这种"说不出"的情绪像巨大的压力笼罩着诗人,她深谙其中就里,每次翻阅累了,不由得从回忆的积习中抬起头来:"小而蓝的梦呓,把往事从往事里拉出。/似是而非的人,被迷蒙隐于迷蒙。/我把双手覆在额上,说出:/甜。慢。厌倦。/……我在梦里,把往事翻出又深埋。/——长而细的眉毛,在哭"。(《这个无人的中午》)耽留是对当前进行时、对未来即将进行的抵抗,在诗人的时间坐标中,她总是不停地把时间推向过去,在过去与当前两个时间点上来回跳跃,在平静和波澜的两种状态上来回跳跃,反反复复,无法平静,与她平静的叙述形成极大的反差和张力,诗中的态度是厌倦这种反复的,但无反复就无诗意,于是反复与挣扎就成了她诗中最为灵动的表达,表现为或是独处,或是翻腾物件,或来回走动,如:

哪一年?你曾从这条路离开。/……花开了又落,/——我

甚至来不及难过。/整整一个秋天，/我在一条路上反复行走。（《过去了》）

水里有莲，/边等边漂。/……她旁敲，侧击。/茶淡了。烟雾青蓝，明明灭灭。（《或许，是爱的》）

桃花边开边落。/红的白的，隐语遍地。（《春天，三月》）

莫须有的风，把记忆抖落。把木叶上的绿抖落。/我在梦里，把往事翻出又深埋。（《这个无人的中午》）

院子里，花椒树暗黄的叶片铺满了一地。/被沙沙的风翻卷、打转、抛起再落下。《某一个秋天》

第四，隔离现实，与世界保持孤独的关系。这是一个互为因果的循环关系：因现实的残酷而与世界保持距离，又因隔离后带来的孤独而加深对现实的残酷印象。诗人刻意制造出许多与外界隔离的场景，其中以"覆盖"一词特别明显，形象地用某一物体将自身和回忆、现实划清界限，如：

但月亮就将露出暧昧的笑。/忧伤的灰尘就将覆盖一切。（《9月，中秋，乱》）

温柔的细节过后，/日子用暗下来的光阴把它覆盖。（《慢》）

在黄昏，在风的上方，/它的光滑和潮湿覆盖一切。（《四月的到来和消失》）

这一定是最后一次。当黑暗以虚无的方式，/把生活覆盖。（《拒绝》）

隔着玻璃，/我看见院子里的阳光，/被巨大的黄昏覆盖。（《黄昏》）

"覆盖"反复出现并非偶然，而是萦绕在诗人心头解决与现实、与回忆关系的方式。主语是"忧伤的灰尘""暗下来的光阴""光滑和潮湿""黑暗""黄昏"等这些具有黯淡、悲伤色彩的词，现出了这种"覆盖"不是情愿的选择，而是被迫与无奈的，是外界强加或是为了抵挡伤害的一种方式。当诗人用某种强大的力量将残酷遮盖，内心便不由得升腾起孤独，自己便在人群中独立出来，世界就只剩下她一人在独自悲伤、独自行走：

人群中，那灰的离别红的欢聚，/扶扶搡搡。/江水偶尔会漫起，当船只徐徐地经过。(《某天中午，蓝》)
我在雨雪交加的大风中独自行走。(《平安夜》)

她的主动逃离在情理之中，如果说强大力量的"覆盖"是一种静止接受的态度，那么主动的逃离便是另一种动态的"覆盖"，在黄芳缓慢的诗风中，这种主动的逃离显得极为不和谐，但又如此珍贵，在积习的温情中迸发出对命运改变的决绝行动，而最后又显得底气不足，缓和了下来：

当我远远地看见你眼中孩子般的无助，/我该如何描述自己无能为力的逃避？/——必须躲到那根灰色的柱子后，/必须有黑色的大衣蒙住无处可去的哀伤。(《世界上最疼我的那个人去了》)
当暗夜来临，/你要做一只隐秘的天使，独自飞翔。/而羽翅见风就长，越来越沉。/——你悬在半空，累了。(《累了》)

很少看到黄芳诗歌中闹哄哄的场景，原因就在于她主动将自我和世界划分出一条界线，然后她在自我的世界中或悲伤，或平静，或挣扎，回忆是她一个人的，或喜或悲，都是她珍藏的、不许别人触碰的秘密。

第五，期待被拯救。黄芳在诗歌中试图建立一种平衡，这种平衡在人与世界之间，自己与自己的回忆间。当平衡失去，就祈求有一种力量来拯救自己，这种力量可以是过去确实的爱，也可以是如今平静的生活淹没思想的狂澜，更可以是神灵温暖的赐福。

所以，在"无助""叹息""悲伤"等消极情绪总是萦绕诗中，无法挥去、无法遮盖、无法摆脱的时候，例如"而更迷蒙的是我的情绪。/被大风吹高，被大雨淹没。/……像某个人的夏天，时而身披薄纱。时而掉进陷阱"（《梦》），又如"母亲，/当我远远地看见你眼中孩子般的无助，/我该如何描述自己无能为力的逃避？/——必须躲到那根灰色的柱子后，/必须有黑色的大衣蒙住无处可去的哀伤。/……这时我必须把眼睛紧紧闭上，必须把泪水/转向暗处。/——母亲，在你之后，/我用全部的力气来面对一个影子的无语"。（《世界上最疼我的那个人去了》）她便开始诉诸另外一种方式，便是期待被拯救：

请你带走我。/……你要拉紧我、捂紧耳朵，/奔跑起来。（《今夜，这瓶中的花开得正好》）

需要遇到一个人，/在某个悲伤的夜晚或黄昏/……需要一些爱，一些纤细的感动。/……需要遇到一个人、一个/美的偶遇，以及更美的故事。/让我想起少女时代的日记，/和其中暗藏的旧词汇……（《需要遇到一个人》）

你要给我的骄傲找一个火把，/给混乱的夜，或者给爱/找一条明亮的路。（《纪念日：11月17日》）

对于自我救赎，她很明晰地知道耽于回忆和幻想并非正道：

"一个耽于幻想的人,无法弯下腰跨过致命的句子抵达救赎的那道窄门"。(《水袖里的灯光》) 她知道最深的弱点无可避免:"一个注重自我的女人,一个自恋的女人,注定被自己的激情所困。于是用不停的开始来抵消曾经的发生"。(《如此清晰,那些如影随形的美和痛》)"抵消曾经"是她所有诗歌的目的,但她的"激情"、她对生活的热爱、对美好爱情的留恋都使她不得不在残酷的回忆和现状中低头。最后诉诸宗教的力量,将美和善上升到普世价值的地位,她才能获得些许的安慰和平静:

> 我在雨雪交加的大风中独自行走。/……更远的远处,/是教堂通明的、上升的灯光/把更暗的暗处照亮。/……平安夜,/我在雨雪交加的大风中独自行走,/并没有感到更多的冷和忧伤。(《平安夜》)
>
> 平安夜,我早早地离开教堂。/因为相信有宁静的祝福,/抵达暗与卑微、疾痛与张望。/——让善的更善。让恶的,/衣衫褴褛。(《平安夜》)

两首同题《平安夜》以温暖、光明的语调引领自己的心情回归平静。她将读《圣经》称为美好的功课:"祝福是这个夜晚最美好的功课。/……我们围坐在床上,摊开书本。/打开的《圣经》里有你平放的双手。/……我放下厚厚的亚麻窗帘,收拾好四散的书本。/最上面的《圣经》有黑色的庄重封面"。(《美好的功课》)

第二节 "慢"与"朦胧"的艺术技巧

"慢"与"朦胧"是黄芳诗歌中基本的艺术表达方式和独具特

色的地方，"慢"指的是叙事的节奏和行为举止不至于激烈和快速。在演绎的过程中，始终都是感情上的振荡带来的张力，是情绪的反差引导着画面。

第一，"慢"的艺术。"慢"是表达悲伤和回忆的一种特殊的艺术，带有无力反抗、沉重、失重、漫无目的的情绪体验，"慢"是行走、转身回头、爱与恨的反复、温柔的细节、暗伤，黄芳所有的诗歌几乎笼罩在这种气息当中：

> 它是我的声音。写作。/黄昏里某次漫无目的的行走。//是午夜的音乐。向下的泪。/无数次离别里的转身和回头。//在爱和恨之间，它更适合于恨。/——一朵花的开放与掉落，/它是静默的过程。//温柔的细节过后，/日子用暗下来的光阴把它覆盖。//——全部的细节国界，它是阴郁我体内的暗疾与伤。（《慢》）

用"慢"表达悲伤的好处在于，仿佛被一股巨大的无可抵挡的力量吸了进去，使情境步履艰难，难以突破。黄芳诗歌中多用"慢"的动作和形容词："她试图关上一扇多年前的窗。/那么慢，甚至听到远处的乌鸦在拍打一面矮墙"。（《或许，是爱的》）

与"慢"相近的意思是"静"，前者侧重动作，后者侧重声响，两者都是同源动作的状态，互为成立的关系：

> 等待的电话不响，/微暗的房子多么寂静。（《黄昏》）
> 唯有屋檐上的飞鸟，/还在静静地张望——（《献诗》）

在回忆里，有一种状态必不可少，即是"触景伤情"或"触物伤情"。于是物件的静态描写和缓慢地翻阅成了黄芳诗歌中又一特色。她喜欢使用的意象多与身体有关，如泪、脸、眼、手等，也多次使用衣服的意象，如裙子、手套、裤子、袖子、棉袄，她特别钟情于蓝布衣，她曾提道："蓝一直是让我莫名心动的一个字。从最初的颜色，到后来自己为之赋予的种种隐秘的暗指——比如忧郁。比如宁静。比如凉。比如泪。比如思念。比如疼痛。……在我的衣柜里，它成为最主要的色调。在我博客上，我为自己取了'蓝布衣'这样的名。"（诗集《是蓝，是一切》自序）正是这种连接回忆、顾影自怜的意象，联系上了"慢"的节奏，如：

  风还很大，还很冷。/我在旧棉衣和红手套里沉默不语。/……无法期待，/某个人温暖的泪，/悄悄充满我的眼眶……（《春天，三月》）

  搁在膝盖上的旧棉袄，/它绣花的袖子和暗蓝的镶边。/——与之相关的某桩往事，/那满的忧伤、湿的脸庞。/是多么美好。（《冬日，某一时辰》）

  第二，"朦胧"的艺术。"朦胧"是一种非常具有张力的艺术，它既能表达迷蒙的心智，又能营造浪漫的气氛，它能陷人于不明的烦躁中，也能让你忽略周围细节专心于美妙的内心世界。在黄芳的诗歌世界中，朦胧是一种似是而非的混沌状态，隔绝了外界参与自我内心秘密的展开，又是一种带着距离的美感，给读者留下了想象空间和猜测的欲望。

  在字词的构列上，朦胧感非常明显。诗集《是蓝，是一切》这个题目是动宾结构，隐匿了主语。"是"这个动词，既有主观判断的意味，又具有对对象所起支配作用的突出。"蓝"这种颜色传达出来的是纯净、深邃、静谧的感觉。这样的标题并非传达给我们以明确的信息，而是用一种非意义的表达手法传递作者的情感。这种诗歌语言甚至有些悖论,以我们称为"张力"的形式存在着,既然"是"是确定的语气,而后面的朦胧字眼"蓝"和"一切"却让人模糊,"蓝"是什么?"一切"又是什么?为什么是"蓝",为什么是"一切"?黄芳是个使用朦胧语的高手,她知道如何运用能达到最大的美的效果,能用最简洁的字眼引发张力。她非常喜欢用零碎的词语:"我把双手覆在额上,说出:/甜。慢。厌倦"(《这个无人的中午》),又如"如何来重复这些细节?/病房。灯光。窗帘。走廊。风与声音。/一切却都是暗的"。(《世上最疼我的那个人去了》)字词的铺列靠感情的逻辑连缀,跨越感和跳跃性强烈,并烘托出诗人简单而干脆的态度,还能让思绪引导读者自然地进入情感的渲染中。

在句子的表达上,她喜欢运用这样的句式:"如何……如何……"仿佛与自身对话讨论某个问题的解决方法,而实际传达出来的是她耽于回忆的感伤与无奈:"那些雨水如何地落到我身上。/那只乌鸦,如何地从一棵树,窜到另一棵。/那些爱过恨过的场景,如何物是人非。/那些真情或假意的细节,如何篡改和粉饰。/那些冷,如何微微地蔓延"(《这一整天》),又如"如何来重复这些细节?/……我该如何描述自己无能为力的逃避?"(《世上最疼我的那个人去了》)

第三节 语言书写与女性独立

黄芳的诗歌似乎在以女性的身份自说自话,完全不顾外面的女权主义的呼声如何高涨。对中国当前女性诗歌的立场、口号和目标等问题,黄芳很坦然表示立场:"我先声明我不是女权主义。但我憎恶任何不尊重女性的言行。我的诗确实性别征象很明显。我觉得这是很正常的。我的写作从来都是从我自身的角度写的。而且我也很喜欢其中弥漫的女性意识。"① 黄芳诗歌中的女性征象确实非常明显，不仅仅在题材方面，还因为她用了女性的思维来构建诗歌结构和叙述方式。在她的诗歌里，有女性柔弱的影子，有坚韧的挣扎，有浪漫的回想，更有爱的责任和义务，女性意识的流淌自然而然，就是一种与生俱来的能力，毫不标榜与夸张。当失恋的伤感气息蔓延至读者的心间时，黄芳自己却表明："我没谈恋爱的时候就已开始写爱情了……我写情诗的时候都是把自己放在恋爱或失恋的情景中的，而且很快地便能陷入其中。"② 由于诗歌技巧巧妙娴熟地运用，她的诗歌整体氛围能接近让人信服的真实。

经过诗人精心构建的悲伤柔弱感弥漫于诗中，黄芳却不认为这是种弱势的表现："我不认同女人处于弱势的说法。……当你看到一个女人经历着艰难的孕育还面带幸福的笑容，你有什么理由说她是弱者？"③ 女性的坚韧、执着、责任感的心灵力量成了抵消柔弱的外在存在方式。黄芳以语言的形式试图构建着从柔弱走向强大内心的生存方式，与"女权主义"强调的女性在社会的地位、权力、物质占有上平等权利不同，她从心灵的光芒来划分人的强与弱。"女权主义"在相关的文学领域，它仅强调作品中有关"女权主义"的主题，更着重突出"文以载道"的功能，关注的是社会性别政治斗争、文化结构和经济等因素，黄芳将诗歌语言当作女性自强走出的第一步：自我与自我斗争，在思绪的挣扎中寻求女性特有的对残酷现实的平衡。女性对于语言的敏感度高于男性，表现之一在她们愿意相信语言而不是现实真实。

洪堡特说："语言属于我，因为我以我的方式生成语言；另一

---

① 黄芳著：《是蓝，是一切》，中国戏剧出版社 2006 年版，第 140 页。
② 同上书，第 141 页。
③ 同上书，第 140 页。

方面，由于语言的基础同时存在于历代人们的讲话行为和所讲的话之中，它可以一代一代不间断地传递下去，所以，语言本身又对我起着限制作用。"① 语言具有引导性，也具有遮蔽性，受到文本阅读和写作经验的影响，造成直接的后果是使诗人保持语言结构、语言方式、感情基调的前后一致性和连贯性，难以摆脱，并且语言反过来在日常生活中以构建的思维方式影响诗人的生存状态。所以，在以语言的方式来解决女性自身问题的时候，会有两种消极的后果，其一是陷入过于自怜，将悲情美当成了习惯，反过来压迫自己，成为痛苦的理由；其二是陷于虚构的语言自我安慰的温情中，忽略了现实社会问题的解决，类似于宗教迷幻剂。黄芳的诗歌首先是有点偏于第一种情况。前文分析了她在回忆与逃离间，在现实残酷与虚构温情间，在孤独与主动远离间等这几个维度上的挣扎状态，长期追求美，却被"美"的习惯所束缚：以悲、以凉、以静为美。语言的目的就是让她看清挣扎到最后该做出什么样的选择，但往往总是得不到确切的结果，于是她又陷入第二种消极的安慰中，即宗教情绪。这似乎是女性写作无可回避的问题，如何在语言工具性与功能上寻求平衡，如何让语言使女性自己受益，仍是一个长远的问题。

---

① ［德］威廉·冯·洪堡特：《论人类语言结构的差异及其对人类精神发展的影响》，姚小平译，商务印书馆 2010 年版，第 76 页。

第九章

"漆诗群"：谢夷珊的口语写作与灵性追求

"漆诗群"是20世纪末建立的诗歌团体（1999年），内部创办有《漆诗刊》，倡导"漆即是诗/我们无法为生活镀金/但可以给生活上漆"的办刊理念，在21世纪广西诗坛颇具影响。作为"漆诗群"的核心成员之一，谢夷珊不时将与故乡有关的意象引入诗歌，以诗意的眼光展示其多样的面貌，他以个性化的诗歌话语丰富着"漆诗群"的话语模式与诗歌内涵。多年来，他始终持守赤子之心活跃在当下的诗歌现场，创作了大量的极具影响力的诗歌佳作，频频亮相于全国性诗歌名刊，呈现了广西诗创作蓬勃的态势。我们看到，21世纪以来，以谢夷珊为代表的广西口语写作诗人势头越来越猛，并且作为21世纪广西诗歌口语写作的代表诗人，谢夷珊诗歌创作一般从回忆入手，在缅怀往昔的同时，"不紧不慢操一种特殊口音"，[①] 道说诗意心灵，其个性风度集中于古典与现代两个不同特征的文本上，无论古典题材或是现代诗境，他都能较好地融入代表自我身份的事物，注重语感追寻与诗意呈现。

---

① 非亚：《漆诗歌的多样性》，《漆诗刊》2009年第10期。

第一节　从语感中勘探灵性

当下的口语写作较好地呈现了生活现场与时代意识的双重在场,语感的内在节律形成了口语写作形式上的追求。

口语诗中的"非非主义"一派代表诗人杨黎强调对诗歌的"语感"体验,他在20世纪80年代中后期提出"语感"写作,以此作为诗歌的写作策略。语感强调对语义的偏离,"它既体现为诗歌创作时的一种呼吸节奏,也可以呈现出创作主体的精神动态。"[①] 它是一种由外在的节奏、音乐感到内在的生命律动在话语层面上的呈现。谢夷珊的许多诗作无论是从吟诵的韵律上看,还是从语言内在的旋律看,皆呈现出诗人生命内在的气质、情绪与力量。"如果说语言是把人和社会、文化联结起来的纽带,那么语感就是把人和语言联结起来的纽带。"[②] 这种内在的生命节律也在一定程度上弥补了诗人口语话语中诗性的缺失。

近年来,随着网络、自媒体等现代科技的发展,许多诗人在坚守传统文学形式与通过传统手段传播诗歌的同时,也逐渐通过网络等形式向外界展示自己的诗作。谢夷珊的诗歌自然在这种多媒体与自媒体时代产生了重要影响,其语感所形成的内在呼吸与节律自然与读者产生了共鸣。"同构性传达出生命体验和生命感悟的本真透明,用几近自动的言说,逼近生命的最高真实。"[③] 谢夷珊的诗常被诵读,正是因为其诗语言的流畅、精致,语感所引起的生命的节律

[①] 董迎春:《走向反讽叙事:20世纪80年代诗歌的符号学研究》,苏州大学出版社2013年版,第127页。

[②] 王尚文:《语感论》,上海教育出版社2006年版,第5页。

[③] 陈仲义:《抵达本真几近自动的言说——"第三代诗歌"的语感诗学》,《诗探索》1995年第4期。

亦在字里行间与读者产生共鸣。《北流江水不南流》体现的是一个不断被扩展、抬高的诗歌声调，他写道："那年，朱家天子让江水南流/北流江滩涂动荡"。把北流江与朱家天子相联系，从心理层面上瞬间将北流江的气势哄抬而出。以不紧不慢的语调进行着叙事，时间在诗人的笔下跨越过一座座语言的山丘，如同述说一个故事。"不写诗时我会读诗/不读诗时我会写诗/不写诗也不读诗时我会睡觉"。从字面看只是一些日常话语的分行叙述而并不表达任何意义，但语感的强化增添了诗歌的意味，故而又区别于日常话语。"爱上她们，旭日升/加入她们，阳光如此美好，纯洁"与"曾经栖息在屋檐的鸟，飞往远方"，则更能体现出诗人的内心世界，对诗歌的冲动与对自然的细语刻画，正如"我的心将涌动在岭南的丘陵/站在季节之交，大自然竟如此辽阔"，诗歌展现的是诗人内心渴望的诗意图景。

　　诗歌的语感与节奏可以窥探一个人的内心呼吸，"语感"写作是诗人内在心境的情感投射与反映。"语感，即语言与生命同构的自动"，① 文字体现的正是一个人的内在情感与气质，它包含着写作者或创作者对这个世界的审美，是对内在世界与外在世界是否和谐的沉思与价值上的取舍。"诗歌产生于语言的律动，语言倾听前语言的'音调'，而自身则为内容指明道路；内容不再是诗歌的真正基质，而是载体，承载音调制造者及其带有意味的振荡。"② 诗歌外在的视觉、听觉等形式加之内在的情感、思想与诗意化内涵，共同构成了美在本质上的同一性。在《边城》中，他写道："河水绕过边城，去了开阔之地。/我确信整个河床在抬高，今夜鱼虾藏于水底/唯有月光，隐约照出一些漂浮的脑袋——//而明天也不能遗忘它

---

① 陈仲义：《诗的哗变：第三代诗面面观》，鹭江出版社1994年版，第105页。
② ［德］胡戈·弗里德里希：《现代诗歌的结构：19世纪中期至20世纪中期的抒情诗》，李双志译，译林出版社2010年版，第38页。

们/在这世上不仅鱼虾有未来,河流也有/远离边城,一个人想法复杂并非痛苦的/谁与我有温暖的旅程//这河里的鱼虾没有国籍,只有故乡"。这首诗既无字音上的押韵,亦无反复、叠加等句子的出现,但无论诵读或默读,皆能感受到一股生命的气息由文字袭来,这是诗人的语言气质、生命情感与情怀的体现。"河水绕过边城,去了开阔之地。"心中语言的感受力在文字的推演中慢慢流动,画面随文字展开。"在这世上不仅鱼虾有未来,河流也有……这河里的鱼虾没有国籍,只有故乡"等诗句,不需要过度探求其诗歌的意义与内涵,仅"鱼虾""河流""国籍""故乡"等字眼,便能唤醒读者内心的情感共鸣。口语写作中的语感是人的主体性的体现,它连接人内在的生命情感与活动,激发诗人对诗意的探寻,同时也是口语诗的一个新出口。

20世纪80年代以来的口语写作,形成了以"反讽"话语为中心的写作策略,它们以诗歌话语的碎片化解构"朦胧诗"中对语义的"隐喻"式探寻,但口语写作并非口水写作,过度的娱乐化、消费化观念的侵袭导致了诗歌由诗意追寻向个人化、游戏化转变。"诗歌的诗性是对'文学性'的维系与体现",[①] 口语诗在追求"知性"的同时,也因其过度的戏仿化、荒诞化、游戏化书写,使得诗歌丢失了原有的艺术张力与诗性特征。

"语感"的追求与实践,无疑为口语写作勘探诗人内心提供了某种可能。诗歌是追求语言的艺术,诗歌的反讽策略和语感上的形式追求,助推了口语诗人的表意和审美空间的建构。

由此,"语感"作为诗歌话语中的一个写作策略,能够为"口语写作"在语言张力与诗性的回归上提供一定的可能性。"诗歌艺术的灵性与这一语感的本质天然契合——声音即诗歌的生命,诗语

---

① 董迎春:《反讽时代的孤寂诗写:当代诗歌话语研究》,黑龙江人民出版社2012年版,第156页。

与诗情在声音中达到合一的境界。"① 谢夷珊诗歌中"语感"性质,使得其诗在一定程度上摆脱了口语写作的不足与缺陷,他的这种对诗意的追寻同时也打上了他个人的风格特点,无论从语言、内在情感与生命状态方面看,都值得肯定。

第二节 化典入诗

许多人眼里的"谢诗人"(指谢夷珊),除了他信手作诗的个人习惯外,或许其古典诗心亦是重要的原因之一。与西方美学注重逻辑、演绎的传统方式不同,中国古典诗歌的美感视镜讲究"风流""韵味",它与史诗、叙事性诗歌相区别,通过意象传达一个个美感经验。

谢夷珊善于化用古典意象,结合现实之境进行创作,形成古今交融的局面,丰富的古典文脉熔铸于当下的生活现场,形成一种古今交融的审美意韵。像《高凉郡怀冼夫人》《鉴江古渡的寺庙》《龙泉湖若一套飘飘欲仙的醉拳》《竹丝画帘的仕女》《吴川城外,蕉风椰雨之闲吟》这类作品,从标题到内容,他通过一系列传统意象,或是化用典故,或是借助描写体现古代文客闲居生活的各个侧面,有意无意地给人营造一个古典诗歌的语境、意境。

在《高凉郡怀冼夫人》中,他写道:

> 怀揣隋朝初年一卷典籍,遁入喧嚣的古郡
> 摁住旧时光,穿越云开大山沉寂的梦境

---

① 李心释:《当代诗歌"语感写作"批判》,《当代文坛》2016 年第 6 期。

> 捷足先登不仅是斯人，纵使我有伏兵百万
> 还有驰骋在你心灵废墟上的一匹匹烈马
>
> 高凉郡笑声爽朗，那个清瘦诗人远赴大海
> 对吟半阕明月，一代王朝繁华顷刻消散
>
> 游客们形影斑斓，揽秋溟醉卧于肃穆山谷
> 回眸一个庞大家族，穷途末路陷落低潮
>
> 谁梦见南粤子民，万里河山的夜色和黎明？
> 在君王之侧，我抽出被岁月打磨的利剑

它以"冼夫人"的生平题材入诗，不时展示了自我的现代意识与人性省思。"冼夫人"系南北朝时期高凉郡（今广东西南部一带）俚人首领（"俚"为壮族古称之一），她率领部族从梁朝，经由陈朝，归附隋朝，作为现今广东和广西一带的部落首领，她在中国版图中亦是一个不可忽视的女英雄形象，中华人民共和国成立后被周恩来称作"中国历史上第一位巾帼英雄"。"怀揣隋朝初年一卷典籍，遁入喧嚣的古郡"此句道出本诗由来，诗人借助古典诗歌的题材、内容，"摁住旧时光，穿越云开大山沉寂的梦境"，述说一个历史久远的隋朝故事，字里行间透露着对这类女英雄的敬仰与缅怀，他道出作为冼夫人后裔者的心声：故事的背景与其（南越一带）身份的关联，使其骄傲之情油然而生。"谁梦见南粤子民，万里河山的夜色和黎明？"在今天追忆古人，旧时的"河山""夜色与黎明"如眼前之景幡然入梦，"在君王之侧，我抽出被岁月打磨的利剑"，这一把追思的"利剑"因岁月的打磨与"君王"二字的使用，则显得更为大气磅礴。

在语言运用上，他多采用体现宏大历史场景的"大词"，如"伏兵百万""一匹匹烈马""远赴大海""一代王朝""万里河山"等，从语言的节奏与气势上强化诗歌宏伟、壮大的历史画面感。这种文字上的选用方式，从《北流江水不南流》中亦可看出："那年，朱家天子让江水南流/北流江滩涂动荡"，开篇即把"北流江"与"天子""天意"等相联系，从其对面叙事入诗，"朱家天子"因违逆自然规律或者说天意，"让江水南流"，导致"北流江滩涂动荡"，通过自然叙事，呈现大江河般浩浩荡荡的气势。这种开门见山的简单、自然的叙述，给后文留下无限联想的可能，正是古人中会作诗者的惯用手法之一，其古典诗韵雄浑深厚，可见一斑。

另外，许多作品也表达了古代文人墨客闲居的独特情景。在《竹丝画帘的仕女》中，他写道：

满城春风，半江明月，挥霍不尽前朝那些书生的才气
狼毫一撇一捺，吆喝出一副竹丝长卷，被郊外远山遮掩

丹青清瘦，孤寂的心愈加孤寂，而快乐自然从民间回到乡间
画帘中的仕女，箫管系于唇际，早于去冬被冠为薄命红颜

微微发愁的仕女，一段素颜的文字源于春日良辰美景
倦于秋暮。夕阳下舞弄清影，在杨柳间恣肆摇摆

"仕女"，是旧时指代聪慧美丽的女子，常成为历代画家描摹的对象。《丝竹画帘的仕女》由满城风月联想到前朝书生，由狼毫、丝竹长卷到仕女，"丹青清瘦，孤寂的心愈加孤寂，而快乐自然从民间回到乡间/画帘中的仕女……早于去冬被冠为薄命红颜"，诗人

将孤寂之心付诸仕女画并藏匿于文字间,"微微发愁的仕女"正是古时"仕女"中常有的容态,"夕阳下舞弄清影,在杨柳间恣肆摇摆",按照古代女性理想,温婉作为其"美"的内涵之一被记录下。从这种意象的偏向中,可窥探诗人对中国历代文人墨客娴雅生活的向往。《吴川城外,蕉风椰雨之闲吟》同《丝竹画帘的仕女》一样,有着相同的古典情怀与理想,"携文人雅士前往闲居"一句,直接道出诗人心中所想——对古代文客闲居生活的向往。与《高凉郡怀冼夫人》相比,同是对古代女性的描写,《高凉郡怀冼夫人》显示出的是其性格当中勇敢、刚毅的一面,而《丝竹画帘的仕女》体现得更多的则是其温婉与多愁善感的一面,这也从另一面反映了谢诗语言的两个维度,一则宏伟大气,一则温婉细腻,是古诗中豪放派与婉约派相交融的体现。

巴什拉说:"诗歌带给我们的是对表达年轻之方式的怀旧。"[①]而当下的繁复生活以及现代讯息的急速更新常常使人难以抓住生活稳固的核心,许多杂乱无章的声音黏着于生活的表层,在此境遇中,诗人通过诗歌试图建构一个富于闲静与典雅的境地,以此寻求一个洁净之所,作为自我精神与理想的安放与栖息之地。这种心灵上的探求更体现出诗人话语特征上的"感性"诉求,是将生活与诗意接通的一种艺术途径,这是诗中值得肯定之处。但这种诗歌对古典性的追寻仍旧以古典诗歌话语模式为参照,在现代性上不免有缺失,"古典诗歌所抒之情还只是'现象学'的而非本体论的",[②]故而要进行更进一步的突破,则要更深入语言的本体中进行写作,实现诗性话语上的古典与现代性的双重回归。

---

① [法]加斯东·巴什拉:《空间的诗学》,张逸婧译,上海译文出版社2009年版,第34页。

② 沈天鸿:《现代诗学:形式与技巧30讲》,昆仑出版社2005年版,第232页。

第三节　知性与哲理的融合

诗歌缘情，一直是诗歌产生的源泉与原因之一，但是现代诗歌更强调对情感的克制与知性的要求。从感性向知性的转型，也反映了汉语诗歌的审美趣味与哲理品质。

作为一位身处现代生活中的诗人，谢夷珊不可避免地要融入不同于传统语境的现代诗歌当中，他的诗既体现着中国古典文学的典雅性，又兼具现代人的审美眼光。与"谢诗"以往以古典入诗的风格形成鲜明对比的是其对现代口语写作的尝试。20世纪80年代"第三代诗"中于坚等人开始了对口语写作的探索，他们以"口语"对抗"书面语"，其写作思维与话语模式对应海登·怀特话语转义理论中转喻修辞，拒绝隐喻思维。口语写作以日常性与凡俗化为主要特征，以此消解"朦胧诗"中的崇高性与神性话语。口语写作发展到80年代末90年代初，形成了以伊沙为代表的反讽话语模式，它是后现代消费文化下的主要艺术话语形式，它代表着当下文化的主要特征，是诗歌中的一种话语表达策略。

轻盈、朴素的口语风格，成为谢夷珊的语言特征。他写道："蜻蜓的梦于清晨扬起……蜻蜓的飞翔异常轻盈/一个小男孩奔过田头的草垛/我有着绿色记忆的年代……蜻蜓点缀着大自然的夏天/唤起我单纯的向往"。（《蜻蜓》）"蜻蜓的梦"或可看作诗人早期的诗歌梦想，它"轻盈"而"单纯"，像奔跑在田垄间的小男孩，追赶着"绿色记忆的年代"。由此，可以窥见诗人早期对梦的向往与追寻，这些文字没有复杂的话语理论做基点，也没有世俗的杂念与社会喧哗的痕迹，其间流露的仅仅是少年青涩的梦呓。总体而言，从意象选取中，诗人更多的是从自然的事物与情景当中做抉择。

"我被照得通体透明开始/感觉到一场雪已悄然来临/仅有一次,在岭南故乡/仅有一个雪天天下白/当我回想,我的经历/寒意从北方袭来"。(《冬日手记》) 这些纯净的文字,展现的是诗人早期创作中语言的青涩与纯净,这同时也体现出早期诗歌声音的一个维度。

诗歌"声音",是诗人的意指与追求的价值,是体现诗人特点的诗歌话语特征。荷兰当代汉学家柯雷将"诗歌声音"理解为"形式和内容上的显著的个性风度:这种风度渗透该诗人的所有诗作,使读者一听或一看到其新产生的文本就能辨认出来"。[①] 谢夷珊早期诗作相对单纯、洁净,较少触碰社会的复杂面,在话语层面上体现为一种较为"感性"的写作。相比于早期的诗歌话语,谢夷珊后期(21世纪以来) 的诗则显得更为丰富与深刻。

《诳语》也以口语入诗,它是诗人现实生活的再现,也是诗人内心沉思的话语表达。它以2016年春天与自己相关的一系列大大小小的诗歌事件为线索,串联起整首诗作,这些诗歌事件从一个个侧面反映着诗人的生活、情感与对诗歌或文学的态度。"除了热爱诗歌之外,我歌唱的春天即将远去/我期待的夏天开始蠢蠢欲动/我的心将涌动在岭南的丘陵/站在季节之交,大自然竟如此辽阔"。(《诳语》) 他以口语进行写作,践行的却是对诗意的追寻与生活的审美化体验。"诗人的创造力特别存在于对非真实性的创造中",[②] "诳语"源于日常生活,也呈现了其对现实人生的某种诗艺增补、解构,这个个人"春天"的生活记录,也是其精神书写的话语实践。此诗展示的诗歌事件与一系列人物的出场,形成历史的回响,与当下现实境遇形成一个互文性的观照。从整体上看,诗人话语体现的

---

① [荷兰] 柯雷:《精神与金钱时代的中国诗歌——从1980年代到21世纪初》,张晓红译,北京大学出版社2017年版,第51页。
② [美] M. H. 艾布拉姆斯:《镜与灯:浪漫主义文论及批评传统》,郦稚牛等译,北京大学出版社2004年版,第341页。

正是海登·怀特话语理论中的转喻修辞策略，他把自身的敏感与纯粹，通过诗心营造一个关于知识、文学、历史与生命上的体验相统一的话语表达。这些事件虽小却是不同寻常的生命体验，它也从另一面体现着诗人的"诳"，这种"诳"是对生命宏观上的体验与观照，也是人类生命意识的反映。细读"诳诗"，看到的是一个青年思者的精神印迹，他用骄傲而颇具激情的现实化、口语化、个人化的语言，表征我们所处大历史、"心"时代的文化价值与历史担当。"任何优秀诗歌的情感都是应该源发于主体的心灵，通过心灵去折射外部的现实世界，以个体承担、暗合群体的意向，从而接近生活或事物的本质。"① 这种日常性的话语显示了诗人的民间化立场，他从自身的语境出发，观摩这一次次历时性的诗歌事件，在与他人的对话中显示诗的立场与价值。

"诗歌永远是语言的先驱，诗语独拥文学语言的皇冠，它是诗人灵智的产儿，比一般话语更具纯粹与诗性。"② 相比于"诳语"语言上较为平缓的叙事，《天鹅》与《路灯》则更能展现其观察上的细微与现代诗人目光的锐利。"现在是宵夜时间，我前往沿／江南岸'三鸟烧烤'偏僻一角，／坐在一张缺腿长凳上。／／想不到享用的是从大容山／擒获的天鹅，我已很久没／听见它嘶鸣了。／／我试图把它的肉自骨骼撕开／拼成另一只模型，／着实不忍心吃它。我聆听到／它低低的呜咽……"（《天鹅》）这首诗源自普通人的生活场景，诗人作为一个食用者，也作为一个生活"看客"，却感到自身被啃食的疼痛，诗人将所见所闻以"冷淡"的语气作了一番叙述，而生命的痛感也随文字被带出。在修辞策略上，形成了比转喻修辞尖锐的"反讽"话语，"我试图把它的肉自骨骼撕开／拼成另一只模型"，

---

① 罗振亚：《新世纪诗歌："及物"路上的行进与摇摆》，《天津师范大学学报》2015年第2期。

② 陈仲义：《现代诗：语言张力论》，长江文艺出版社2012年版，第389页。

诗人由"天鹅"的命运联想到人生命内在的性质,"天鹅"被"我"随意地玩弄从另一面看也是人的潜在生命的高贵与尊严也被肆意地玩弄,一个切割的动作在诗人的笔下被无限地放大并因其话语的联想而呈现了生命的另一种刺痛感。"中国传统诗学往往将诗歌的思想情感与语言文字区别开来,关注诗的语言往往也只是关注文字的精炼。"[①] 在这里,谢夷珊引入更具现代性的诗歌话语,注重诗歌的"知性"表达与语言之间的关系,将凡俗话语提升为更具思想性、智性的话语,使得诗歌不浮于情感的表面化。

《路灯》是其"知性"话语尝试的另一体现,他写道:"傍晚七时,我居住这一带的路灯准时亮了。//当我的电瓶车驶回一号楼梯时,对面二号楼女住户/探出头朝我谄媚一笑。她那可爱西伯利白毛犬朝我狂吠一声。//我乘电梯上十楼,迅速进入自己的房子"。在这个暧昧的语境中,"她那可爱西伯利亚白毛犬"打破了"我"心中原本的"图谋",关于"对面二号楼女住户"的想象与"白毛犬"的"狂吠"被放在同一个话语层面,"我"本应高贵的情感由"女户主"的"谄媚一笑"与"白毛犬"的"狂吠"而变得粗俗且不堪一击。"我乘电梯上十楼,迅速进入自己的房子",偷偷逃窜的或许不仅仅是"我"的身体,"我"内心情感的真实性似乎也在"白毛犬"一声"狂吠"中被打回了原形,"白毛犬"的"狂吠"声又似乎是对理想中"我"的解构,"我"的情感在此显出胆怯与卑劣性。《诳语》《天鹅》《路灯》等作品,皆是从生活的细节处着笔,运用了转喻或反讽的文本表达策略,体现出诗人的民间立场与对小而琐碎的见闻的叙事,解构生活与生命层面上的高大、宏伟叙事,它同时体现着后现代话语的消费性特征,传统话语中越是被推崇与供奉的话语,在此越是诗人解构的对象。正如学者陈旭光指出:"现代主义诗歌相对于古典诗歌的一个重要变革可以概括为从

---

① 龙泉明、邹建军:《现代诗学》,湖南人民出版社2000年版,第123页。

'感性'到'知性'的变化。"①，谢夷珊诗歌的"知性"转换是其诗性与哲理性追求的自我体现。

总体而言，谢夷珊自觉地完成了由"感性"向"知性"转变的过程，不断地介入当下诗歌现场，呈现出对现代社会的一种反思与批判。"写作是语言的真理，而不是个人的（作者的）真理。"② 这种"知性"的表达也为诗人从"个人"走向"真理"提供了路径。但与此同时，这种口语化写作在过度追求反讽话语的同时，也忽略了诗歌本体的诗意、诗性追求。这种交流强调话语的沟通性与反思性，但也需要以审美性、艺术性与文学性作为铺垫，以践行诗的艺术性和哲理性双重的追求。

诗歌是语言的艺术。谢夷珊在观照日常性、本土性、当下性的同时，也重视口语诗人"语感"，使得他的诗歌反映活生生的诗歌现场与机智意趣。但是，这种口语写作也面临着"叙事性"书写的思维局限与话语弊端。古典和传统一直是汉语诗歌的重要精神资源，诗人现代意识中所呈现的时空感以及对命运哲理的观照与关怀，成为当下汉语诗歌的知性与哲理的重要探索与追求。在语言这一维度上，他以"知性"写作为追求，不断践行诗性与哲理性的融合，共同探索汉语诗歌的写作价值与未来。

---

① 陈旭光:《从"感性"到"知性"——中国现代主义诗歌"诗学革命"论之一》，《诗探索》1999年第3期。
② ［法］罗兰·巴尔特:《符号学历险》，李幼蒸译，中国人民大学出版社2008年版，第7页。

第十章

"北部湾诗群":冯基南的
自然灵性与延异书写

庞白、龙俊、冯基南、海马、韦佐、温柔一刀、高力等一批广西诗人生活于北部湾沿海地区（北海、钦州、防城港），他们以北部湾（大海）为诗歌书写的思想与精神场域，以个体的生命观、存在观为诗歌书写的力度与质地，整体上表现出与广西其他地市诗人不同的诗歌创作与审美特征。在共同的思想与精神场域内，北部湾沿海地区的诗人以背靠陆地、面朝大海的生命姿态与诗歌抱负展现了北部湾诗人群体独特的审美特征与精神意蕴。北海籍诗人冯基南作为"北部湾诗群"的主要成员，21世纪以来出版了《平凡的心声》（广西民族出版社2006年版）、《诗之羽》（漓江出版社2012年版）、《南方的天空》（漓江出版社2014年版）等多部诗集，他游弋于北部湾地域的大海、都市、自然、生命等维度的诗歌写作展现了"北部湾诗群"整体的诗歌创作观、审美观。

诗作为创造意义的书写文体，其意义的形成过程充满了不确定性与复杂性。弗里德里希指出："诗歌成为了一种行为……它在最后一个意义层面上所表述出的，是抽象的角色和张力，具有无法穷尽的多义性。"① 纵观冯基南的诗歌，自然的灵性与城市的省思这两个显著的书写维度直接、有力地建构起了其诗歌意义中"知性"意指的多义性书写。冯基南的诗歌写作游弋于自然与都市之间，如作为社会化的人一样，它本身就附带了自然与都市的多维性、多义性，并且由于社会文化和城市体验的综合影响，其最终意义的表达由于时间的延宕和空间的间距，被不同程度地交叠、重组和复杂化，以致让其诗歌表现出延异书写的多义性、丰富性。

第一节　大海与自然的灵性

自然作为包孕一切的场所，对自然的审视、观照可以视为诗歌文本的重要使命、倾向。在与自然的相互对话或者渗透中，人建立了"人与自然"的灵性关联。因为人真实地存在于自然当中，在这种人与自然"天人合一"般的存在之感中，人时时感知到的"自然"可以出现于与人的生存相关的意义事件之中，而也可以如其本质般静默地在世界中占据空间，表现为自然的状态。如海德格尔所言："自然通过人的表象而被带到人的面前来。人把世界作为对象整体摆到自身面前并把自身摆到世界面前去。"② 对于人与自然灵性关系的认知与体验，在冯基南的诗中直接表现为："海滩有块墨色小石子/在静静地享受着浪的晨吻/……我把它带回办公室桌面/期待得到它耐久的交流/期待分享它诗意的光亮"（《小石子》）③；"走进大自然悄悄隆起的山冈/我微闭眼睛 让双手向空中舒展/那一

---

① ［德］胡戈·弗里德里希：《现代诗歌的结构：19 世纪中期至 20 世纪中期的抒情诗》，李双志译，译林出版社 2010 年版，第 115 页。
② ［德］马丁·海德格尔：《林中路》，孙周兴译，上海译文出版社 2012 年版，第 301 页。
③ 冯基南：《南方的天空》，漓江出版社 2014 年版，第 139 页。

刻啊 我真切地感觉到了/白云是我的翅膀 山林是我的衣裳/大海是我的心脏"(《思语录》,15)。① 在此,诗歌完成的是,让诗人认知、亲近自然,赋予静默的自然以指示的意义,同时也让自然渗透着现实生活世界与内在的诗人主体情感意愿。冯基南诗歌所表现的是人与自然的灵性统一,这种灵性的统一让他与自然都有所收获,彼此认同、存在。

自然作为独立于人的存在,它与人产生的关联不是被动、单向的。相反,它作为一个敞开、灵性的场域,不断地给人带来抚慰与栖居的可能,如亲人与朋友般鼓励着脆弱之时的"人"。德里达说:"自然的文字与声音、与呼吸有着直接的联系,它的本性不是文字学的,而是灵性学的。……它是神圣的声音向我们的内部感官完整而真实的展现。"② 作为一个生活于北海的诗人,"北部湾"是诗人冯基南灵性自然的重要象征。在《爱在北部湾》中冯基南写道:"多少孤独寂寞的夜晚/我徘徊在你岸边/是你清凉的海风把我陪伴/多少回我在困惑中止步/是你不懈的涛声鼓舞/为我击穿重重枷锁"。③ 在这一首诗中,我们可以看到,冯基南在与北部湾的凝望、对话当中摆脱了个人"孤独寂寞""困惑"的脆弱状态,找回了生活信心。

在诗人的主体意识中,"自然"既指大自然本身,也指与自然相关的动物、植物及文化。诗人对"自然"复杂意蕴的解读与表达,彰显了自然所具有的主体意识、灵性意味。冯基南多年生活于北海,在"大海"这一巨大的自然场域影响下,他本人对自然的理解与认知亦是表现出复杂的意蕴。

"沿着古诗行香蕉的足迹/我看见越州光辉的碧青/沿着阡陌纵

---

① 冯基南:《南方的天空》,漓江出版社2014年版,第206页。
② [法]雅克·德里达:《论文字学》,汪堂家译,上海译文出版社2005年版,第22页。
③ 冯基南:《南方的天空》,漓江出版社2014年版,第180页。

横的蕉园/我看见蕉乡灿烂的翠绿……感谢蕉乡那醉人的翠绿/充实了我青青的生命旅途/感谢蕉乡那顽强的翠绿/激励着我勇往直前的斗志"（《蕉园的畅想》）。① 自然的灵性与生命质感在冯基南生命意识、生命体验中的影响是明显的，这种自然灵性观不仅深刻地渗透与影响着诗人的思想与意识，而且造就了冯基南自然意识的诗歌表现方向。

童年是人平等、灵性地认知一切的年纪，与自然相关的田野、河流、天空及游戏等在作为成年人的诗人看来，无不是灵性自然的朴素显现。"我时常悄悄去到田间/捉几个螃蟹当牛驶/我时常悄悄走到山坡/抓一些蜻蜓放飞机/我时常悄悄回到梦里/在天空飞来飞去"（《我的童年》）。② 在记忆与现实的心理距离与反差之下，冯基南感受到的是：自然被多元时代强烈地破坏。他对自然物种的观照，其实就是一种对原始自然的追忆，在通向这种追忆的途中，诗人不断思考与探究造成这种追忆的原因。

对承载北海风土人情、历史文化与精神品质的自然景观、景点的灵性观照也是冯基南诗歌灵性自然关注的重要方面，这一方面统一于对北海地域自然景观、景点的追忆之中。"渔火在窗外的海里闪动/像是探望些什么/作家诗人在屋子里思咏/满屋都是优美的古今诗词//涠洲岛之夜 我收获的/是一种纯朴浪漫的美感/涠洲岛之行 我收获的/是一种千古愉悦的心情"（《涠洲岛之夜》）。③ 冯基南与作家、诗人的涠洲岛之行是一种与自然的对话与亲近。另一方面，在最没有距离感的"涠洲岛之夜"中，冯基南与一行的作家、诗人们所进行的古今诗词思咏，实际上是完成对涠洲岛、大海和自然的一次探望与问候。这种既是诗意本身又是自然栖居本身的灵性观照

---

① 冯基南：《南方的天空》，漓江出版社2014年版，第38页。
② 同上书，第166页。
③ 同上书，第179页。

建构了冯基南自然灵性的常见的"诗面"。

　　诗人"从他和自然的共生关系中获得了一种深刻的能力：对各种形象的精神回响的熟悉和反省。要去描绘花的感情，动物的感情，溪流和采石场的感情，甚至是星星的感情，它们的源头只可能来自他本人。"① 这种人与自然"天人合一"般的熟悉、灵性给人、自然、诗歌带来深刻的融通可能。在这种超越经验的、现实的融通状态下，写诗已不是一种机械的语言表达与意义创造，而是要呈现人、自然、诗歌的本体质地与所具有的普遍性价值。冯基南多维度的自然灵性言说，呈现的就是人、自然、诗歌合一的灵性特征。

第二节　北海地域的都市怜悯

　　在当今社会中，都市贯穿着人类日常生活的一切，人类表现出的行为，都具有都市本身的特征。诗人作为人类感知群体中特殊而敏感的那部分，在都市之中，他们的观察与发现是最为深刻与致命的，在诗歌里这种观察与发现可以视为一种"都市额外的危险"，它充斥着都市与诗人二者本身。在冯基南的诗中，都市叙述无疑是其诗歌文本表现的另一个重要主题，而且都市和自然一样，同样融入诗人的生命意识与生命体验，并且更为日常化、经验化。"我在夏夜里最大的快乐/是召集几个朋友/在大榕树底下喝冻啤酒/天南地北吹牛胡诌不用本//我周末时最大的快乐/是约上个把知己/躲进咖啡厅的摇椅上/几杯柠檬水/让朦胧的诗意思绪飞扬"（《我的快乐》）②；"在陌生的都市街头/看不到一张熟悉的脸/漩涡般涌动的

---

① ［美］哈罗德·布鲁姆等：《读诗的艺术》，王敖译，南京大学出版社2013年版，第228页。

② 冯基南：《南方的天空》，漓江出版社2014年版，第24页。

人流/把我旋转/我是一根漂流的小草"(《都市情感》,1)①;"每当闲逛现代都市/总要经受诸多诱惑——/穿礼服的女子/一个笑脸一张宣传单/徘徊街区的帅哥/一声问好一张广告/商贩们毫无顾忌的/高分贝降价吆喝……这就是现代都市/时刻都为纯真举行着葬礼。"(《都市情感》,2)② 我们看到,冯基南在都市之中保持着生活与生存、生活与诗歌的平衡,他既栖居于都市,又让诗歌与生命穿透都市、表现都市。

都市本身的现代、多元,与诗人主体心理的感知视角、转换能力的变化、多极化,共同建构起了具有都市特性的诗歌诗语、诗歌文本。对此,陈仲义指出:"我们的生活里郁结了太多太多的反讽情境,尤其转型时期伴随着某些后现代语境:包括生命现实的光怪陆离、城乡差距的巨大裂缝、人生漂泊的虚浮感、精神压力的普遍存在,以及表里不一却和谐共处的多套伪善的异化话语……"③ 冯基南作为一个居住于都市当中的诗人,在都市影像与都市异化话语综合语境之下,他的日常生活体验、诗歌意指是深入都市的,他作为都市的一个表现对象,感知并再现着都市的状态、压力、问题种种。

"审美形式的终点注定是疼痛、情感表达和情绪宣泄",④ 冯基南对都市的感知与再现,是建立在诗人对自身的认知与都市本身的痛感认知之上的。可以说冯基南对都市的感知与再现是深入其自身内在与都市内部之中,他寻找着自身与都市的对接点、相遇处,他思考自身,同时也在剖析着都市,他在触摸都市之时,又在抛出自身。"都市为彻夜未眠的我/掌一排长长的街灯/我边走边欣赏 边走

---

① 冯基南:《南方的天空》,漓江出版社2014年版,第106页。
② 同上书,第107页。
③ 陈仲义:《现代诗:语言张力论》,长江文艺出版社2012年版,第179页。
④ [美]苏珊·斯图加特:《诗与感觉的命运》,史惠风等译,上海外语教育出版社2014年版,第253页。

边思考"(《思语录》,4)①,"万般无奈/我把失望串成手链/戴在心灵之手/让心灵/时常感念人性的脆弱与矛盾"(《致无奈》)②。都市与人性一样,都是充满无奈与矛盾的,是一个脆弱的集合体。冯基南处于这个脆弱的集合体之中,他感知并使用的诗语直接指涉这个集合体,指涉都市。

在冯基南具有都市怜思维度的诗歌作品中,对生活于都市之中的人和动物,冯基南都保持着一份朴素的崇敬之情。作为一个社会性的普通人,感觉敏锐的冯基南时常捕捉到都市当中底层人生活的艰辛:"当一个摊贩的生计/被无情地端掉/生活没着落/便只有哀伤和绝望"(《呼吁呼吁》)③。对生活与未来具有可能性的人,不管当下如何艰难与不易,冯基南都抱有乐观的态度。"默默地承受煎熬/又默默探索的人啊/请你相信/当你孤独地走在路上/幸福快乐的使者/黎明前一定赶来/与你共同观赏喷薄的日出"(《生活奖项》)④。显然,现代人有生活的艰辛但又有未来的可能,是冯基南在都市层面上对人生存状态的认知与思考维度。

对于同样生活于都市当中,但没有主体意识的动物,冯基南则给予荒诞、怪异的观照与反思,以怜悯的情怀呈现动物所面临的都市不确定性或悲剧性命运。"人工授精 暖棚护理/大院分娩 靓妹抚喂/狐狗作伴 百姓献鱼//结果 有其形没其韵/有其气没其质"(《虎之议》,1)。⑤ 人工授精的"老虎"作为城市多元文化的"补充"与人的观赏对象,老虎所遭受与面临的现实命运,实际上就是都市时代发展和异变的一种展现。冯基南在当今多元的语境中直接地观照老虎的生存境遇,就是对城市当下的存在状态的隐性暗示。

---

① 冯基南:《南方的天空》,漓江出版社2014年版,第204页。
② 同上书,第125页。
③ 同上书,第135页。
④ 同上书,第64页。
⑤ 同上书,第72页。

冯基南对其生活多年的沿海城市北海始终有着历史与现代的综合性思考。在《合浦汉墓博物馆遐想》中,冯基南写道:"两千年距离我无法跨越/只好让威武的心神/跨上你那匹青铜马/到北部湾边疆巡逻/两千年的忧伤我无法体验/只好在东汉砖室墓上方/抛洒几张零钱/慰问一下这方水土的逝者"。① 在时间的长河中,显然逝者如流水,但逝去的人都在其所生活的城市留下一种精神和历史的念想。冯基南在合浦汉墓博物馆内,想象与思索北海两千年前的历史与其本人当下的内心状态。

诗人的都市可以是他本人生活的一个地点,也可以是一种诗写的体验与情感。这种现实与情感的都市状态,为诗人的诗歌写作与思考提供一种意绪的氛围。对冯基南来说,写都市主题的诗歌,最好的方式就是让本人融入都市之中,让本人成为都市的建筑、人群,以洞悉都市的本质。"我坐上公交车/在美丽的都市里游弋/我走进陌生人群/让烦恼没了落脚之地/我凝视着垃圾桶/让烦恼明白它的去处"(《出行》)。② 可以说,在冯基南的诗中,都市是其生活的场景,也是其诗歌文本的诞生地,他对都市的感知、把握、再现是建立在其生命、日常、诗歌思维的统一之上的,这种都市的感知、把握、再现是极具意味、意向性、时代性。

布朗肖说:"诗歌显示,它照明,但同时在隐藏,因为它在黑暗中挽留仅通过黑暗而发光亮的东西并且将这东西保持黑暗直至在黑暗把光明视为第一缕曙光中。"③ 在冯基南诗歌当中,都市的怜思是一直在说话的内容,它是都市、人和生活的艰辛与痛感,但总的来说它又保持锋而不露。都市主体的显示、疼痛和锋而不露作为冯基南诗歌中说话的东西和显示自己的东西,是根植于他的生命意识

---

① 冯基南:《南方的天空》,漓江出版社2014年版,第171页。
② 同上书,第112页。
③ [法]莫里斯·布朗肖:《文学空间》,顾嘉琛译,商务印书馆2003年版,第236页。

与生命体验之中的。在这种都市的怜悯情怀与省思当中，冯基南表达了他本人对都市与人、人与物的关怀与迷恋。

第三节 延异的意指书写

"延异"是德里达解构哲学思想的核心内容之一，"一般来说，它包含时间维度上的延宕、空间维度上的间距和差异之撒播"，① 而且"作为一种解构与破坏的过程，也是复杂意义的生产过程"。② 诗作为一种语言的艺术，在诗歌写作的过程中，诗歌语言一旦被置于时间上的延宕与空间中的间距中，即在诗人的语言与作为自然的、社会的语言的反复碰撞、交叠过程中，其最终意义的形成与表达就会被推迟，并具有差异、多义的可能。冯基南把诗歌所要完成的意义置于自然与都市两个书写领域之间，让自然与都市二者多次黏合、重复、消解即将到来的意义，让最终意义的显示变得曲折、坎坷，从而形成属于他个人带有延异意指的书写观。如其所言："我在诗歌创作上注重哲理，不迷妄念，不尚邪神，力求每一首诗都用感悟书写与吟哦，都用情怀演绎与推理，都用生活提炼与升华。"③ 冯基南所提炼与升华的诗歌意义，是建立在自然与都市两个维度上的提炼与升华，这一提炼与升华的结果与构成肌质是自然存在、现实生活、生存哲学等多种方面的意义延异状况。在这种延异的诗歌书写观之下，冯基南以个人的生命体验、自然的灵性及都市的怜思建构诗歌意义的多向可能。

冯基南具有哲学延异意指的意义表达集中体现于命名为《思语

---

① 赵一凡等主编：《西方文论关键词》，外语教学与研究出版社2013年版，第759页。
② 同上书，第765页。
③ 冯基南：《南方的天空》，漓江出版社2014年版，第300页。

录》(1—335) 的系列短诗当中。怀特海指出："哲学是将事物的本性的基本证据显示出来的基本尝试。……它使人心的内容成为易于驾驭的东西；它给片断的细节增加了意义。它揭示了结合和分离、一致和不一致。"① 我们看到，冯基南《思语录》系列短诗的哲学延异阐述不仅是建立在自然与都市两个领域的综合与升华之上，而且也是建立在自然与都市的分离基础上的统一、同一，或其基础上的分离之上哲理性表达。他把诗歌本身、生命存在、现实世界等具有的意义不断延异、搁浅并最终揭示出来。这种自然与都市的结合和分离、一致和不一致，既构成了冯基南诗歌意义创造的延异特征，又凸显了其诗歌文本所具有的丰富意蕴。

"走进大自然的怀抱/看着远处美好的风景/我羡慕远处美好的风景/可当我走进远处美好的风景/回首却发现自己原来也是一道风景"（《思语录》，221）。② 自柏拉图、亚里士多德以来，惊异、醒悟一直被视为哲学的激情与本质。冯基南在走进自然时，遇到的那个"回首"其实就是一种哲学的惊异，他的这种惊异是由延异构建起来的，也是延异的意指所致。"夜深人静回顾人生 我忽然发现/我生命的本质发生了变化 成长过程/崇敬至深的'佛'和'道'已被卸下/取而代之的 是知识 是技术 是哲理"（《思语录》，278）。③ 自然与都市占据着诗人的生命，但随着年龄的增长，冯基南对生命、生活及人的存在的认识发生了本质性的变化，他原有的关于山水田园与都市体验的理解被"佛"和"道"的哲理感悟所取代。这种哲学认识的形成是由自然与都市千变万化的状态、影响决定的，其过程是曲折、坎坷的，但最终结果的呈现方式是清晰、直观的，那就是自然与都市基础上的延异书写观。

---

① [英] 怀特海：《思维方式》，刘放桐译，商务印书馆2013年版，第47页。
② 冯基南：《南方的天空》，漓江出版社2014年版，第258页。
③ 同上书，第272页。

作为解构主义思想的核心观点之一，延异是一个经济性的概念，它消解语言的确定性与单一性，以显示差异的产生过程。在德里达看来，纯粹的痕迹就是延异，而"痕迹事实上是一般意义的绝对起源"。① 痕迹是非自然、非文化、非物理、非心理的东西，"它是无目的的符号生成过程得以可能的起点"。② 赵毅衡指出："符号不仅是意义传播的方式，更是意义产生的途径。"③ 冯基南诗歌当中，自然与都市是其诗歌意义产生的两个鲜明"痕迹"，这种符号化的"痕迹"一经与其个人的主体意识相关联，便产生出多义化、差异性的延异意指。

"每当清风迎面而走来/大街小巷充满快乐的气息/默默崇敬清风的我啊/年长月久便被陶冶成了/一股穿行于生活夹缝的清风/……每当我的目光再次/与自己明丽流畅的诗句相遇/心灵仿佛回到过去的时空/又见到那位在青草地上躺滚/把自己当作大自然符号的诗人"（《感动的力量》）。④ 清风、青草与大街小巷、生活夹缝分别对应着自然与都市，而在清风、青草与大街小巷、生活夹缝当中，诗人提炼与升华出来的东西，也就是诗中的"回到过去""又见到"的延异书写范畴。"把一身迷茫困乏的心情/带到海岸边沙滩上/交给无边无际的大海/……困乏能滋扰我的/只是一种沉重的慵懒/大海能赐予我的/却是一种积极奋进的哲学"（《困乏疗法》）。⑤ 在这首诗中，冯基南明确地表述出自然与都市给他带来的是一种积极奋进的哲学，这种哲学也是延异的、是被时间的延宕与空间的间隔推迟了而到来的。诗中，"大海"象征着时间延宕中的自然，"困乏"是对都市空间的心理感知，它们二者的意义交叠、

---

① ［法］雅克·德里达：《论文字学》，汪堂家译，上海译文出版社 2005 年版，第 92 页。
② 同上书，第 65 页。
③ 赵毅衡：《哲学符号学：意义世界的形成》，四川大学出版社 2017 年版，第 62 页。
④ 冯基南：《南方的天空》，漓江出版社 2014 年版，第 118 页。
⑤ 同上书，第 119 页。

推延及最终形成，就是冯基南所要表述的游弋于自然与都市之上的延异书写观。

综上所述，作为生活于北海的诗人，冯基南诗中意义性表达是建立在南方、北部湾、大海的思想与精神场域的延异之上的，具体说是建立在"自然"与"都市"二者复义性言说之上。我们看到，冯基南通过自然与都市的诗语交叠、贯串，建构起了具有主体性意识的延异书写观。冯基南在诗歌《幽遐之想》中说："偶尔的感觉/有一种东西/在宇宙中相互凝视/在世间横冲直撞"，[①] 在世间横冲直撞的状态感觉或东西，这种感觉或东西统一于诗人冯基南意识与思维之中。诗歌游弋于自然与都市，其意义的形成过程是曲折与遥远的，这种时间之上的延宕与空间之上的间隔造就了冯基南延异意指的书写观。质言之，冯基南作为"北部湾诗群"代表诗人之一，他的诗歌写作既指向自然、触摸自然，又分散于都市万象、体验人情冷暖，并且通过对自然与都市的延异认知，表达了他本人对自然和都市灵性的知性省思。这种延异意指的书写观，让冯基南的诗歌展现了其本人诗歌写作的价值与意义。

---

① 冯基南：《南方的天空》，漓江出版社2014年版，第102页。

第十一章

盘妙彬：语言之维与诗学建构

与20世纪80年代广西诗歌的热闹景象有所不同，在20世纪90年代至21世纪前十年的这20年时间内，广西诗歌在中国诗歌版图上整体处于相对沉寂与边缘的境地。在20世纪90年代以来的一些代表性的文学著作以及许多与广西文学相关的研究当中，广西诗歌只是被以只言片语带过而缺少整体观照与归纳，与此形成鲜明对比的是，小说与影视作品等则显得格外"热闹"。可以说，"20世纪90年代的广西诗歌，始终游离于广西文坛的视野之外，诗歌成了真正靠自我能力调节生长的流浪儿"。① 然而，在广西诗歌相对沉寂与边缘的20年时间里，诗人盘妙彬以"独行侠"的诗歌书写姿态，不断地在全国各大刊物上发出广西的"声音"，并于21世纪参加了诗刊社举办的第20届"青春诗会"（2004），显示出21世纪广西诗歌的发展活力与在场感。

---

① 非亚：《我看近年的广西诗歌》，《南方文坛》2001年第5期。

第一节 广西诗坛的"独行侠"

21世纪以来，这种"忽视"慢慢得到改善，诗歌呈现出一个"隐隐的上升"① 的趋势，广西诗歌的文化价值与意义，也引起关注。2012年，由广西文联组织出版了盘妙彬的诗集之一《广西当代作家丛书·盘妙彬卷》，2016年，再次出版诗集《我的心突然慢了一秒》，本章便以盘妙彬作为研究对象，探讨其对21世纪以来广西诗歌发展的价值与启示。

继20世纪80年代以杨克为代表的广西诗坛的"热闹"景象之后，在90年代，出现了以"扬子鳄""自行车"和"漆诗歌沙龙"为代表的民间诗群，21世纪高校"相思湖诗群""南楼丹霞"等不断出现，并纷纷亮相广西诗坛，或是强调诗的本土性、呼唤群体意识，或是以给生活"上漆"的态度，拒绝浪漫抒情与粉饰生活，或是以高校为阵地，聚集广西诗歌的新生力量，探索新的诗语……这些群体与相关活动一度影响着广西诗歌的方向。盘妙彬在此背景下进行创作，但却始终游离于诗歌群体之外，他的极具个性的创作风格被当作"广西诗坛的'独行侠'"②，他的诗歌也成为广西文学重要组成单元，不可忽略。21世纪以来，私人化写作现象逐渐盖过"结群"写作，以"个人"身份亮相诗坛的现象则逐渐成为趋势，盘妙彬认为"作家诗人本来就是一个个体，写作也是一个人的寂寞的事"，③ 即便是一个诗歌群体内部，每一个诗人对诗的理解与发现

---

① 陈代云：《隐秘的上升之路：2000年以后广西诗歌述评》，《今日南国》2009年第3期。
② 钟世华、盘妙彬：《心中有处处有，心在处处在——盘妙彬访谈录》，《河池学院学报》2012年第1期。
③ 同上。

也存在差异，诗歌更强调文本品质，而对个人创作现象的重视正是这种文本出发的内因。

或许这种认识与身份的独立性也在一定程度上造就了盘妙彬诗的独特性。他的诗在 90 年代开始为人们所关注，21 世纪以来，其影响受到国内更多诗评家与诗人的关注，这一"突破"显示着其诗自身的魅力与外在嘉奖的双重作用。曾任《诗刊》编辑大卫认为，他的作品"举重若轻，对技巧的娴熟运用……擅长对事物作变形处理……对笔下的事物，很会冷处理，他的诗，是艺术的，是个性的，是独特的。内在与外在，都有一种很强的节奏感"。[①] 在以《广西文学》为代表的文学刊物与广西近年举办的诗歌活动中，盘妙彬的名字几乎无所不在。陈代云认为，"盘妙彬的诗歌空灵大气，表现出唯美的抒情倾向"[②]；刘春认为，"他的诗不仅美在语言和形式，更多的是内在的、精神上的美……词语组合简洁诡秘得近乎梦呓，细细品味却自有其合理性与精致感"。[③]《广西文学》主办的多届"诗歌双年展"中，国内著名诗评家张清华、霍俊明对盘妙彬及其诗的分析则更加具体、深入。张清华认为，他的笔法"舒展洗练和优雅老到……在外表舒缓的节奏中闪电般完成一步到位的表达，显现了他过人的记忆修炼。他善于用某个精心提炼出的富有质感的'核心意象'来统摄一首诗的结构与意义"。[④] 他以《西非来信》《三十年一堆尘土》与《流水再转多少个弯也不会流到今天》为例子，分析了其诗当中的时间性与空间性问题，同时探讨其背后显现的生命意识。霍俊明认为，盘妙彬的代表作《晚街》足以和于坚的《尚义

[①] 盘妙彬：《想怎样写就怎样写》，《诗刊》2004 年第 23 期。

[②] 陈代云：《隐秘的上升之路：2000 年以后广西诗歌述评》，《今日南国》2009 年第 3 期。

[③] 刘春：《广西诗歌：在波峰与波谷之间——关于新时期广西现代诗创作的 10 个问题》，《南方文坛》2011 年第 1 期。

[④] 张清华：《汉语在葳蕤宁静的南方——关于〈第二届广西诗歌双年展〉阅读的一点感想》，《广西文学》2008 年第 9 期。

街六号》比肩。①

除此之外，国内其他学者对盘妙彬也给予客观评价。谭五昌认为，盘妙彬"是广西当代诗人中艺术特色最为鲜明的一位诗人……诗歌美学趣味可以用典型的古典主义来加以概括"。②张立群的《"火车"上的生命时空状态——盘妙彬诗歌论》③、罗小凤的《心在云端，诗在至境——论盘妙彬的诗歌特质》④等则对盘妙彬的诗的个人性、文本特征等也做了全面而深刻的梳理，指出其于广西文学发展的潜在影响与文化价值。

盘妙彬的诗魅力体现在语言、意境与气象上。他重视"口语"的写作，但又不被口语的琐屑化、扁平化所误导，而自觉地重视语言中的诗性与哲理。他的诗虽然体现着中国古典诗歌的境界，却能秉承创新的意识，把现代诗推陈出新，有自己独特的语言，不与陈词滥调为伍，在对待古今中外的诗歌问题上，持以包容的信念。对其诗歌价值与话语特征进行肯定的同时，也有评论家指出其存在的问题。"他是一个太知道怎样写诗的人……倘若他的技巧能再淡一些，或者说，他的诗有更多心灵力量的加入，当会给人更多的惊喜"⑤；"盘妙彬的诗歌写得过于干净，几乎不食人间烟火，缺少地气……最大不足是缺乏当代性"。⑥可见，无论批评，还是肯定，盘妙彬的语言探索与现代意识也是值得进一步探索与梳理的。

---

① 霍俊明：《是否"我们都不去看前方"——2012年广西诗歌双年展阅读记》，《广西文学》2012年第11、12期合刊。
② 谭五昌：《在南方大地沉静生长的诗歌——广西诗歌十家阅读印象》，《红豆》2011年第8期。
③ 张立群：《"火车"上的生命时空状态——盘妙彬诗歌论》，《诗刊》2008年第3期。
④ 罗小凤：《新世纪广西诗歌观察》，广西人民出版社2014年版，第59页。
⑤ 盘妙彬：《想怎样写就怎样写》，《诗刊》2004年第23期。
⑥ 谭五昌：《在南方大地沉静生长的诗歌——广西诗歌十家阅读印象》，《红豆》2011年第8期。

第二节　古典情怀与现代意识

盘妙彬的诗注重语言的精致性与典雅性，并凸显出浓厚的古典主义情怀，部分评论家指出的"当代性"缺少未必合理，至少在取材与内容上，他对现代意识极具反思价值，同时，这种现代意识也表现在对现代性焦虑与虚无意识的反思与疏离之上，他以"古典情怀"为诗，对个体存在与现代意识进行了理性观照与自我警惕。

第一，古典情怀与审美情趣。他的诗善于化用古典诗歌意象，折射出其诗意的文化心态与审美情趣。《在湘子庙街无事》《光阴急》《一个王到来》等出现"长安""朱雀门""唐朝""幽州台""京城""雍和宫""汉水""楚国""皇帝""龙袍""王维""陶渊明"等历史地理与文化意象，这些审美意象既反映了其古典主义的文化情结，同时也折射出古典意识对现代意识的自我警惕与理性反思。《广西文学》副主编冯艳冰认为，他是个"李商隐式的抒情高手"[①]。由他导入陶渊明与王维的文化联想，语词间自有山水田园，也有闲云野鹤的古典雅致。"太阳落山的影子跨过打桩人的屋顶/云朵已经会说话/写小说的人坐在石头上，和石头一样沉默/母牛们很安静，吃草，饮水"。（《做栅栏的人》）他善于通过语言感应自然万物，"太阳""云朵"和"母牛"，变得柔软、恬静，通过诗语的跳跃与技巧，塑造一个简朴宁静的牧歌话语。在此境域中，又以其清静、自然的美，打造一个空灵的诗意家园。

意境诗学是中国传统美学最基本的抒情视角与运思结构，这基本上成为汉语诗歌的传统基因与文化情结，也自然得到当代汉语诗

[①] 冯艳冰：《断代回眸——诗歌双年展编辑手记：广西诗坛十年》，《广西文学》2014年第12期。

歌的传承与发挥。盘妙彬以其"独行侠"的边缘人角色与古典心境，反观现代社会与流行写作对"语言"的偏离。他写道："落在树上，树高了/落在溪流里，水清了，浅了……我内心从黑暗走出，迈向高山……鸟儿的歌声嘹亮……我在饮黄金，一口一口饮下高山……我放眼望去/物质浅了"。(《秋光》) 这首诗借助"秋"的古典韵味，说明在"秋光"里，一切变得美好，内心的黑暗与外在的"物质"变得微不足道，只有"鸟儿"嘹亮的歌声和"我"在饮"黄金"、饮"高山"。这里的"秋光""黄金"与"高山"等，都蕴含着独有人格与文化情结，他运用象征和隐喻修辞，把内心的情怀和盘托出，这种现实情境转入语言修辞效果，变为内心的虚景，在虚实相生中，创造一个旷远、清幽的诗境。

他注重语言声音与节奏问题，这种形式上的美感追求在当代诗歌中极少关注，"自由诗"对"古典诗"的取代，自然要打破这些形式束缚与局限，但是盘妙彬的写作却注重节奏与声音的形式追求，区分诸多自由诗、先锋诗的写作。例如："夜半我听到水管滴漏的声音/一滴，两滴，三滴……他们在敲门：一声，两声，三声……"(《时光在纸的背后，在逝去》) 当中反复出现的"一""两""三""滴""声"，以及《秋光》当中的"了"字创造了一个叠音复调效果，极具音乐性的审美体验。现代诗中最为代表的象征主义者们则强调诗的音乐性问题，说明语言本身创造的音响效果，使得诗呈现出更多玄秘、朦胧的意趣，这与"古典诗"对语言节奏感的要求是一致的，他们对于审美空间的创造都起着很大作用。诗境的生成离不开生命之美，在有限的无限当中体现生命的律动与灵性，这也是诗美所在。除此之外，盘妙彬诗的古典情怀也布满其诗的结构与情绪。

《乡村晚》《江山闲》《度清风》这些诗题能读出他的古典情怀，错落有致的语言修辞与形式安排，描绘现代生活之外的古典心境。意境是中国古典诗学的题中之意，它强调创作主体主观情感的"意"与外在客观的"境"在相交融时产生的艺术境界，它同时也是许多人用以判断诗价值高低的一个艺术标准。盘妙彬讲究古典意境的传达，强调"推陈出新"，带给读者与现代、时代的"口语"以及先锋的写作保持距离的另一种文本坚持与话语实践。中国以"自然"作为最高诗歌理想，盘妙彬的诗是古典记忆与情怀作用的结果，他的现代意识表现为对中国传统诗学的重视与回归，这种心性、诗性表现为对技术、物质文明为代表的现代意识的有效提醒。

第二，异质语言与超验书写。盘妙彬文本的独特性得益于他对语言的有效驾驭与展示。他加大了"陌生化"的运用，在文字处理中，自然地规避了生活的口语化与情感的自动化。"优质的现代诗语是来自语感与语义偏离的浑然合成，是来自所指与能指离散间的独特张力。"① 这里探讨的是现代诗语中的"异质性"问题与"超验"书写。20世纪90年代盛行于中国诗坛的个人化与日常化写作对广西产生很大的影响，但是他却又在这种态势与影响中保持独立写作的姿态与追求，重视口语中的诗性价值，让语言与思想并一、同一。纵观盘妙彬的诗歌，首先读出"新"，他以语言的"新奇"与"陌生化"打破了日常化"传统"，从对个体省思中磨砺出诗的意味与意境。

他写道："高高峭壁上/一座小寺是一只鸟巢筑在白云旁边/一只鸟的想法出来/我的一只手碰到了蓝天"。（《我的手碰到过蓝天》）把"寺""白云""鸟"和"蓝天"等放在同一精神家族，让各种意象嵌带的意义相互交融、互为转义，产生一种魔幻的生命意识与心灵体验。从个体生活着眼，他又超越"私人化写作"，将自我的生活与艺术相连，让不同生命进行对话与沟通，以深情语言触摸情感的内心宇宙。"小腿白而寂寞/我看到你的小腿，白而寂

---

① 陈仲义：《现代诗：语言张力论》，长江文艺出版社2012年版，第14—15页。

寞//风打开你的身体"。(《白而寂寞》)"寂寞"一词,给"小腿"带上了"人"的情感与特征,同时也赋予"寂寞"的个性特征:"白"的特质,这里的"白"是诗人内心的情感色调,因其不明确,又给诗意以无穷的可能性。

这种语言外在的"陌生化"与诗歌内在的"丰富性"相互作用,共同形成了诗歌语言与审美空间的形式张力。与此同时,这种以感应与象征追求的"超验"书写也带来了解读的"晦涩","诗歌往往通过一种晦涩抵达幽暗,通过纯粹抵达澄明",[①] 这种"晦涩"是语言与思维的隐秘地带,它在时代思想中照见自我内心的沉思与联想。早在19世纪以来,兰波、马拉美、瓦莱里等就将"晦涩"的诗写推向"象征主义"的理论高峰,波德莱尔的"空洞的理想状态,不可确定的'他者'——在兰波那里还将更加不确定,在马拉美那里会成为虚无",[②] 与常规的语言相比,这种陌生化、异质性的语言体现的是一种现代思维,它以"无常"替代理性的解读,在文学审美层面上使其意义更加真实、丰富。"思与诗的对话旨在把语言的本质召唤出来",[③] 诗的"异质性"体现在意象与思维的运用,语言合理的置换让其诗更具有陌生感,夯实诗的哲学气质。这种"晦涩"与"难解",让诗人不仅仅停留于当下,面对过去与未来的人与情感也是一种关怀,它使诗人在生活与艺术两者之间达成平衡,在有限的语言中进行思考,并抵达"远方",这也体现了语言本体作为诗的内容的意义,这种诗语表现也造成了诗歌的暗示性、模糊性。超验与感应的象征主义写作,强调在可见的事物与不可见的精神之间存在着一一对应的关系,自然万物在艺术审美中能

---

① 董迎春:《时代之诗的去蔽与可能》,《南方文坛》2016年第1期。
② [德]弗戈·弗里德里希:《现代诗歌的结构:19世纪中期至20世纪中期的抒情诗》,李双志译,译林出版社2010年版,第36页。
③ [德]海德格尔:《在通向语言的途中》,孙周兴译,商务印书馆2004年版,第31页。

够达到一种相互契合的互动关系。

盘妙彬的诗追求口语的字面语境转换，部分作品表现"晦涩""难解"，但却并非完全不能理解，而是以"异质性"的现代意识与象征主义的超验之心，在不断地直觉与体验中，抵达他的诗境与诗趣，文本融留了情感与哲思。对于诗学态度，他认为"文字作为生活中不可分离的部分，已然于我的生命之中，至少是澄澈的水存于血肉，个中就是一个人的春秋……驱赶着一个人不断向上、自觉、自新，不断在'抵达'"，[①]他借助语言文字的技巧，造成一种晦涩感、异质性，但其背后显现的却是他现代意识与秘密内心最幽深的情思。他对生命本真与深度情感的追寻，闪烁现代诗语的文化价值与思想能量。从其对传统叙事的颠覆上来看，异质性与超验书写也是对文学性与现代性的一种解读，从语言探索层面，他的诗无疑为广西诗歌的当下写作提供了一个精神个案。

第三，现代之维与社会批判。陈祖君认为，盘妙彬是"一位身着蓑衣的现代的垂钓者，不断地将当下的日常生活敲打出古典的美艳与苍凉"，[②]他借助古人的眼光，又以现代思维，审视这一个充满着现代焦虑与时代反讽的现实世界。从语言的层面看，现代意识是对传统"叙事"的颠覆，是一种语言的创新或创造，借助隐喻、反讽等修辞策略，造成一种时空的错乱感，同时拓宽诗歌本身的审美空间，增强诗歌的美感与引发人的思考。

他写道："山上的塔，我看到高和尖，看到孤独……江水看一次，老一次，它具时间的形状"。（《窗外》）他把"塔"与"孤独""时间"作异质同构处理，在语言层面，把眼前具体的景象置换成内心情感，使审美空间扩充，而背后则渗透着他的独特感慨与

---

① 盘妙彬：《我的心突然慢了一秒》，广西人民出版社2016年版，第202页。
② 陈祖君：《边地·现代·本土——广西现代诗歌发展历程的一个扫描》，《南方文坛》2012年第2期。

时间流逝的心境。他从情感与时间两个维度对个体现代命运展开文化沉思。对"时间"的体验是他不可忽视的追忆内容，《窗外》《秋光》《不能阻止一列火车向天上爬去》《落叶漫卷时》《明月提走一桶时间》《我到月亮上找过你》《羊群把时间堵在流水上》《时光在纸的背后，在逝去》《新鲜的火车》等，从不同情景与角度探讨了"时间"的现代意识，怀旧的同时又扼腕叹息，憧憬希冀之际也不胜伤怀，但无论追忆还是愿景，都是渗透了现代人的文化自觉与理性反思，对"时间"的探析即对生命的追问，对生命中不可调和的矛盾的一种解构。他通过形而上学的哲思话语，唤醒"自我"另一思想路径与可能。

"现代性"反映的是一个时代最尖锐的矛盾与最有价值的生产方式、文化意识，背后时常渗透着"虚无"体验与反思。现代科技、物质生活的丰富带来现代的快捷与舒适，又产生了矛盾与弊端。盘妙彬的这些作品包括《形式上的寺庙》《物质年代的生活笔记》《星期六》《牛可以当县长》《南山上悠然见牛粪》等，他带有"反讽"意味的叙事，对客观现实予以理性反思与温情批判，过重的物欲、浮躁之风扭曲人的本性，个体在现实境遇中遭遇了内心的失衡与焦虑。"白云山上我想清风，想白云，却又想到'肥胖'二字……物质至上的社会是一个很肥的社会，寺庙不例外……寺庙在其中，一副很有钱的样子"。（《形式上的寺庙》）此诗透露着浓厚的"反讽"意味，"寺庙"原本是个清静、纯洁的地方，但在这个"很肥"的年代，"我"只看到"肥胖"二字，对物质迷崇给予否定与警示，这个"寺庙"已经不是内心飘着"清风""白云"的神圣之所，只是金钱、名誉在形式上的存在。"星期六是一座小小的私人房屋/附带一片草坪，栅栏……他有空，窗外有辽阔"。（《星期六》）"星期六"是个体向往的闲暇之际，它"有空""有辽阔"，是安放之处，是自然、花香居所。他追求现代生活的慢的启示，也关注生态危机与自然环境的日益破坏。"石头知道了,它们集体下沉//新闻是兴奋地,报道一篇又一篇,但没有鱼的发言……鱼说,我可以被煮/渔夫说,我可以下网,鱼一二三四五"。(《筑电站》)以"鱼"的生存处境为线索,直接针对社会负面价值与意识反思。通过"鱼"的处境,表现筑电站中的非合理开发,给环境造成极大的负担以及对人的生存环境造成威胁,是"发展"导致的破坏。这进一步看,也是现代物欲中人心迷失与衰微的表现。

南宁杨克、非亚等领时代之先的先锋诗写作理念的"自行车"诗群,广西北流的"漆"诗歌,以及桂林"扬子鳄"刘春、黄芳等的写作,其实均指向了叙事性的"口语写作",这也是广西诗歌的写作与发展的整体态势,盘妙彬诗歌自然也有其口语叙事的一面,但是他的意义在于,他展示了"口语"的鲜活诗性,激活了"口语"背后的古典情怀与现代意识,他的"口语"写作,事实上是对90年代以来国内诗歌界叙事、叙事性的一种有效警惕与疏离,他的口语不是反隐喻、反语言,而是日常"口语"的激活与唤醒。

回到"人"及其所面临的现实处境,诗歌自然与"个体"相连,赋予生命的诗性与哲理观照。文学或诗歌的"现代性",可以说是以语言形式,对"人"所固有的情感与价值的关怀,盘妙彬善于运用反讽、隐喻等技巧,借助客观叙事与冷抒情,在现代意识的警惕与反思中,将"人"的情感与价值统归于个体与诗艺合一的"存在"之思。

第三节 价值与启示

在广西诗坛,盘妙彬显得极其低调,但是其影响越来越受到文学界的关注。无论从官方资助出版的"广西作家作品集"、2006年以来的《广西文学》"诗歌双年展"的持续关注,还是区内外各种大型诗会,都可以看到他的"沉默"的身影。也正是因为盘妙彬的在场,广西诗歌的集体形象或者文化展示才有了"历史"脚注与讨论话题。究其诗歌写作的特征,我们会发现这种诗写的话语意义与价值:

第一,从思想内涵上看,他是从现代人的身份出发,以古人心境,辅之以隐喻、反讽等修辞策略进行创作,体现出较强烈的时代意识与现代思维。他的诗虽不是直接面向现实,却包含着对现实的焦虑与情感的哲理观照,在时空的交融中,体现出生命意识与哲思追求。《形式上的寺庙》中对"物质至上的社会"的辛辣批判,《星期六》中对现代人可望而不可即的"私人空间"的感伤,《筑电站》中对自然万物受摧残的生态反思,足以反映他对现代理性的反思与警醒态度。

现代意识上的理性反思,践行了文学的存在意义与价值。在这个贫乏而又丰富的时代,空灵而唯美的诗性恰恰为文化价值提供了另一勘探之路,他以空灵与美,实现人类生活中的否定情感与价值的暂时性解脱。比如《羊群把时间堵在流水上》《时光在纸的背后,在逝去》《秋光》等,呈现他对时空的现代体验与存在之思,极具理性的批判与反思价值。

第二,从文化意义上看,盘妙彬因其"独特性"的写作成就,在一定程度上不仅让其走出"广西",在国内形成一定影响,他也以"诗"自身的精神与情怀,向外界展示着广西诗歌的写作可能,建构着广西诗歌的文化自信。

他的诗既渗透着传统的古典意韵,又融合了现代身份、现代情感,并表现出古今交融、互为观照的特点。他把灵魂放逐自然万物,从而以文字来"抵达"自我生命本真。2004年,受邀参加诗刊社组织的"青春诗会",他的诗以自然、新奇的韵味为读者所关注。

20多年的创作实践让其诗不断走向成熟并不断获得外界的认可。同时，他以其诗的独特性、差异性的语言与存在之思，为广西诗歌书写提供了一条可以尝试的路径。

盘妙彬的意义在于他以其独立性甚至是知识分子的情怀，以及对诗歌写作的清醒态度，建构了多元化发展的广西诗歌景观，并成为其重要书写范式之一。20世纪90年代至今，广西诗歌虽说已经处于"隐隐的上升"的趋势，但无论是在中国诗坛或广西文坛，其影响力不尽如人意，与云南、湖南、广州等在外界认可的诗歌大省上仍有一定距离，这也为广西诗歌的整体发展与话语探索指出了不足与方向。

第三，他与当下流行的"口语"叙事保持了距离，在追求意义的明确性的同时，也灌注现代汉诗的肌质与哲思理念。

盘妙彬21世纪以来的诗歌创作，从文本到意蕴，都以其独特叙事与语法展现着汉语诗歌的写作可能，以现代诗语探索着其文学内涵与现代价值。他的诗是古典意蕴与现代诗语的双向融合，有优势也有不足，需理性区分。从审美特点上看，他的诗是古今意识的结合，既注重意境效果，又能在语言的层面上规避陈旧化、协同化写作，自觉创设属于自己的独特诗境、心境，它既有对传统诗歌形式上的继承，又是现代意识的觉醒与探析。这为广西诗歌如何发展提供了一种文本意识与可能，从中可以看到当代诗人与"传统"意义上的诗人的区别，这种区别也指向了文学性的语言追求，"文学性指的是文学文本有别于其他文本的独特性"。① 语言本体与诗学意识，让他自觉地尊重语言，在语言的话语转义中建构诗的文本与思想价值。

综上所述，盘妙彬作为广西诗歌的极其重要的代表，他的创作与表现，无论是从审美层面、文化意蕴，还是从思想意蕴与现代价

---

① 赵一凡等编：《西方文论关键词》，外语教学与研究出版社2006年版，第592页。

值来看,他对21世纪以来的广西文学与文化的发展显然都产生极其重要的推动作用。但是,未来"广西诗歌"想要跨越性提升仍需付出艰辛努力,除了外界的合力推助之外,则更需他们不断提升自我素养与内涵,找到文学本体的创作意识,不断修炼诗人自我的内部环境与内心格局。

如何将这种古典情怀、现代之思与汉语自身的诗性有效合一、统一,这条诗性之途,有待广西更多诗人进一步去勘探、摸索。

第十二章

林虹:"自我"的多维审视

21世纪以来(具体是自2004年始),林虹开始进入诗歌创作,通过情感独白与自我体验,她尝试与世界建构一种沟通和感应,展示了少数民族女性诗人独有的灵性和情怀,形成其温婉宁静的诗风和艺术气质。这份安静和灵动之美与她的诗歌主题"爱"和"故土情结"融合起来,形成了"自我"的多维审视与文化观照。

第一节 地域与"自我"的融合

作为具有瑶族身份的少数民族诗人,地域与诗人的关系就像鱼儿与水的关系,相互缠绵,彼此滋养。诗人往往受到地域的文化地理环境影响,极具民族风情与故土情结的女性书写,展示了广西瑶族女诗人林虹的诗性言说和诗意家园的文化和心灵价值。

故乡是地域印象的直接心灵体验,林虹有着自己朴实的理解和坚守。"故乡是我创作的源泉,用文字记录乡愁,是我的创作初衷。"[①]

[①] 欧阳利环:《用文字记录乡愁——作家林虹笔下的贺州情怀》,《贺州日报》2016年8月29日。

这份"创作初衷",使得她的诗歌充满了故土情怀和文化关怀。在充斥着城市焦虑和不安的现代社会,这份坚守则显得尤为珍贵。"对于贺州瑶族作家群体而言,在瑶族社会生活中历练出自己所属的民族的心理素质和审美观念,那是他们精神家园的根之所在,灵魂的归宿之地。"[①]诗人脚踏实地为所在的"土地"歌咏,用文化的眼光书写诗性和灵性合一的故土与家园。林虹作为广西少数民族地区的诗人,诗歌中表现了贺州特有的民族风貌和故土情结,用语言建构了地域的诗性与文化的意蕴。地理特征、风俗景致、方言俗语等作为诗歌中地域性的内涵,承载了历史与文化等广阔的内容,紧密联系着诗人的思考与情感。

在《在潇贺古道等一匹马》中,林虹向读者铺开了一幅优美的地域画卷。潇贺古道是古时占据较为重要地位的西南经商要道和军事要地。这首诗里"等一匹马",其实是等一个人。那个人"披一身霞光",温暖、明亮、绚烂,刻画了"她"对"策马的人"归来的期待心理。自古时起这样的道路就被用来诉说离别和等待,而这些诗多以幽怨、忧愁的情绪为主,这首诗则以一个"霞光"的意象铺开,读来让人心情明朗开阔,用两条叙事主线:他迫切"飞奔而来"的归来、她"等待了千年"的殷切等待,讲述了浪漫而唯美的爱情。诗人用轻快的节奏和音乐语言来描绘了一幅灵动丰富的动态心理图式,加入了瑶族的"蝴蝶歌"歌唱语言,各种贺州市的地域标志事物穿插,使整幅画面丰富灵动、韵味悠长。蹄声、浣纱、箫声这些具有古典意味的意象运用使得整首诗歌充满了古典意蕴,多了几分书卷气。这首诗中一个很大的特点即空间地理的变换(在空间上由远及近的叙事手法模拟"策马的人"慢慢接近"她"的心理动态,即由等候的期待到羞涩的刻画对应,诗中情绪的紧张感慢慢袭来逼近读者的内心),对读者进行心理暗示,让人身临其境,直

---

① 肖晶:《蝴蝶歌飞——关于贺州瑶族作家群》,《广西民族师范学院学报》2010年第2期。

至"策马的人"出现。在这首诗里,虽是在"潇贺古道里等一匹马",却不仅仅局限于"潇贺古道"的思维语言,而是向更广阔的空间延伸,通过空间地理的叠加、变换,构建起一个地域之上的古朴而美好的诗性家园。

故土与文化中"爱"的主题,让林虹与"自我"相遇,与家园相知。《我们只爱当下的彼此》这首诗是游览花山后所作。花山位于贺州市钟山县的花山瑶族乡,这里的人们生活在风景如画的环境里,保持着传统简单的生活方式。"在大坪,在瑶寨/不看时间/随日月起居",这是一种古朴而美好的生活,是这片土地的传统,这样的气息无疑唤起了诗人的归依田园和大自然的热烈情感。"你在打一锅油茶/黄姜,蒜米和秋茶",这是瑶族人的喝茶传统,是一种简单而富有生活气息的语言。日常经验的写作容易陷入平淡凡俗中,文本与日常经验的转换就显得尤为重要。对日常生活的接近与隔离往往能看出一个诗人的功底。而将日常经验诗化的过程,就是将日常经验转化为心灵体验的过程。在林虹的诗歌中,每一寸土地、地理标识、生活习俗都变成了诗语言,热爱变成了具体可感的道说。它可以是"打一锅油茶",也可以是"养几箱蜂","金银花""黄昏""白月亮"……这些生活意象转化为对家园的真挚与深情,将淳朴的生活体验转化为丰富细腻的情感经验。"我们只爱当下的彼此",这是一种更浓的情感表述,也是诗人对这片土地和生活充满爱意的写照。她与这片瑶族大地相生相连,构建心中审美化、诗意化的理想家园。

20世纪80年代以来,女性诗人以身体写作和欲望叙事作为两大主轴进行诗歌的"自我"书写。90年代以后,慢慢向日常经验书写转变。任何情感的抒发如果局限自我(身体、欲望),那么这样的诗歌难以体现普遍的现世价值,同时不能引起普遍的共鸣。诗歌的哲思是诗歌的生命力和源泉所在,脱离了自我与世界的建构关系，那么这样的诗歌只能"流离失所"：它也许展示生活中的某一微妙与柔情，但会缺少人类情感的观照与省思的感染力。因而，女性诗歌的"自我"书写，应该通过对自我的深层体验来完成，自我在两性关系、自然、时间、世界中来思考自我，达到认知和定位，而这些认知和定位体现的是自我与他者、世界的联结，代表着共通的审美意趣与哲学认知。通过自我书写，诗歌也能达到更为深远的审美空间和广阔的情怀。"女性主义诗歌中应当不只是有女性的自我，只有当女性有世界、有宇宙时才真正有女性的自我。"[①] 林虹注重自我体验与世界联结，以主体之思上升到哲学之思，达到自我认知和皈依。在她的诗歌中，自我与大自然的联系尤为紧密。"最好是这样／彼此相望／就能会心一笑／……想象任何事物是你／掠影而过的风／有些时候／我们是彼此"（《最好是这样》），"鸟儿""向日葵""木瓜酱""山楂酒"等自然物象组成了丰富的审美空间，渗透着无处不在的诗性意味和审美意味。诗人充分运用通感联系自然，友爱平等的和谐关系将自我与自然融入，情感在无限空间中敞开。诗人在与大自然的亲近中，对生命的观照和思考中加入自身体验，返璞归真，反观自我，借以消除内心世界与外部世界的冲突，不断消解焦虑和痛苦。这样的意义层面包含着诗人对自然的认知思维，以及处理自我与自然之间的关系时的态度情感。林虹在处理这层关系时，是谦恭的，是自省的，是信仰的。她是这样阐述的，"接受现实，和泥土相爱／妥协于自然的一切／而我必须低下头／才能看清她／才能闻到她的清香"（《日常生活》）。诗人身份赋予的使命感，提醒、鞭笞着诗人，存在于时代的清醒思维里，使得诗歌更具张力和冲击。

"假使一个艺术家不是紧紧地依靠自然和思考自然，他就会越来越远离艺术的基本原则，而他的虚拟离简单模仿和独特风格就越

[①] 郑敏：《女性诗歌研讨会后想到的问题》，《诗探索》1995 年第 8 期。

远,也就越空洞,越没有意义。"① 诗歌首先来源于日常生活,而人又是从出生开始便与大自然打交道,在你来我往当中,人服从大自然,人创造大自然,人也皈依大自然。在这个紧密关系中,诗人创造出了一个良好互动的诗性联结,直击原始简单的心灵美好,追溯人的本源,回归本源。林虹的诗歌在意象的选择上多为日常生活事物或是大自然,这些意象与诗人的情感体验形成了一个整体,构成了一个生态、良好互动的诗性空间,从而加深、延长了读者的审美体验。在"自我"的表达、寻找、追溯中,诗人实现了精神和心灵的皈依,虽然偶尔可见书写焦虑,但诗人对于"归乡"的哲性思考从未疑虑,坚定地走在"归乡"的途中。

第二节 语言与"自我"的共舞

诗歌是语言的艺术,"艺术的本质是诗歌"(海德格尔语),诗歌与语言在相互印证中,触摸灵魂和存在。海德格尔提出"语言是存在的房屋",这所房屋应当为有形的形式(结构)和无形的情感(情绪)互为融合、建构。我们能在这所"房屋"里感受到所有情感,并沉迷这种情感氛围,呼唤自己内心的情感发生,从而达到共鸣的期待视野。同时,在语言的变化(陌生化、变形、超验等语言策略)中延长、加深审美体验,达到诗歌的语言艺术与情感融合、同一,成为有机整体。在这种语言创作中,诗人提炼出最纯粹的语言编码诗歌,隔离了日常生活,突破了自身所处的有限环境到达形而上的艺术空间。"诗歌是一种以语言为符号的心灵意义实践的艺术形式,它是所有艺术中最走近内心的一种艺术。……这种精神

---

① [德] 歌德:《论文学艺术》,范大灿等译,上海人民出版社 2005 年版,第 9—10 页。

性、内在性为话语实践的诗性，自然连接了创作者的主观心灵与身体感应。诗歌与身心的交互感应关系，成为诗歌这种文体的精神特征与意义指向。"①

追求语言诗写的表现特征，陌生化、变形、超验等语言形式得到了极大的运用，以此区别于口语诗写。同时，在回归语言诗写的潮流中，语言作为直击心灵，直抵内心，直接揭示自我的渴望和作为世界存在的个体意义（自我建构）的生命意识也被普遍运用。"当代诗写（诗语）有两个值得重视的语言意识：一种是语言作为一种修辞格。……另一种是语言本体充当认知思维。诗歌成为主体认知的有效动力与思想源泉，为人类反思、寻找自我提供了一种可能。"② 林虹的诗歌属于后者。在回归语言作为本体书写的诗歌审美中，她用纯净和古朴的诗歌语言实现自我认知和自我书写，勾勒出了一幅幅动态的内心情感世界，建造了一处女性的诗歌乐园。在"独白"式的语言编码中，她把自我体验和情感密码融入诗歌语言，用开阔的思维语言述说在场，以及通感的极大发挥和丰富的幻想，这些都使得林虹的诗歌极富个人色彩，并且形成了独特的个人言说体系。诗语书写自我，而自我赋予了语言生命力，语言与自我的不期而遇，二者共舞，催生出独特的审美意味。

"要看透一个诗人的灵魂，就必须在他的作品中搜寻那些最常出现的词。这样的词会透露出是什么让他心驰神往。"（波德莱尔语）林虹的诗歌中最常见的一个意象是"花"，比如：《春天的花开了十二年了》《十万朵桂花》《桃花醉》《在花山》《向日葵》等，"花"作为美好和女性的象征，多次出现林虹的诗歌中，也代表了她对"自我"隐喻的认知：似花，是花。"花"被赋予了多种情感，

---

① 董迎春：《诗体通感与通感修辞——诗歌符号学之视角》，《当代作家评论》2016年第2期。

② 董迎春：《时代之诗的去蔽与可能》，《南方文坛》2016年1期。

它时而安静温暖，时而坚定执着，时而孤决悲伤。"爱"的书写作为林虹的一大诗写主题，使"花"的形象饱满多变、充满情调。在《向日葵》中，诗人用第三人称的视角书写这首诗，脱离了对叙事主体的宏大磅礴的歌颂和叙事，完成了"向日葵"安静、温暖、坚定不移追随"太阳"的形象塑造。它像一颗星球一样巨大、绚烂而遥远，然而在日落后却是卑微的、忧伤的、落寞的，用对比手法将向日葵的形象塑造得鲜明而有情感冲击力。诗人一直在劝说"向日葵""落下"和"离去"，而这又与"向日葵"的坚决和诗人的无奈相互渲染，让人感受到心疼、忧伤和无奈。如果说《向日葵》是展现出女性温暖、坚定的一面，那么在《桃花醉》中，则可以看到女性敏感丰富、多情婉转的极致表现。"千朵桃花"象征着诗人自己，"仍绯红着脸"，时间年复一年的过去，却仍然饱含希望和美好。"轻舟过去的/松风又吹回来"代表着循环往复，代表着诗人的思绪欲断还休。然而这次诗人要做一个决定了，"船过松林峡/我喝下这桃花酒"，这次船穿过松林峡，"我"就要"喝下这桃花酒"，松风不会吹回来了。自古以来文人爱酒、酒是诗性精神与言说，道出诗人的隐秘情感。女性世界的"酒"与男性世界的"酒"道说不同，在女性世界中酒被赋予了更多女性化符号：爱情、忧伤、浪漫。诗人想要"醉"一回。"醉"是一种解脱和通达，是诗人在处理出世和入世矛盾的形而上的慰藉，呼唤生命意志的在场。"我的千朵桃花/你不要逃啊"，于是，"我"的千朵桃花散尽，思绪散尽。"千万朵桃花"绚丽而唯美，却有着"毁灭"的气息。像是一个自我囚禁的牢笼，诗人由此挣扎和想要跨出这个牢笼，饮下"桃花酒"，是诗人自我的超脱和回归，是自我毁灭同时也是诗人的自我重建。

林虹的诗歌有着情绪的完整性，由情绪生发，到情绪推进，最后情绪终结，意象铺陈推进表达主题，用富有感情色调的语言形成书写机制。往往在诗歌的结尾做出决定（得到结论），形成诗的"刺点"，呈现痛感与醒觉意识。在《桃花醉》中也可以看到，与《向日葵》中"落下吧 落下吧/早该离去的/就等这秋色将就/那金黄 那饱满/那曾经来过的"的结尾诗句一样，表达自己的对某一事物的见解和决定，这是诗中的"知性"，以及围绕自身的体验追寻答案和本源，也是生命启迪与哲理观照。如果说城市书写焦虑、迷茫和自我的寻找呼唤，那么乡村则是诗人对自我的低吟浅唱，是自我的回归。林虹的诗歌回归到语言本体的书写，在独白式的叙说中，实现了语言与自我的诗性联结。她突破女性书写的樊篱，立足土地和地域，在语言与自我的共舞中构建了一个地域之上美好的诗性家园，以及向更广阔的艺术空间和人文情怀敞开之境。

第三节 "自我"和世界的会通

自我，顾名思义，即主体存在之思。世界，即自我之外存在的广阔视域。但其会通与融合形成了生命之诗与存在之思。对地域文化、女性身份的认同，也是对世界的发现与认知。诗歌作为特殊的通感文体，意味着世界是一个隐秘而神奇的"象征"森林，自我的感应则强化了自我与世界的关联。诗歌便是这种神性的道说与澄明之境。"只有诗人同时既是主体又是客体，既是自我又是世界，诗人自己才能到达绝对真理。"[1] 林虹作为一个具有瑶族身份的女性诗人，拥有众多的文化符号：女性书写、地域书写、民族书写，从地域走向世界，实现地域与世界的联结、同一，就要求诗人要拥有世界的眼光和精神，同时，立足地域书写人类的普遍情感。

---

[1] ［法］让-马里·舍费尔：《现代艺术：18世纪至今艺术的美学和哲学》，生安锋、宋丽丽译，商务印书馆2012年版，第26页。

在林虹笔下，贺州这片土地上的一河一草一木，都变成了道说的对象，将情感融注在这些"对象"的存在实体中，探寻它们的隐喻和所指，便增添了十足的神秘、暧昧的艺术气息。"山风，芦苇，松树的清香/故事的铺叙充满了戏剧的隐喻"。（《台词》）植物意象的运用是林虹诗中的一大特点。植物的生命语言与诗人的生命诉求不谋而合，诗人将"山风，芦苇，松树的清香"赋予了丰富的暗指，使得诗歌富有层次感和艺术厚重感。此外，林虹毫不吝啬对自我的表达，给"对象"赋予了多变的形象和品性。"我的白是一种向往/是一只飞翔在记忆之外的鸟"（《翅膀张开的声音》）；"一只蟋蟀曾在树下唱歌/我录下了它的歌声"。（《闲下来的一天》）"鸟"和"蟋蟀"这样丰富灵动的意象使得诗歌具有画面感，意象与诗人之间的交互联结，虚实结合，也充分调动了读者的观感和听觉的感悟。

在"自我"意识流动长河中，地域标签作为意象依次参与诗歌意识的编码，读来让读者沉迷这种情感的流动也让读者不知不觉地克服了地域的生疏，达到共鸣。"忧伤、疼痛、追忆和自省这些女性化词根在林虹那里还原为最朴素、简洁、原始的语义运用，并指向一种更广大的情怀：寻找'原乡'创作的温暖。"[①] 林虹的诗在现代汉语的书写中，不断探索文化的价值与世界性的情感认同。她既尊重少数民族的母语文化，也践行汉语世界的会通。民族的"神圣性"又给民族诗歌带来了不同的诗歌艺术光晕和审美。于是，如何处理民族间的语言"隔离"带来的情感"隔离"，便成为民族书写走向更广阔空间（世界）的首要问题。林虹作为瑶族诗人，做了许多有价值的探索。她作为瑶族的女性诗人，情感更为细腻，她特别重视"民族语言"的运用。例如，"溜的西，啦的咧/蝴的蝴，蝶的蝶/"（《在潇贺古道等一匹马》），采用的是"蝴蝶歌"（瑶族山歌

---

① 肖晶：《蝴蝶歌飞——关于贺州瑶族作家群》，《广西民族师范学院学报》2010年第2期。

的一种）的歌唱语言，歌唱语言的音乐性与诗歌的韵律融合，展示了异域风情、本土化特征和场景。"啦呀依呀……/母亲的山歌在心里/将军，哈扎/风从茅坪吹来了/披上我做的黑布衣吧"（《哈扎》，哈扎，瑶语，意为"喝茶"），她运用了瑶族山歌的歌唱语言的同时，山歌、黑布衣等富有民族性的标志也一一进入诗歌，"哈扎"则是瑶语的直接运用。在这首诗中，民族性、地域性不再被消耗、溶解来适应读者，而是大胆直白地呈现出民族的鲜明特征，在为文本增添了陌生化效果的同时，也展现了神秘多彩的民族风情。

这些民族语言作为诗语言昭示诸神的在场，提升了民族神圣艺术光晕的同时，巧妙地融合节奏性、音乐性进入情感，使读者在共同情感中品味这份"神秘"，不知不觉进入读者的期待视野中。当然，最重要的是林虹用这些民族语言书写了人类的普遍情感，思考存在和灵魂的皈依。"达到真正普遍宽容的最可靠的途径是，承认每个人和每个民族的特点有存在的权利，但同时又坚信，真正值得赞扬的东西所以不同凡响，乃是因为它属于全人类。"① 极具地域特色的民族语言和人类的普适情感有效合一，汇聚了自我与世界的诗意所在。

一直关注林虹写作的评论家张燕玲写道："林虹也常常独自远行，瑶乡贺州昭平，不仅诉诸笔端，更成了她远方的参照系。"② 显然，不同于地域文化在诗中的简单呈现，林虹"笔端"隐喻着地域之维上的精神"远方"。这个"远方"包孕着作为民族诗人的使命，也充斥着时代之维下的世界理想。林虹说："除了想对瑶族文化进行挖掘和保护，更是想表达瑶族同胞们为梦想而不断努力，追求幸福生活的美好情愫。"③ 在"寻根""返乡"的现代思考中，林虹早

---

① ［德］歌德：《论文学艺术》，范大灿等译，上海人民出版社2005年版，第367页。
② 张燕玲：《从瑶乡出发》，《文艺报》2015年7月1日。
③ 欧阳利环：《用文字记录乡愁——作家林虹笔下的贺州情怀》，《贺州日报》2016年8月29日。

早就实现了自我与地域的融合,在贺州这片土地上构建起了一个美好的诗性家园。

  作为广西极为重要的少数民族诗人和女性诗人,林虹的诗歌语言纯净、古朴、自然和恬静,使诗歌有着直逼人心的力量,她在自我与世界的联结、同一中,揭示了"自我"的另一种境界和文化可能,在地域、性别、民族身份中找到认同,同时也不断张望"远方"而形成广阔深远的文学和文化空间。

第十三章

陆辉艳：根扎"南方"的知性叙事

21世纪以来，"80后"诗人陆辉艳是在全国影响最大的广西青年诗人，她的诗歌多次在《诗刊》《青年文学》《飞天》《天涯》《中国诗歌》《诗林》《诗选刊》《诗歌月刊》等区内外重要的刊物亮相，曾获得"广西青年文学奖"（2006）、"青年文学年度奖"（2015）、"华文青年诗人奖"（2017）、广西文艺创作"铜鼓奖"（2018）等奖项，并且参加诗刊社第32届"青春诗会"（2016）与鲁迅文学院第29届中青年作家高级研讨班（2016）。作为一个广西诗人，陆辉艳的诗歌创作离不开她所生活的南方地域，从贫困农村走向都市生存，故土与童年的影像与记忆成了她诗歌的质地与意蕴。再加上城市生活与现代社会的融合，陆辉艳凭借诗人独特的敏锐性与卑微感，形成了"平静、厚实，无极端的语句"，[①] 在语言深处展示诗意哲理，触摸"地域"的热度与温情。

---

① 刘春：《广西诗歌：在波峰与波谷之间——关于新时期广西现代诗创作的10个问题》，《南方文坛》2011年第1期。

第一节　走出地域

广西这个孕育出了韦其麟、杨克等中国重要诗人的南方土壤，一开始就显出她的包容、宽广，陆辉艳自然也受到广西诗歌的地域影响。"从新时期到21世纪以来的当下，广西当代诗歌一直以一种沉静的姿态在参与中国当代诗歌的整体性发展。广西当代诗歌这种沉静的艺术姿态，其实是与广西当代诗人整体上沉静、踏实、不事张扬的文化性格存在紧密内在关联的。"[1] 地域文化与中心话语文化之间的隔阂被打破，诗人自觉向脚下"地域文化"追寻诗味的意识重新觉醒了。南方的一草一木、风俗民情，南方的柔软与细腻构成了陆辉艳诗写的重要表征。但是她对自身所处地域文化保持着某种警惕。在一种更为宽广的文化视野里，接受、融合他者文化与现代诗歌本身的同步影响，不断摆脱地域书写的局限，形成了其诗写中的现代性视角、悖论式的境遇体验。

陆辉艳写作经历，与此文化背景密切相连，她写道："我是在刚进大学的时候，2000年开始写诗的。那时刚从高考的紧张中解脱出来，19岁以前一直待在乡村的我，第一次见到民大图书馆丰富的藏书，我乐坏了，那种喜悦之情，像是在童年的一场雨后的淤泥中，看到了一颗熟透的又甜又脆的大红枣。……最初的启蒙老师，也就是我的诗歌创作课老师——鲁西老师，……他对我的那些稚嫩文字的鼓励和肯定，是让我继续写下去的最直接的动力。"[2] 19岁的

---

[1] 谭五昌：《在南方大地沉静生长的诗歌——广西诗歌十家阅读印象》，《红豆》2011年第8期。

[2] 钟世华：《陆辉艳：按内心去生活，按理想写作——当代广西本土诗人访谈录（之五）》，《广西民族师范学院学报》2015年第6期。

她,从封闭而充满童话意象的乡村来到充满现代文明的都市、大学,向书籍和有影响力的集体寻找归属、寻求慰藉、探求自由,以此来探寻个体的存在价值。"我想给梭罗带去尘埃/相对于喧嚣之外的世界,尘埃是我唯一的礼物/我还将带上我自己,啊,大地需要这些",在《梭罗乐意邀我湖边耗散时光》中,个体的存在诉求以及诗意处境,表现了其诗歌的语言与生命融合的哲理。

"个人始终与整体——与他所在的民族,与民族所属的种族,以及与整个人类——联系在一起。不论从哪个角度看,个人的生活都必然与集体相联系。"① 个体与地域文化之间的衍生、聚合、交往,影响了诗人诗写的审美理想、审美视野,"诗歌圈子能为诗人们提供一个'场',形成一种交流和刺激写作的氛围,让写诗的人不觉得自己是孤单的"。② 诗"场"作为地域文化的重要载体,对陆辉艳走近诗坛,并从中寻找到文化的认同与影响起到了初步效果,"我不再需要飞翔了,我有轻盈的心/像现在,我发现了它,一株绿萝。我有/小小的欢愉。因为/它和我一样"(《绿萝》),地域文化之上的精神创造,就像绿萝一样,用"小小的欢愉"把充满温情的精神创造展现给读者。蛰声区内外的"相思湖作家群"文学传统,以及读书期间的校园文学影响,对陆辉艳的早期创作形成了重要影响,也帮她打下坚实的诗艺见识与理论基础。陆辉艳此后作品中闪烁着丰富的人文情怀,应是受到大学时期的人文影响。但是,陆辉艳不拘泥于此,她用了近8年时间的沉寂与探索,走出自己的地域环境,融入现代诗艺的追求之中。

南方文化中闪现着日常性、凡俗化种种景观,对它们观察与思

---

① [德] 威廉·冯·洪堡特:《论人类语言结构的差异及其对人类精神发展的影响》,姚小平译,商务印书馆2010年版,第45页。
② 钟世华:《陆辉艳:按内心去生活,按理想写作——当代广西本土诗人访谈录(之五)》,《广西民族师范学院学报》2015年第6期。

考，是陆辉艳诗歌具有判断力和个性化写作的出发点，也正是这种存在感的认同与捕捉，促成了其诗歌的在场感、鲜活性。也可以这么说，在中国文坛具有重要影响的广西诗人是这种日常主义写作的呈现，从韦其麟、杨克到当下产生影响的非亚、刘春等，他们的诗歌更多关注生命与存在自身。由此可见，"日常生活中的陆辉艳给人的是一种温柔、贤淑、羞涩、恪守传统的南方小女子的印象，但诗歌中的陆辉艳却自我塑造了一个挑战传统与规范的先锋女诗人形象"。① 日常性与诗艺意识的反差，彰显了陆辉艳作为女性诗人的敏感、细腻、气量，她打破现实经验，摆脱传统女性诗写的樊篱，展现出对诗艺语言的本体回归，不自觉地传达出现代化的审美趣味与需求，"人不可能脱离这个社会单独存在，尤其在这个信息化时代，不管他在'圈内'还是'圈外'，都会受到不同程度的影响"，② 地域文化的融合、解放，扩大了诗体多样性、独特性写作的可能，为个性创作创造了一块实验基地。陆辉艳的诗歌，离不开这种南方文化的整体影响，但似乎她的写作又直接源于西方现代诗歌，特别是象征主义诗歌的文化影响，这就让她的写作源自于地域又融入现代诗歌这一维度。进入到陆辉艳的诗歌文本中，把握象征、叙事的语言特色，将更为深刻理解其丰富性、本体性的现代诗艺追求。

第二节　语言的建构

诗歌的象征，源自诗人对语言的哲理体验；而诗歌语言所具有的象征性，为建构诗歌独特的美学趣味提供了可能。陆辉艳诗歌中

---

① 谭五昌：《在南方大地沉静生长的诗歌——广西诗歌十家阅读印象》，《红豆》2011 年第 8 期。
② 钟世华：《陆辉艳：按内心去生活，按理想写作——当代广西本土诗人访谈录（之五）》，《广西民族师范学院学报》2015 年第 6 期。

的象征语言，借鉴了法国象征诗歌的写作技法，迥异于单一的反讽、吊诡、悖论、含混，而是在纯净、超验的象征语言深处把握存在的荒诞感、背离性。

她在《邕江边》中写道："在她停顿的地方／江水依然往前，而她往后／二十八年，滔滔江水不记住她／江里的石头记住，他记住／江水里有多少秘密，除了她，再没人知道"。诗中的"她"，可让读者关联到"望夫石"这一凄美的神话爱情故事。陆辉艳巧妙处置了"她"与外界的关系，刻意模糊了指称代词"她"和"他"的"能指"意义及"所指"意义，以求达到从现象本身进入到无限事物的可能。"现代象征以对现象的接受来接受现实，同时又以超越现象的可感性即经验的极限来拒绝现实，从而在现象世界中深入无限事物的可能。"① 现代诗的象征，最终要是从现象世界中深入到本质世界中去。但是从能指和所指之间的差异性关系看，陆辉艳不自觉地引领读者进入"变"的哲学思考，"变"的意义恰是对本质世界存在的可能探索。

象征语言建构最为重要的正是诗中所蕴的"生命哲理"，它与诗人形成了一种有利于走向本质世界的交往关系。诗人用象征语言建构诗艺世界时，必然会把具有哲学精神的意象，进行重新编织，从而注入新的象征意义。"通常是这样／一只蝎子爬过石崖，我的心是空的／日子住进来，握紧的拳头／慢慢松开"。（《魔蝎Ⅰ》）诗中的"空"，让读者不禁关联到禅宗"空"的禅趣，可将其意义结合到现代人的生存境遇中，就衍生出能体现现代人存在的新意义，同时蕴藉了对现代人秘密世界的哲学思考。仔细分析"魔蝎""石崖"等意象，自然地流露出了现代社会的焦虑与迷茫，以及心灵深处的虚无与悖论。

陆辉艳所追问的"秘密"，正是时代的秘密、人类精神的秘密，

---

① 沈天鸿：《现代诗学：形式与技巧30讲》，昆仑出版社2005年版，第36页。

从整个作品的"表层结构的关系来鉴别，关系是不明朗的，是象征"，①而对秘密的诗写契合象征语言的审美需求，通过秘密可以进入到对个体和世界关系的哲学思考中。她在《孝哥》中写道："渐地，夜晚被撕裂一条缝隙/晓光开始从布帘子里漏进来/送葬的人群身上的白布，将道路映得苍白/而奏起哀歌的唢呐队已到达山顶/那儿，一罐老酒被置入坟墓，人们覆土，覆土//在那垒起的坟冢堆下，祖父掀开棺材盖/正伸手取那泥色的酒罐"。此诗写于她祖父去世后，诗中"白布""唢呐""坟墓"等意象组成的意象体系，构筑成关于死亡秘密的世界，在这个世界中，亲人离去与思念的痛楚被投影到葬礼上，使得祖父的生死界限被融合掉了；而离开现实世界的个体所进入的秘密世界，负载着生的"个体"，对于生的个体而言，个体存在意义仍在继续。

面对象征语言构筑时，一方面她以"江水""白布""夜晚""石头"等意象体系，营造了一个带有象征意味的、女性灵性的、特色鲜明的南方书写，她的现代诗写离不开她的地域影响，而这个文化地带恰恰是她的现代诗歌的出发点。她写道："很少回湾木腊了，偶尔回去几次，看到洁白的沙洲被挖沙船破坏，美丽的大山被开采大理石的机器震得支离破碎，我就不忍心再回去了，怕自己因为找不回童年的记忆掉下眼泪，徒增伤感。……而土地上的言说要自然得多，这是我渴望回到土地上的另一个原因。"②另一方面，陆辉艳作为诗人，时常回到平民立场去言说自身的感受，以温情、悲悯的体验观照现代社会中所面对的精神处境。她写道："我们走动。像个梦游者那样"（《凌晨两三点》）；"我热爱过黑天鹅的安宁/也爱过湾木腊河面上一群鸭子的喧嚣"（《热爱》），诗里带着无时不

---

① 沈天鸿：《现代诗学：形式与技巧30讲》，昆仑出版社2005年版，第39页。
② 钟世华：《陆辉艳：按内心去生活，按理想写作——当代广西本土诗人访谈录（之五）》，《广西民族师范学院学报》2015年第6期。

在的无奈，但毫不减弱她对温情土地的渴求与思忆。

由此，她的象征与超验，没有晦涩、难解之感，相反让读者更会体悟到一种难言的温情和欢愉。

第三节 叙事的诗意

南方的地域生活带给了陆辉艳无限的深情与遐想，而语言象征与哲理思考，使得她的诗歌不断摆脱口语写作的困境与趣味。她在凡俗的生活中发现深度情感与生命真实，叙事的诗意，变成她的一把心灵钥匙，她要在这个书写中完成她与世界的融解与发现。

诗中的叙事带有小说叙事的时间、事件、人物、环境等元素，使得诗具有了可理解的细节、情感，同时营造出戏剧化、情景化、狂欢化等张力。诗中的叙事，其个性化、自由性、灵活性、有效性的特色，都会使诗人创作介入到当下语境中，是对诗的抒情性的一种修复与强化。

陆辉艳诗中的叙事，除了具有小说叙事的要素外，重点在于语言内在的差异性建构，她写道："然而他的双腿已经僵硬/他抖索着，走到月光下。这次他为自己/制了一幅棺材/一年后，他睡在里面/相对他一生制造的无数木具/这是惟一的，专为自己打制/并派上用场的"（《木匠》）。诗中讲述了木匠的一生，叙事事件的因果关系，顺延着时间符码的发展而发展，叙事结局以情境性、戏剧性的效果告终，读者从中感受到了个体必然消亡的结局。"语言对人的主要影响施及他的思维力量，施及他的思维过程中进行创造的力量，因此，在更深刻的意义上说，语言的作用是内在的和建构性的。"[①] 陆辉艳诗中的叙

---

① ［德］威廉·冯·洪堡特：《论人类语言结构的差异及其对人类精神发展的影响》，姚小平译，商务印书馆2010年版，第35页。

事是语言作用内在的和建构性的叙事，这样的叙事与诗人内心的情感张力密切关联，读者从"木匠"的情感共鸣读出人类共通的命运与真相。

诗中叙事，离不开叙事事件的建构，叙事的事件发展与变化，助推着诗歌意义的生发。经过叙事的事件，读者可以从诗歌文本的表层结构深入到深层结构中去。叙事的事件，往往以充满拟人味道的意象群来构成，她写道："法国式的白色旅馆多么安静／我等着风运来星辰／运来酒和月光／而星辰寂寥，朔月不现／整夜整夜，我拥有十万座山峰上秋虫的吟唱／我把窗子打开／等着那些歌声带来我的故乡／等着我所深沉爱着的／来到我的屋子安睡"（《多么静的夜晚我在此》）。"白色旅馆""风""秋虫""山峰"等意象组构起整个"自然界的土地"意象体系，建构成了一个拟人味的叙事事件。这个拟人味的事件，揭示出个体与世界关系的纽带是故乡，"我曾是故乡"（《树木的光》），只因为远离了土地，"我"作为故乡的一部分，在"我"的价值与"故乡"的价值融解的时刻，"即时间、空间、生命、身份、欲望与叙事的融解"，① 诗人内心感应且眷恋着大地。

诗中叙事具有客观价值和主体价值（精神）两方面。现代生活处于客体与主体价值背离的二元对立中，现实生存环境被"金属"包围着，繁荣的地域上有天然气息的散发，天然美的丧失，给人性带来极大的压抑，精神处于"黑夜"般的迷茫中。陆辉艳没有佯装图解和调侃当下，而是以一种深情的叙事介入当下，"我爱你所爱过的人，爱你爱过的土地／爱你头顶的天空和白云——／我有一头鲸的安宁，与热情"（《热爱》）。她以叙事的外壳，以热爱的内心情感来抗拒现实存在的境遇，并指向被现实生活遮蔽的精神状态与心

---

① ［英］安德鲁·本尼特、尼古拉·罗伊尔：《关键词：文学、批评与理论导论》，汪正龙、李永新译，广西师范大学出版社2007年版，第57页。

灵秘密,"对观者来说,假如精神是有意识的,这种跳越仍不失为荒诞的。精神要是以为清除了这种反常现象,倒把它全然恢复了。以此理由,精神是楚楚可人的;以此名义,一切重归原位,荒诞世界在其光辉和多样中再生了"。① 面对主体精神存在的荒诞,陆辉艳想去唤醒与建构某种被遗失的精神部落,她在《十月随想》中写道:"我注意到我的手脚和眼睛,也总是习惯/忽略了他物,露在空气中。它们喜欢这样/也是我喜欢的:自由地,旁若无人地,忘我地。"她寻求充满了"忘我"自由的"个体"精神秘密。

人与世界的关系被规训到一个合适的前提之下,身份、时间、欲望与叙事的融解是个开始。陆辉艳关注个体与世界的关联,她意识到地域文化之上,个体存在背后的神秘和虚无渗入到价值判断中,想从神秘与虚无繁茂的暗夜中看到亮光,让读者认识到重新建构"个体"的要义,恰恰是她诗歌所关注的。

陆辉艳的诗歌根植于南方文化,在反思与探寻诗意地域文化的过程中,有意识地避免了诗歌语言无序的虚无化倾向,不去刻意雕琢与追求诗艺的炫耀,时刻闪耀出令人安慰的温情感。同时,她体察到现代地域文化交融过程中,现代人内心的不安、焦虑、压抑、个体价值的漂移等情绪,但她试图通过唤醒被人们所遗忘的那块诗意"地域",以此来建构一种个体与自然、个体与世界、个体与土地相互交融的完美存在状态,为失去诗意的内心建构起一块温情的栖居之地、灵魂之所。因而,陆辉艳积极参与到中国当代新诗的诗写现场,面对当下解构、反讽、狂欢式诗写特征,她重返语言的内在和建构性作用,并经过象征语言、诗性叙事的表现,建构了一个充满叙事,又笼罩着欢愉的、友爱的诗艺王国。读者在这个王国中,感受到了平和、静谧、安慰、信念等情感认同,也体味到了她的真实、温情、理想和担当。

---

① [法]阿尔贝·加缪:《西西弗神话》,沈志明译,上海译文出版社2010年版,第61页。

第十四章

覃才：知性省思与壮族书写

少数民族诗人覃才是21世纪以来广西诗坛的代表性青年诗人之一，他既创作诗歌，又兼事诗歌批评。自2013年以来，覃才先后有300余首（篇）诗歌作品与批评文章发表于《中国诗歌》《诗刊》《扬子江诗刊》《民族文学》《中央民族大学学报》《南方文坛》《江苏科技大学学报》等刊物，入选《中国诗歌排行榜》《中国新诗排行榜》《中国诗歌精选》等选本；并且曾参加2014年《中国诗歌》"新发现"诗歌夏令营、2018年《星星》诗刊"大学生诗歌夏令营"，壮族题材的长诗集《花山壮人》入选中国作协2017年少数民族重点作品扶持项目。另外，作为一个从"相思湖诗群"中成长起来的诗人，覃才注重对"相思湖诗群"语言本体与哲理性思考等书写理念的个体性把握与运用，"从一开始的自我思考转入关注城乡文明交织的现状，呈现出更多的孤独意识、悲悯情怀"。① 综合而论，城市省思、孤独意蕴及民族身份书写是壮族青年诗人覃才三个重要的创作理念和维度。在这三个诗歌创作维度内，少数民族诗人覃才以其敏感的城市省思，孤独的诗歌意蕴及强烈的壮族意识展现

---

① 董迎春、粟世贝：《语言本体与内部生长——"相思湖诗群"2009年以来创作综论》，《广西民族大学学报》2015年第4期。

了 21 世纪以来广西诗歌青年诗人时代书写的新特征与可能。

第一节 城市省思

城市给个体的人带来了孤独、挫折、病痛、死亡、饥饿、贫穷等肉体与心灵的体验，可以说城市的这些身心影响已成为了现代人生命体验的一种常态。诗人作为个体存在于城市中，其身心无时无刻不遭受城市与现实生活带来的巨大影响，这种影响让"城市"成为诗人身体与诗歌的中心。在工业化、城市化的时代，荷尔德林在诗歌《面包与葡萄酒》中写道："我不道，也不知在贫瘠的时代诗人的使命"。[①] 荷尔德林这种个体与时代之间的疑惑与茫然指出了城市化过程中人的存在与意义问题。物质丰富但精神贫瘠的城市给人带来了挥之不去的欲望与折磨，让个体经受世界的孤独与虚无，以致靠近死亡或"向死而生"。因而，对一个诗人来说，写诗是其诗意地栖居于城市的方式，是其解读虚无、解读命运、解读生死的方式。诗人的这种诗歌创作与解读，是一种诗人与诗歌的当代"作为"与功用。可以说，诗人这种诗歌创作与解读属于个体，也属于众生。诗人在城市彻夜不灭的灯光里，在城市色彩斑斓的物质及欲望世界里，看见了作为常人不曾看见的人与存在的幽深、静谧与诗意栖居可能。作为一个生活于现代城市当中的青年人与诗人，对城市的省思与对城市孤独、虚无本质的表现是壮族诗人覃才诗歌创作的一个重要方向。覃才在关于城市与个体、城市与世界、城市与虚无及存在的思考与观照当中，表现了他对个体身份的确认与对世界和存在的理解与省思。

对一个诗人来说，诗歌写作始于心和眼睛。诗人用眼睛观照芸

---

① [德] 荷尔德林：《荷尔德林诗新编》，顾正祥译，商务印书馆 2012 年版，第 109 页。

芸芸众生与世间万象，在这种对芸芸众生与世间万象的观照与省思当中，诗人也反观自己。诗人对客观世界的关注就是对个体命运的关注，诗人用个体的"身体之眼"与"诗歌之眼"穿透现实、事物、现象的重重面纱以探寻生命与世界的本质，并试图从中寻找永恒意义上的诗意栖居可能。壮族诗人覃才以"身体的眼睛"与"诗歌的眼睛"相统一的形式关注城市文明给个体带来的伤痛与苦难，关注那些被隐藏在城市黑夜里的巨大孤独与精神"疾病"，正是这些现代文明所带来的身心"伤痕"形成覃才诗歌当中反思城市与个体的哲理、反讽"刺点"（罗兰·巴特语），并刺痛每一具孤独的灵魂。在《我们所要赶往的城市里》中覃才写道："我们所要赶往的城市里/无数的公路、街道/填满坚硬的沙石/也排列着脆弱的人群/繁杂的表象与内在/却没有一个充实的答案"。① 可以感觉到，在覃才"所要赶往的城市里"热闹和繁杂的表象背后是更为空旷的孤独，这孤独属于诗人也属于人群。覃才想要穿过这热闹的表象，为这份孤独寻找一个真实的答案，为这现代文明给我们带来的疼痛探寻一剂良药。其诗歌创作无疑是对城市割裂我们的伤痛的最深情的凝望。

诗人米沃什说："诗歌行为随着诗人的意识所包含的背景现实之深浅而改变。在我们这个世纪，那个背景在我看来是与那些被我们称为文明或文化的事物之脆弱性相关的。"② 对一个现代诗人来说，年复一年地生活于城市当中，城市的文化、物质、欲望及人情冷暖就是诗人诗歌创作的背景与表现领域。覃才作为一个城市生活者，或强或弱的城市文明、文化及经验已融入他的诗歌写作当中，成为他的诗歌当中城市省思的诗性画面，以呈现出他对人的存在与

---

① 覃才：《感受力》（组诗），《中国诗歌》2014年第11期。
② ［波兰］切斯瓦夫·米沃什：《诗的见证》，黄灿然译，广西师范大学出版社2014年版，第133页。

生命意义的理解。在覃才关于城市省思的诗歌里,他关注父亲的腿疾、漂泊在外的异乡人、露宿街头的流浪者、远游的朋友以及在城市里艰难生活的人群。通过记录这些平凡小人物在飞速发展的城市中所承受的苦难,覃才试图用诗的语言解构现代文明对人类精神世界带来的冲击,揭示现代人精神世界的孤独感、失落感。他在诗歌中呈现的普通生命个体的命运实际上折射的是全人类的共同命运,而通过对单独个体的命运观照,探寻生命的本质意义也形成了覃才诗歌的重要内核。

　　深夜的悲伤和快乐很容易/一阵小孩的哭声,一声邻居的大叫/或一场家庭聚会/每天如此重复上演和重复消失/在这些瞬间的时间里/我们满足或烦恼,我们悲伤或快乐/我们一直认真地活着(《在城市里认真的活着》)①

无论是"小孩"或是"邻居"都是独立的生命个体,他们均承受着生活给他们带来的一切,包括悲伤也包括快乐。在悲伤和快乐里,他们烦恼或快乐,这样的生命体验每天都在重复上演和重复消失。诗人也正是在这种重复上演的生命体验里感受到生命的意义,故而指出,无论生活给予我们什么,我们都应该选择一直认真地活着。"一直"在这里属于时间概念,在某种意义上其具有"永恒性",而诗人又写道"在城市里认真的活着,""城市"是人口密集地,城市在给现代人带来生活便利的同时也给个体带来孤独、失落、沮丧、压力,这些使个体的人陷入精神危机。"一直"作为时间的代名词,"城市"作为空间的代名词,覃才把时间和空间融合在一起,建构一个属于"生命"的时空。在这个时空里,生命是坚强的也是有尊严的。如果说,"活着"只是单纯的生命延续,那么

---

① 覃才:《在城市里认真的活着》(组诗),《广西电业》2017年第3期。

"认真的活着"就是对生命的负责。诗人也正是由书写个体的生命体验领悟到,命运的苦难和疼痛使寂寥的生命在时间的长河里更为闪耀。

显然,对个体内部的疼痛感知实则就是对生命意义的沉思。覃才通过个体的生命体验,尝试挖掘出深藏于个体内部的记忆,以企图抵达生命的内核。

> 天快亮了/一些动物们陆续叫喊着/空气里的现实被二环路的菜农/从夜里一直搬出来,夜的市场/他们与蔬菜都在等待/靠近空中的灯光与黎明/没有车辆的公路上长满蔬菜,摊位/我偶然地走过他们/在分化的路上/我和这个最后的夜晚/都等着被批发/然后被清扫,消隐《空气里的现实》①

就这一首诗而言,整体上它的节奏平缓,语言平实,所用的意象也十分平淡,但诗人正是通过这样的轻描淡写反衬出城市生活在无形中给个体的人带来的疼痛与艰辛。在诗的前半部分,诗人用城市中黎明时分动物的本能性"叫喊"与二环路上菜农拼命批发自种蔬菜的"艰辛"两种不同的"忙碌"进行对比,表现了同时生活于城市当中,人与动物完全不同的存在状态。而在诗的后半部分中,诗人指出:在城市当中,他本人与菜农都具有"都等着被批发/然后被清扫,消隐"的命运,这刺痛生命本身的疼痛与艰辛构成了这首诗对城市生活与生存的本质理解。总的来看,这首诗中,诗人的情感是真挚的、赤诚的,诗人对被城市"批发与清扫"的生命个体的存在与命运饱含深情。对人存在于城市的这种艰辛与不易,诗人的理解与表达是冷静与缄默的,他选择用理性、省思的笔调书写这深藏于个体内部的"城市痛感"。在诗中覃才刻意淡化了自己的情

---

① 覃才:《空气里的现实》(外一首),《飞天》2014年第5期。

感,使整首诗的语言内敛、含蓄。但恰是这看似内敛而含蓄的描写,实则充满痛感。

覃才在诗作《灰喜鹊在北京》中写道:"北京住着灰喜鹊/北京漂着灰喜鹊/北京的灰喜鹊/来自祖国的北方,祖国的南方/和祖国的东方与西方/……北京的灰喜鹊生活于北京/单身或一户三口/它们帝都,它们密集,众多/如此重复"。①

在这首诗中,"灰喜鹊"这个意象贯穿全诗,灰喜鹊本应该是闲适地、自由地栖息于山林之间。但在此诗中,围绕这只"灰喜鹊"的是购物、地铁、城区、帝都等代表现代文化的符号。故而,这只"灰喜鹊"是与众不同的,它住在或漂在北京城里,是北京城居民的象征,它们和所有的北京居民一样过着现代人的生活,但是它们并不属于北京这座灯火通明的城市。它们来自祖国的东南西北,它们聚集在这里,渴望在这座陌生的城市里寻找到一棵属于自己的"树"。诗意地享受生活,享受生命,是所有个体的人都向往的最为美好的生命理想,但是个体在生命历程中总是承受着来自外界的压力,而这压力让人们陷入精神危机,使人们抑郁、悲伤、沮丧、失望。大自然的灰喜鹊是自由的,但北京的灰喜鹊不自由,这自由的灰喜鹊和不自由的"灰喜鹊"之间隔着万般惆怅。同这些漂泊着的北京的"灰喜鹊"一样,个体的人承受着背井离乡、孤独的疼痛体验。他们满怀希望地来到城市里,在这象征着高度文明的地方苦苦挣扎,但城市给予他们的却是冰冷的回应。

现代工业文明给个体的人带来了身体和精神上的双重伤害,随着社会的不断发展,城市化的进一步加深,越来越多的人离开故土来到城市生活,他们在城市里居住、工作,可以说城市是他们身体的收容所,却不能成为他们心灵的最终归宿。一直以来,城市与个体的人在心灵上都有着隔阂,而这份心灵上的隔阂无疑让他们产生

---

① 覃才:《覃才的诗》,《红豆》2015年第5期。

精神上的挫败感、孤独感，尤其是城市的车水马龙与灯火通明更加映衬出个体的人被笼罩在巨大的孤独当中。对一个生活于城市的诗人来说，如荷尔德林所说的："虽说忙碌不堪，却能诗意地/栖居在这大地上"。① 壮族诗人覃才抓住城市生活给个体的人带来的疼痛体验，试图通过诗歌抚慰城市文明带给人们的创伤，以探寻生命疼痛的内在本质。他的诗歌是精神家园里最深情的吟唱，是这城市里最赤诚的独白与省思。

第二节　孤独的意蕴与生命底色

诗是一种孤独的艺术。作为一个 21 世纪诗人，写诗就"意味着要接受各种悲观主义、讽刺、苦涩、怀疑的训练"。② 可以说，诗人的写作，就是在个体的孤独当中，遇见与找到群体与世界的孤独、悲伤、苦涩、艰难。和世界上所有的人一样，诗人生活于客观现实世界，但诗人之所以成为诗人，就是在于他能够找到现实世界的孤独本质与孤独的悲伤、苦涩、艰难等意蕴，并把他所感受到的现实世界的孤独本质与意蕴以诗的形式加以诗性表达，并融入诗人个体对世界的理解和思考当中。

对一个个体的人来说，孤独是生命的底色，孤独让人看见死亡和真相，体验疼痛和悲伤。孤独是隐藏于生命时辰里最不可捉摸的虚无秘密。在覃才的诗歌中，孤独是黑夜的独饮、人间的七月、天上的星，是晚间的真相、清冷的街巷、三月多雾的时辰。诗人在山川、河流、黑夜、城市、时辰以及自我的独白里感知到了孤独，并

---

① ［德］荷尔德林：《荷尔德林诗新编》，顾正祥译，商务印书馆 2012 年版，第 223 页。
② ［波兰］切斯瓦夫·米沃什：《诗的见证》，黄灿然译，广西师范大学出版社 2013 年版，第 19 页。

把这份孤独用诗歌的语言呈现出来。而实际上,这份孤独体验来自于生命的最里层,是生命意义上的孤独。覃才的诗歌沉静、内敛、平淡自然却又深情绵邈,仿佛夜晚的独白,是触动心灵深处的忧思,是触及生命孤独存在的玄思。他通过书写人群的孤独、自身的孤独表达对生命意义的思考,他的诗歌是逝去时光的回音,是孤独生命的呐喊。无论是对城市文明的沉思抑或是对诞生自我的文明的回望,实则都透露出覃才对孤独生命本质意义上的思考。

  我时常找不到相近的异性,或是同性/时常不说话/时常深夜走在人民路上/看着热闹的大街,看着夜市慢慢安静/时常喝酒,独饮,夜观天象/……夜里,一个人是困难的/他需决定夜晚的睡眠与失眠/他需观察黑与白的天象事件/此工作,期限不明。(《自白》)①

自白是诗人自身孤独情感的独白,是诗人内心孤独情感的真实流露。在诗的一开始,诗人便连用四个"时常",时常找不到相同的人、时常不说话、时常在深夜独行、时常独饮暗示孤独,而这样的"时常"状态实际上就是孤独的状态。"时常"表现为时间的持久性、循环性,由此可知,诗中的"我"长时间处于孤独状态,也借此揭露出人的生命中大多数时间都是孤独的,个体的人长时间的处于孤独的状态。但"我"明白,孤独不是某个单独个体的,诗中的"我"继而猜测人群的全部,发现人群的全部是众人也是一人,而这所有的人的处境皆与"我"相同,都长久地面对黑夜、面对孤独。从而暗示孤独是每个生命个体的常态,即孤独是个体的孤独,也是众人的孤独。承受生命的孤独是困难的,是痛苦的,在诗中,"决定夜晚的睡眠与失眠"和"观察黑与白的天象事件"都是孤独

---

① 覃才:《隐喻》(外二首),《星星》2015年第1期。

的暗指。这生命的孤独让人痛苦、无奈但它却是永远的,是没有期限的,覃才用平静的诗歌语言表现了生命的孤独内蕴,体现他对孤独生命的思考。

在诗作《岁月开始回不去》中,覃才写道:"为什么,渐渐稳定的生活/我还是不喜欢/三十岁,人还没有变圆,世界也没有变圆/我的问题越来越多//除了长大和生活/三十岁,我开始关心亲情/和妈妈通电话时,我认真倾听/感受她的担心和思念/……三十岁,岁月开始回不去/我只会长大"。①

批评家沈天鸿写道:"没有'将来'的个体的人,对时间的关注就是对生命的关注,对生命的关注本质上也就是对时间的关注。"② 在这首诗中,三十岁作为生命的一个节点,对诗人有着十分重要的意义。三十岁于诗人而言,是彷徨、孤独的时刻,在三十岁,父母逐渐苍老,曾经的友人也慢慢失去联系,生活变得规律并趋于稳定,但是这样的三十岁是诗人不喜欢的。人们常说"三十而立",在如此重要的人生时刻,诗人的问题却越来越多,站在三十岁的十字路口诗人是孤独、无助的。他渴望改变这一切,想要挽回逝去的亲情、友情,他倾听母亲的心声,尝试结交新的朋友。在三十岁,诗人面对来自生活和内心的双重压力,他试图整理生活,重新出发。但是,许多东西在时间的长河里悄然发生了变化,曾经的岁月已然回不去了,无论诗人是否愿意,他都只能独自面对生活,面对疼痛,面对孤独。于是,在结尾处,诗人发出"我只会长大"的感慨,一个"只"字,道尽无数的心酸、无奈和悲伤,呈现出诗人孤独、失落的内心世界。

院子住满青蛙的声音/到处是田野、林子/这是夜晚的幻觉/

---

① 覃才:《在城市里认真的活着》(组诗),《广西电业》2017年第3期。
② 沈天鸿:《现代诗学:形式与技巧30讲》,昆仑出版社2005年版,第134页。

生育河流的土块/从山上一直流淌而下/这奔跑在水管里的小溪/穿过草地、枇杷树/消失于日常的进进出出/我抱着一半的我/离开庞大的人群/在这个自然与现代的院子里/种树与生长/院子长满孤寂的树/人也普遍如此。(《院子长满孤寂的树》)[①]

此诗中诗人用了大量的"青蛙""田野""林子""土块""小溪""草地""枇杷树"等自然意象，表现了诗人内心深处对自然的向往。对自然的向往实际上就是追求一种无拘无束、自由、放松的生活状态。在诗的前半部分中，孤独的诗人在夜晚来临，万物沉沉睡去，世界陷入寂静之时，悄悄地走近这夜所呈现的幻觉中。他在这个安静的夜晚聆听青蛙的声音，经过神秘的田野和林子，穿过小溪、草地、枇杷树，轻轻地走进自然里。这美丽的自然是夜晚的幻觉，更是诗人孤独内心的渴望，诗人渴望摆脱日常生活的烦恼和孤独，亲近自然，以此获得心灵上的宁静。而在后半部分，诗人的视角从自然事物中转回到自身，诗歌整体充满张力，表现出诗人对自我孤独的观照。"我抱着一半的我"，语言新奇、轻盈、惊艳。这里的"我"实际上就是诗人自身，而那"一半的我"是从诗人的身体中抽离出来的，是抛开了俗世烦恼的"自然的我"。这个"我"在诗人的引领下，离开人群，回到宁静的院子中种树和生长，但这满院子的树却是孤寂的，人也同这树一样是孤独的。

综上所述，个体的孤独来自于城市的空旷、坚硬与冰冷，来自于个体所具有的身份认同与想象。覃才对城市和人生孤独意蕴的感知与书写，不仅仅只是自身情感的独白，更是对生命意义形而上的思考。当人处于孤独的状态，这是人距离自己最近的时刻，在这一时刻，人脱离了生活的时空，而处在自己的时空里。因而往往容易对周围一切产生怀疑，也对自身的存在产生疑问，覃才通过诗歌解

---

① 覃才:《院子修着壮族的小山》(组诗),《民族文学》2015年第1期。

读这使人陷入孤独的缘由,倾听自己的声音,并由此思索自我存在的意义,思考生命的本质内涵。

第三节 民族书写身份的想象

民族是一个"想象的共同体",对现代人来说,它是一个"具有名称,在感知到的祖地上居住,拥有共同的神话、共享历史和与众不同的公共文化,所有成员拥有法律与习惯的人类共同体"①。这种民族的认同与意愿对一个诗人的影响是巨大的,并具体表现在诗人写作过程中对民族传统、文化、历史的情感怀念与追忆。覃才作为生活在广西壮族聚居地之内的壮族诗人,壮族的身份、文化、历史及土地对其诗歌创作有着重要的影响。在大量的诗歌创作中,覃才试图构建一个现代的壮族身份的书写,其获得中国作协2017年少数民族重点作品扶持项目的壮族题材长诗集《花山壮人》可以说明其本人对这一民族的追求与抱负。

生活在现代的城市当中,覃才通过个体、城市、民族三位一体的复合书写,表现了他本人对民族身份与壮族传统、文化、历史的沉思及忧虑。我们看到,在大量的诗歌作品中,覃才把壮族民间故事和民间人物隐藏于诗行,这些民族符号背后既是幻化的象征言说,也是他自身情感的表白。他在组诗《院子修着壮族的小山》中反复提及南方、壮族、壮话、刘三姐等具有民族性的话语,不仅仅表现了他对自身民族身份的认同,同时也表现出他对故土浓浓的深情。覃才在诗歌中对民族的书写既是对诞生自我的广西地域和壮族文化的回望,也是对自我身份的一次孤独探寻,书写民族身份实际

---

① [英]安东尼·史密斯:《民族主义:理论、意识形态、历史》,叶江译,上海人民出版社2011年版,第13页。

上就是诗人对自我身份的肯定，诗人渴望在民族文化里寻找到自身存在的意义，同时尝试在诗的世界里不断剖析自己的身份，以找到那个真实的、完整的自我。由此，我们与其说覃才的诗歌创作是一种乡愁意义上的书写，不如说他是在孤独的浅吟、沉默的独白中实现自我民族的回归。

覃才对故土、民族的书写是对民族文化的思考，也是生命意义上的关于自我的思考，他渴望在诗歌的世界里找到属于自己的精神故土，回归最本真的自我。在诗作《院子修着壮族的小山》中，覃才写道："院子修着壮族的小山/它对着水池/像对着壮族的那条大河流/从南方来，也去往南方/建筑院子的木头/也建着壮族的风雨桥/在厚重的混凝土与钢铁上/它们都是木头图腾/……院子里，我面临假山一次，河流一次/就面临一次壮族"。[①]

院子中的小山、水池以及建筑院子的木头本是平常事物，但在诗人的眼中它们却是民族文化的象征，有着独特的民族内蕴。壮族是一个热爱山水、热爱自然的民族，山水对他们而言有着特别的寓意。覃才正是通过挖掘这深藏于民族深处的文化记忆，传达他对自我文明的沉思。诗中诗人写道"都重生壮族和我"，"重生"意味着再一次获得新生，而"壮族"和"我"处于并列关系，可见山水于我如同山水于壮族一般，有着极其重要的意义。在后一小段里，这种并列关系一直延续，"我"同"壮族"一样，打鱼、种稻、唱山歌，表现了诗人对自身民族身份的认同和自信。接着，时空转换回来，回到"院子"里，"我"面对假山、河流一次，就如同再面对一次壮族，这是诗人对自我、对民族身份的追问和探索，同时也是对民族文化的沉思，诗人在一次次思索中，实现了对自身族群观照的可能。

覃才在诗作《水声潺潺》中写道："在夜里，院子里的人/时常

[①] 覃才：《院子修着壮族的小山》（组诗），《民族文学》2015年第1期。

说着刘三姐,时常说着壮话/……他们朴实劳作,守着房子/和从山上流下的小溪/这里水声潺潺/房屋漂流,壮话依水而居"。①

在这首诗中,诗人反复使用"刘三姐""壮话""桂柳方言"这些具有象征意义的民族符号,表现了诗人独特的民族情怀。这些生活于"院子里的人",实际上就是朴实的壮族人民,他们把刘三姐的故事口耳相传,他们说着壮话,夹杂着方言,这传统的民族文化正是在这一代又一代的传承下,得以保存下来。对于覃才而言,这些民族烙印也早已深深地渗透于他的血液当中,他的诗歌写作也正是对自己民族文化的继承和显现。在诗的后半部分,诗人细致地描绘了壮族人民生活劳动的场景,呈现了一幅动人的民族风情图。在诗的结尾处,诗人写道:"壮话依水而居",再次使用了"水"这个意象,壮族人民长期生活于有山有水的地方,他们对水有着深厚的情感。而且,"水"不但是万物之源它还具有奔流不息的特点,壮话则是壮族的语言,是壮族人民最为宝贵的精神财富。"这里水声潺潺/房屋漂流/壮话依水而居"实际上是诗人对本民族最深情的祝福。

> 三月是多雾的时辰/也是潮湿的日子/我们都潮湿/包括大地与人/三月回南天,我住在南方/潮湿与没有太阳/……三月多雾、潮湿、回南天/我们的眼睛普遍近视/找不到路和祖先②

"三月是潮湿的日子","三月"是一个时间概念,在三月,覃才所生活的南方土地正处回南天和临近清明,在这个三月一切都是潮湿的,包括诗人眼中的大地与人。潮湿的环境和没有太阳的日子令诗人感到压抑、恐惧和焦虑。在后一部分中,诗人写到天上掉下

---

① 覃才:《院子修着壮族的小山》(组诗),《民族文学》2015年第1期。
② 覃才:《三月是多雾的时辰》,《红豆》2014年第12期。

的"雪花"和"细雨",都毫无头绪,也再次表达了诗人心中的苦闷与不安。这样不安的情绪使诗人格外想念故乡,想念亲人。但是"三月离清明很远",远到许多人不曾返乡,不曾遇到祖先。现实中,"三月"是离"清明节"最近的月份,然而在覃才的笔下,"三月"却离"清明"很远,这里所谓的"远"更多的指心理上的距离。因为在城市居住太久,许多人已经忘记了自己最初生活的地方,忘记了故土,忘记了祖先。覃才在诗中多次使用"祖先"意象,在这里,"祖先"更多象征着文明的起源,象征着民族的源头。对祖先的怀念实际上就是对自我文明的追寻,也是对自我身份的探索。诗的最后一句,"三月多雾、潮湿、回南天/我们的眼睛普遍近视/找不到路和祖先"用了反讽,"找不到路和祖先"与"三月的气候"实在并没有太多关系,找不到路和祖先的原因也并不是因为我们的眼睛普遍近视,而是因为真正"近视"的是我们的"内心"。

壮族诗人覃才的诗歌创作既是对逝去光阴的留恋,同时也是对本民族文化的探索。民族身份和民族文化在无形中成了覃才诗歌创作的精神支柱,成为诗人神性书写的内在动力。覃才在诗歌中一遍又一遍地走向自己的民族,走向自己的祖先,在这虔诚的回归路上,他寻找缺失了的神性,寻找消失已久的故土记忆。最终,覃才终于完成了他与诗歌的交汇。民族身份对民族诗人而言具有十分重要的意义,诗人在对民族身份的探寻中反复认识自己,正如哲学意义上的"我是谁?""我从哪里来?"一般,诗人认识自己的最重要的方式就是认识自己的民族,了解自己的民族。从自身的民族里寻找到自己的精神源泉,而这份来自民族的精神支撑拥有巨大的力量,能够使诗人在诗歌创作中获得源源不断的灵感。也能够使诗人通过诗歌寻找到深藏于民族深处的根性,挖掘出更深层次的民族内涵。

广西少数民族诗人覃才,对壮文化有着天然的族别认同和文化担当，在对城市的省思、生命孤独意蕴及民族的认同与体认中表现了诗歌作为一种语言艺术的哲理和诗性的统一。作为一个青年诗人，他以壮族情感、孤独体验和诗学探索，展现了21世纪以来广西诗歌创作的民族性、哲理性和现代性并置的诗学特征。相信在他本人既进行诗歌创作，又兼诗批评的写作实践中，覃才能够为广西诗歌带来新的可能。

第十五章

谭延桐:"神性写作"及其话语启示

工作和生活于广西的非广西籍诗人谭延桐、李心释、董迎春等"移民诗人",他们的诗歌创作是21世纪以来广西诗歌发展的重要现象。他们凭借自身从事高校文学教学的学院优势或是由于在来广西之前就具备了一定的文学写作实力和文学影响力,到广西之后,自觉地进行不同维度的诗歌创作与实践,丰富与深化了21世纪广西诗歌的时代发展。所以,探讨以他们为代表的非广西籍"移民诗人"的诗歌创作,将有助于整体地理解21世纪以来的广西诗歌创作的整体态势和互动景观,深化对21世纪以来广西诗歌的动态认知和创作观察。

谭延桐被誉为"写意散文的先驱",凭借这种写意散文的书写经验,其本人追求超验性的诗歌写作。谭延桐在其诗歌创作当中通过身体的感知转向超现实、超验的审美体验,打破物/我、身体/灵魂等二元对立的边界,诉求直觉、灵感,不断书写物我两忘、天人合一的心灵史诗,整体上表现出与以海子、昌耀等诗人为代表的神性写作相同的书写特征。可以说在21世纪的广西诗歌中,"移民诗人"谭延桐强调超验、灵性的神性写作为广西诗歌增添了世界性与民族性相统一的物/我、身体/灵魂相统一的精神品质与魅力。我们看到,"移民诗人"谭延桐凭借个人的诗歌写作影响力,将广西诗歌推至当代诗歌重要位置的诗人之一。

由于谭延桐具有神性写作特征的诗作主要集中于 20 世纪末出版的诗集《夏天的剖面图》(作家出版社 1997 年版)及 21 世纪陆续创作与发表的一系列超验性诗歌当中。故本章主要以其诗集《夏天的剖面图》中的文本为对象,重点考察他的神性写作及其本人艺术指向、精神意义对 21 世纪广西诗歌的影响。

第一节 神性写作的起源

2003 年 8 月,"首届中国当下神性写作者作品展"于各大中文论坛举行。参展作品七个,参展作者分别为马永波(《炼金术士》)、乌瓦(《小行板》)、亚伯拉罕·蝼冢(《九拍》)、钢克(《羔羊经》)、刘泽球(《赌局》)、梦亦非(《空:时间与神》)、芦花(《自戕》)。展览附录为蝼冢诗学长文《神性写作》(2002 年),该篇在网络上征用和引用最多的一段话基本指出神性写作的精神气质与宗教关怀。

2004 年 7 月,"第 2 届中国当下神性写作者作品展"于各大中文论坛举行。作品七个,作者为芦花(芦哲峰)《黎明》、史幼波《月之书》、亚伯拉罕·蝼冢《铜座》、钢克《鬼把戏》、苏菲舒《西南方的地窖》、梦亦非《苍凉归途》、龙俊《癔》。

2005 年冬天,由白鸦、陈肖等在诗歌报网站首先发起关于"神性写作"的讨论,就神性写作诗歌的定位、诗歌的当下性、为诗歌语言松绑、诗歌深层识别系统、诗歌的道德底牌、诗歌的气场等话题进行商榷。随后白鸦在网上发表《神性写作诗歌研究——兼与蝼冢、梦亦非、陈肖诸兄商榷》(曾在《诗歌报月刊》连载刊出),

陈肖发表《从"神性写作"说起》、蝼冢发表《就〈神性写作诗歌研究〉回复白鸦》、白鸦发表《白鸦就〈神性写作诗歌研究〉对蝼冢的回复》，从各自的观点出发，进行了深入、广泛的探讨。紧接着菩提萨埵、徐飞飞、S城写作、施玮、花语、东鲁散人、杜牧羊、陈言、北溟、暮颜等数十名诗人参与到讨论中。讨论持续了3个多月，波及诗生活新诗论坛等多家论坛，由此"神性写作"引起了中国汉语诗坛的广泛关注。

2006年5月，中国神性写作者同盟成立。9—10月，"第3届中国当下神性写作者作品展"举行；参展作品七个，海上《巢梦》、修罕·陈肖《水域》、湖北乌云《彷徨八部》、霄无《地狱之旅》、镭言《瑜伽》、徐慢《蜉蝣》、修罕·陈肖《哀歌》。11月1日，中国神性写作者同盟官方论坛——藏象网建成。论坛和档案馆开放。①

以上参考了网络所提供的神性写作资料，这里面神性写作的作品的整体性、精神性、宗教性、文学性的追求与其理念是否相符，这还有待于进一步考察。事实上，神性写作的发生、精神、传统、整体性、统一性、哲学、宗教的追求还可以推至80年代的整体主义、现代史诗、大诗写作等诗群代表与诗人作品。正如网络神性写作的文字资料所写："综观第三代的写作，我们可以看到，杨炼、海子、骆一禾、欧阳江河、廖亦武，以及整体主义，构成了神性写作最直接的资源和前期经验。海子、骆一禾激发了神性诗学的各种问题，把意识形态，生命，死亡，本体，本文，处境，写作的意义，不写的意义都激发了出来。直接遗产就是'神性写作'的诞生。探讨神性写作思想史的写作就是'神性诗学'。"② 神性写作，在第三代诗人作品里，有了很好的传承与发展，他们在90年代不断

---

① 神性写作的发展由来、现状等内容，参见"神性写作"百度词条：http://baike.baidu.com/view/806578.htm。

② 参见"神性写作"百度词条：http://baike.baidu.com/view/806578.htm。

创造了具有艺术性、思想性、哲理性、宗教性的作品，与同期主流的、中心化的、秩序化的、单一的、再现的、叙事的诗歌话语相差异，有效地增补日常写作、口语写作的诗歌所缺失、忽略的诗体探索、诗意追求，丰富了90年代以来诗歌的写作类型，提升了当代诗歌书写的诗体意识与精神价值。

2007年，亚伯拉罕·蝼冢耗费"五六年的空余时间"完成并出版了《神性写作——关于该写作原理与方法论的研究》，进一步深入了"神性写作"这一概念，但此时书中形成的观点也与先前发生了某些变化，他写道："写作本文时，很多观念已经发生变化，但是，那时的一些想法可以和现在对比；也无所谓对错，只是思考的范围和深度可能发生变化。比方，我说诗人死了。这显然和全文不统一的论调，也是间接地承接了一些思潮，而没有从自己定义的神性写作是绝对宇宙精神的再呈示这一基本论点出发，它暗含了一个绝对的命题，诗意是永恒的。"①

由此可见，神性写作的主要观点："诗意的本质是一种宇宙真理，诗的理想就是最大程度和范围内表现这种真理的存在。无论是诗的架构还是诗的内容，形式是宇宙规律的再现，内容是哲学和宗教统一于最高的诗艺——绝对宇宙精神，绝对宇宙真理。因此，诗意也是永恒的。"② 他们强调诗歌、哲学、宗教三位一体的创作意识。

在荷尔德林看来，"神性的在自己本身中相区别的一，这奋进的理性的美的理想照耀着，理性的要求就不是盲目的，知道为何，它的用向。"③ "只有惟一的美存在；而人性和自然将统一于惟一的

---

① 亚伯拉罕·蝼冢：《神性写作——关于该写作原理与方法论的研究》，汉语资料馆2007年版，第4页。
② 参见"神性写作"百度词条：http://baike.baidu.com/view/806578.htm。
③ [德] 荷尔德林：《荷尔德林文集》，戴晖译，商务印书馆2003年版，第79页。

包容万有的神性。"① 伏尔泰在《无知的哲学家》里写道:"整个自然界,一切的行星,都服从永恒的法则,而竟有身长不过五尺的微小动物,胆敢蔑视这些法则,为所欲为,我行我素,这是何等奇怪。殊不知这身长不过五尺的动物能在其思想中包罗万象,因而他的尊严是不得以他的身材之大小来表达的,这只是俗人的计量而已。人类不离有其身体,亦只生存一颗行星上面,然而在他的思想中,日月星辰仅供其玩弄就是了。以寿命计,他是有限之物,而以能力计,他是像神灵那样无限的。"② 即便倡导以民间写作为主的诗人杨克也同样认为:"诗歌精神哺育我们活到今日;虽说这个活法很辛劳,但它让我们独特地寻找智力的空间。诗歌创作是绝对个人的,是具有宗教般信仰的;尽管许多以当诗人为荣的人冲淡了诗歌精神,但是,真正的诗者总是潜伏在智慧的源头。"③ 显然,人类的精神世界离不开宗教,这是精神世界发展的制高点、终极旨向,宗教意识显然成为一部分伟大艺术所共同追求的精神境界,而诗歌的写作,显然也与此有着较大关联,甚至因为文体的特征,诗与宗教,成为一体的精神追求。

前面梳理了神性写作的发展历史、提出概念的时间、不同时期的主要作品、前后阶段的一些差异性的观念等相关问题。如前所言,神性写作作为一种精神、传统、艺术性、宗教性的诗写追求,它在90年代的"民间"自然生长,但神性写作形成的精神合力与诗体意识却成为一股不可小看的诗潮,它虽在民间各自为政,不同的诗人进行各自探索,但相似的精神、艺术理念却让他们作品形成了某种相似的精神气质、哲学高度。张清华《"鄙俗时代"与"神

---

① [德]荷尔德林:《荷尔德林文集》,戴晖译,商务印书馆2003年版,第86页。
② [英]康蒲·斯密:《康德纯粹理性批判解义》,韦卓民译,华中师范大学出版社2000年版,第13页。
③ 杨克:《90年代实力诗人诗选》,漓江出版社1999年版,第171页。

性写作"》①、枕戈《"80后"之"神性写作"与"口语写作"》②、荆亚平《神性写作：意义及其困境》③ 等对神性写作均有所涉及与评论。

在陈先发、杨键、谭延桐、李青松、海啸、鲁西西、杜涯、赵红尘、魏克、王黎明、姚辉、史幼波、发星、耿翔、江雪、道辉、王锋、徐柏坚、单永珍、杨建虎、王琪、阳子、南子、维色、讴阳北方等一批诗人的文本中，我们不难体认"神性写作"或"宗教化写作"倾向作为一种美学趣味的客观性存在。④ 张颐武认为，"神性写作"或"宗教化写作"是从诗歌精神向度上对"书面语写作"的一次重新"命名"。持"神性写作"或"宗教化写作"倾向的诗人通常追求词语的圣洁色彩和崇高意味，注重内心某种具宗教感或神性的情感体验，对生命和事物的世俗性价值持内在否定态度。这批具有"神性写作"或"宗教化写作"倾向的诗人在诗歌美学的意义上归属于浪漫主义诗人的范畴，他们的诗篇往往以其超现实的境界、以崇高性质的情感力量打动读者。

第二节　以谭延桐为个案

本章重点不在梳理神性写作诗潮的发生、发展史，而是以90年代神性写作的理念与特征为背景，重点考察"移民诗人"谭延桐神性写作的价值及对21世纪广西诗歌发展的意义。"谭延桐的诗歌属于那种真正的'实力型'创作，总是在不显山不露水的自然状态

---

① 张清华：《"鄙俗时代"与"神性写作"》，《当代作家评论》2012年第2期。
② 枕戈：《"80后"之"神性写作"与"口语写作"》，《中国诗歌研究动态》，学苑出版社2006年版。
③ 荆亚平：《神性写作：意义及困境》，《文艺研究》2005年第10期。
④ 张颐武：《中国改革开放文化三十年发展史》，上海大学出版社2008年版，第215页。

中，让人感受到'冰山'的分量，领略到诗美的独特意义之所在。进入宗教意义上的写作，并非人人可及，而谭延桐做到了。他的诗歌文本表现出了一种卓越的精神品质、文化品格和语言魅力。"①

在20世纪末出版的诗集《夏天的剖面图》（作家出版社1997年版）当中，谭延桐的诗歌多次出现了蒙难、祈祷、上帝、羔羊、魔鬼、蛇、天堂、晚祷、戒律、地狱、福音、灵魂、天使、圣洁、撒旦、祷告、牧羊人、尸体、哭泣、哀悼、天国、恩典、鸽子、死亡、基督、神祇……这类具有基督教神学色彩的语汇，组成了一幅耶稣基督的受难图，这些词汇无不与他身体的蒙难与献祭有关。这些意象是身体的另一种超验主义的、精神性的描述。"在当代诗坛，谭延桐先生的诗独树一帜。读谭延桐先生的诗，会让我们明了为什么诗被称为文学的皇冠，为什么诗是一种超凡脱俗的语言晶体。"②因而，考察谭延桐的诗歌，我们有趣地发现，他的整个艺术立场虽然仍旧是超验主义的写作，身体是他书写关注的精神基础，也是诗歌表达的重要内容，更主要的是经过他的想象、幻想、直觉、灵感式的启悟把身体/精神的边界打破，不断赋予自然生灵以生命、灵性，形成彼此对话的关系，神性写作变成一种自我的触摸与沟通，身体/灵魂、社会/自然、现实/精神，这些对立的范畴经过身体，最终抵达诗人的诗心和超验性的生命感知，通过身体感应有效地达到精神契合。谭延桐在谈自己的写意散文时说，实现散文的双重超越：题旨的超越，离不开与人性、智性、神性的凝视；艺术的超越，离不开天性、诗性、乐性的沟通。③ 他的写意散文无疑与他的诗歌文本形成互文关系，诗、散文、哲学、宗教、思想、文化在他的文字中有效地关联、沟通、感应、契合在一起。因之有论者认

---

① 十品：《精神弥撒》，《广西文学》2002年第9期。
② 冰虹：《超凡脱俗的晶体》，《文艺报》2002年9月14日。
③ 谭延桐：《笔尖上的河》，中国文联出版社2000年版，第238页。

为,"谭延桐的诗歌具有自明的空间、独特的美学意义和超越性,是中国当代诗歌中最优秀、最完美的诗歌文本之一"。①

2001年12月,笔者有幸认识了谭延桐,并多次听他谈诗论道,他把自己的诗歌称为超验主义诗歌,他在诗的语言与生命的终极体验中,实现了诗与哲学的关联,这些诗歌布满了某种富有力量的神性"声音",布满来自神学的智慧、虔诚,这点又与艺术有效融合、辉映一起,显然,这种神学背景下的艺术写作充满了灵性、神性。他写道:"我的胸膛里住一颗理想主义者的心脏,我的血液里藏着一颗神秘主义者的灵魂;一些幻想的鸟儿飞来飞去寻找它的宿地,一些秘密的花儿开开合合收藏着它的芬芳。"② "我总沉浸在一种对于神奇、对于神力、对于神品、对于神韵的幻想和依赖之中。"③ 他的这种幻想性、理想性的神性写作,让他在直觉与灵感的导引下走向神性、宗教性的体验与感知,从而让作品布满神性的色彩、光晕,显现出神性写作的纯粹性、可能性。

因而,本章以"移民诗人"谭延桐20世纪末出版的诗集《夏天的剖面图》(作家出版社1997年版)为例重点考察他的神性写作,把谭延桐的诗歌看成神性写作的重要精神个案,着重以他神性写作中所涉及的身体书写,重点考察身体背后的艺术指向、精神意义。重新阅读并再次感受他诗中的精神趣味与艺术情怀,特别指出这种书写与同时代的再现类的叙事类诗歌精神实质的差异性,独特的文化签名,承担与传承诗体意识、诗学传统的当代诗人的责任感与生命信心。

谭延桐在代表作《大瀑布》中写道:

---

① 孙基林:《山东诗人扫描》,《诗刊》1999年第11期。
② 谭延桐:《笔尖上的河》,中国文联出版社2000年版,第1页。
③ 同上书,第52页。

他们纷纷跳崖，不得不跳
最坚韧的思想一折两段，成为
河床向大海邀功的资本
和游客廉价的盛赞

我和所有游客一样
无力劝止，找不到一句安慰的语言
只是习惯地望着，望成
无聊的意趣和罪恶的坦然
这可怕的习惯啊，和绝壁何等相似
横在世界腹部，今天和明天之间
我看不清你的高矮
你摸不准我的深浅
一切，都在似是而非中翩跹

大瀑布，你的身影顷刻幻化成我的泪水
滔滔而下，砸起万千液体的火焰
我的心灼得焦痛

血冲撞着，冲撞成剑的图案
我要杀人！是的，我要
把像我一样麻木无能的身躯斩尽杀绝
让剑光照亮浑沌的天！

剑早已锈迹斑斑
我只有揣起我的意念，在绝望中
死去，涅槃，这死而复生的凡胎呵

在呐喊触及不到的地方，苟延残喘
愤怒，除了愤怒还有什么
毁灭了吧，在这最诡秘的夏天
让太阳鉴定——
哪是天使，哪是撒旦

谁在絮语？谁在喋喋不休
欺骗天真无邪的时间
这时候最不需要饶舌，这时候的一切声音
都只能酵化虚情假意和滑稽荒诞
平静些，平静些，再平静些吧
走近这义勇的血，看看
这些漂着白骨的寓言

这天空和大地的伤口
被史书涂抹成了人间彩练
捆绑着众人的脚步
走也难，不走也难……

"大瀑布"的客观指称，也俨然变成了对"我"的"身躯"的灵魂抚摸，诗人与身体进行深度的精神对话，诗歌描写的意境投射着诗人的主观感受、想象、直觉，甚至终极关怀意味的神性思考，它"跳崖"，"横在世界腹部"，"冲撞成剑的图案"，最终要"让剑光照亮浑沌的天"，区分"哪是天使，哪是撒旦"，"走近这义勇的血，看看/这些漂着白骨的寓言//这天空和大地的伤口/被史书涂抹成了人间彩练"，"这个寓言""伤口"获得了神启、灵性的光芒，"我看不清你的高矮/你摸不准我的深浅/一切，都在似是而非中翩跹//大瀑布，你的身影顷刻幻化成我的泪水/滔滔而下，砸起万千液体的火焰/我的心灼得焦痛"，诗人打破自然/精神的边界，在神性思考中反思、追问沉思的自我，最终又将自我交给神性的"大瀑布"，在内心对话中完成了纯美的情操练习，让身体的诸种想象、体验提升为诗歌神性的"光辉"，从而形成了诗歌、哲学、宗教合一的书写气场、哲学高度。

他曾在《和基督对话》中写道：

你说，要爱你的仇人
我没有仇人，基督
芸芸众生都是我的朋友，包括
那把砍伤我的大刀和那块砸伤我的石头
真的，他们都是我的朋友，基督

我终于想出一个仇人
就是那个很凶的家伙，基督
从一降生，他就跟我死命地打架
打得不可开交难分难离
还咬牙切齿地对我说，非得送你下地狱
听听，他简直就不是东西，基督

在地狱里，我想了你
想起了你说过的很多很多话，基督
他是我的仇人，我应该好好爱他
就像爱我的上帝。可我哪里还像个人

我差点儿把你打死，扳动那支无声手枪

那时母亲教我对付魔鬼的呵
我却瞄准了他苦难的头颅
基督,我差点儿恨了我的仇人
差点儿惹你发怒,基督

世界上有一种恨闪烁关爱的光辉
他是恨我非人呵,基督
下地狱才能炼成人,这是一种至理呵
他哪里是仇人,分明只有朋友才这般真情呵,基督

就把我囚在地狱里吧,我不再是糊涂的孩子
我懂得爱他、爱我的"仇人"了,基督
就像爱我永远的神祇

  《雅歌》里也有肉体,《传道书》里也有虚无,大卫王也有私情,诗歌不能因为干净而干净,诗人不是洁癖患者,神性写作者也一样。《和基督对话》一诗中布满了精神感应、宗教诉求,诗人在日常的生命体验中也遭遇了信念的摇摆、精神的迂回,而"基督"无疑成为一个他者,又变成精神的主体,不断地嵌入、容留于诗人的内心深处,在他的体内完成心灵的"炼狱",与神和解,获得了神的眷顾、恩典,诗歌变成了形而上学的内心体验的路径,在神学的精神性指引下,实现了诗歌、哲学、宗教的统一与融合,为生命提供种种思想可能。他继续写道:"笑了的是神,把秋天/和秋天的姊妹照亮了的/是病愈后的一瞬"(《一瞬》),"完完全全的存在,让我沉醉,心颤。/荡漾起来的不仅仅是空气,鼎沸的/不止是血液,涅槃的/又何止是日月和花瓣。/此刻,我驰骋在音乐丛生的原野上/忘却了语言。//一万只鸽子飞了起来/衔着带露珠的清晨和上

帝的诗篇；/一万副翅膀，擦亮了生锈的天。/……我痴痴地望着，品着/这些静态的天籁，凝固的瞬间/迷失，坠入诗的深渊。//赤橙黄绿青蓝紫，光的肌肉/每一种颜色里都掩埋着矿藏，隐居着能源。/它们足以唤醒每一棵树木/足以拯救每一片蓝天"（《呼吸着，溶化着》），"火，这神话的圣母/我凝视着你不朽的瞳孔/进入我的内心，进入/一种高矗的猎猎招展的生命/聆听着骨骼与血液/固体的歌声与液体的歌声//就在此刻降临了/灵魂的救恩，惊天动地的身影/便认识了山寨、磐石、高台和角/沐浴到神的慈爱与圣灵的感动"（《精神的影像：鹰》），"个性是从海水里捞出来的血/骨骼像永生的神鸟，或鸟的羽毛/追逐着神话的脚步，也伴随着/你生命的宗教"（《花的哲学》）。诗意的情怀、哲学的高度、神性的精神，让谭延桐建构起了自我的精神谱系，不断呈现神性写作的文本、精神力量，他在与上帝、神的对话当中，不断强化诗的宗教关怀意识；这里面的身体又始终统一在生命意识里，而且这个身体绝非仅是形而上学的身体，而是身体与灵魂交互相映的深度体验，最终为人生指向了另一条思考路径，呈现出丰富的、至高的生命意识。

他写道："干涸的河床像一柄利剑/插在湖泊的心脏上，湖泊死了/奔湖泊而去的人，和夏天一样绝望/他的身体像一块木炭，任时光焚着/不知道要焚到什么时候，不知道/能不能照亮天堂……没有人愿意为湖泊立碑/只有那个为湖泊活着的人，直想大哭一场/可是泪水早已献给了河流，那个/曾经和自己一起奔跑的生命/最后一滴泪，并没有能够挽留住他的歌唱"（《夏天的剖面图》），"一想到火焰，我就和明亮和温暖/融在了一起，我就找到了燃烧的内涵/彻底地熔化，我情愿/熔铸成一句千古的誓言/让天高起来，装得下所有的豪情/让地阔起来，到处是没有栅栏的肝胆"（《天上人间》），"想读出一切的，是风的手指和眼睛吗//雪溶尽的时候，正是风/返老还童的时候；风/不停地催促着自己：去煽动一场大火/让火焰烧死那些没用的树叶,让火光/译出快要绝世的文字"(《思想里的风》),"大海的舞台拒绝委琐的歌手/做海浪的听众最需要诚恳和朴实/它是博大的,自然的/念之诵之的是,最本质的心地/从这儿出发,心里满载着/蔚蓝的梦境和雪白的梦呓"(《溅到岸上的音符》),"天上的花朵是为月亮开放的/乌云却摘走了他们。地上的星辰/是为春天闪烁的,冬天/却劫持了他们。纷纷/去向不明,一次次的遥望/是一次次大写的祷告"(《花朵是地上的星辰》)。谭延桐的诗歌从风花雪月、植物草木、各种自然现象,不断地进行主观的心灵投射与情绪暗示,赋予万物以灵性、神性,从而强化了诗歌的诗性、哲理性,而其中的身体也成为感官媒介和沟通、契合主客体之间精神联系的纽带与艺术触媒。

谭延桐与同代许多诗人一样,在物质化年代里,也遭受到来自现实的心灵挤压,身体也呈现了现代性的焦虑、创伤与挣扎,然而,这种现实挤压便成诗歌发生的前提、动力,让他在日常与经验的时代语境中,不断深化、思索现代人的命运与精神重建的可能。而哲学高度、宗教意识,让谭延桐漂泊的身体有了精神的依靠。

他写道:"幻想像一个马达,装在了你的心上/你被它带动起来了。在从来没有见过的/格局中,你被时间(抑或是你自己)/撵到了雷电丛生的夜空里/你似乎看见,从你的闹剧里复制出来的/闹剧,正在许多岛上上演"(《故事卷土重来》),"你的车脚下,不是我的错/我不知道你的车在辗我的时候/是谁在辗你的车//其实,被辗的只是一块石头/并不是我,因为/我不是我(不是那个我)"(《观众席上的我》),"最厉害的是时间的牙齿/谁的生命也经不住他的咬噬,因而/我要用时间的牙齿造锯/锯死那些阴影、锈迹和垃圾……给时间拔牙,削减他的威力/让多多的生命免遭危难,让我的锯/长出锋利的黄昏,刁难你的风雨/咬烂妖魔的埋伏"(《造锯》),"你走来走去,像迷失了方向的/羔羊。风不知道你的心事/不知道那个画秋天的人,此刻/正是秋天里最荒凉的颜色，正是/树梢上最后一片叶子"（《凋敝》），"你偏要做无米之炊，把自己/当成一粒米，投到一口想象的锅里/看着自己上下翻腾，与水战斗/与隐形的牙齿相互咬噬//那口大锅煮着你/越煮你越像诗句/你要把你喂给太阳，让太阳/更加精神，像你的幻想一样超凡脱俗"（《无米之炊》），"时光淹死在嘴里/打捞出来的是他的叹息/有什么用呢，这意料中的情节/像八百年前的故事//人们开始埋怨你，不该/打开门窗。你拉出上帝和眼泪/来证实：是风先拉你而到，是风/踢开门窗，然后扬长而去……/风来了。没有一个人相信/那瘦瘦弱弱的样子能印证你的陈述/面面相觑，把你/觑成了过街的老鼠"（《事情的转移》），"在你变成哑巴之前，来吧/至少有一阵风可以做你的马/它会帮你找到一个地址/把自己托付给它"（《鸟儿飞过来》），"比虚无更虚无的翅膀/闪了一下，又闪了一下/终于滴了血。鲜艳无比的液体/并没有淹死他的心脏"（《笼罩之下》），"我搬动着我的身体，从昨天/到今天，像把一个笨重的容器/搬进新居。这逼迫的搬迁/使我疲惫不堪，而我来不及哀叹/我只能在这里借住二十四个小时/这短暂的一瞬，只够喘上一喘"（《我搬动着我的身体》），"哭出来吧，把心中的幽怨/还给耳朵，耳朵的井里/装得下足够的/泪水做成的音乐//你没有眼泪。弦上滑动的音符/是你的血，滚烫滚烫的/血，像红红的水银/记录着人间的苦乐"（《二胡》）。谭延桐的诗歌除了宗教关怀，赋予物的灵性，对现实境界不断进行形而上学的沉思之外，"万物变得如此富有精神和力量，又如此相爱和轻灵，我们和所有生灵至乐地为一，犹如千万种不可分割的声音汇成一支合唱，飞越无尽之太空"。①

谭延桐同时也重视诗歌语言本体的写作理念，一切哲学、宗教的意识与关怀必然脱离不了诗性、诗意语言这一文本前提，他不断赋予语言的机智、灵敏感，增加诗歌丰富的、强烈的思想内涵、表

---

① ［德］荷尔德林：《荷尔德林文集》，戴晖译，商务印书馆2006年版，第70—71页。

现力量。他写道:"从这里飞过的鸟儿/再也没有回来,打这里刮过的风/再也没有暖过。人们把这里叫做/废墟"(《一块碑倒在了伤口上》),旷野与废墟无处不在,这也成为当下的精神境遇。"你整个的身体,变成了一只耳朵/仍然听不出歌曲的内涵。/没有风,没有月光,像瞎子摸象一样/摸到了那声感叹"(《失传》),"此刻,墨水正吃着稿纸/吃着我洁白的供奉。墨水和稿纸——/我的血浆酿成的水,骨头制造的纸/在矛盾中等待着,等待着声音/和形象,像雷电一样/劈开混沌,让我明白/旁若无人的它,是上帝还是魔鬼"(《将来》),"他捧着桃花,泣不成声/他想起了很多很多时光/可惜,那些时光比桃花落得还早/他跪着,像是向大地倾诉/又像是向苍天祈祷//再也没有起来,他/手中的桃花,做了风的舞女/他的手臂成了传说中的枝条"(《时光比桃花落得还早》),"他溶进了黑夜,船溶进了远天/依稀认得,那块黑布/在船桅上鼓得像剑/被风磨着,被淬着,一闪,一闪"(《黑布》)。

第三节　身体、诗与真理合一

"身体"不仅成为探讨神性写作一个有效的考察视角,身体同时也成为抵达神性写作的有效的生理基础与精神前提。"移民诗人"谭延桐作为广西诗坛和中国诗坛代表性的诗人,其神性写作特征在诗歌的文学性、在思想的哲理性、在艺术的神性追求中取得了较好的统一,这种以文本、诗歌为主的写作意识重视哲学、宗教的认知高度,既推动了 21 世纪以来的广西当代诗歌书写中的精神性、思想性的追求,又丰富了汉语的诗性之美、神性之美。

纵观谭延桐 20 世纪末出版的诗集《夏天的剖面图》(作家出版社 1997 年版),我们无不发现他神性写作的身体书写具备以下两种特征：

第一，更侧重于宗教维度走向精神性的身体，赋予诗歌的神性启示与智慧光芒。

21世纪初，诗歌界诞生了轰轰烈烈的神性写作诗歌运动，2004年形成规模的神性写作诗潮，运动初具影响，谭延桐也是其重要代表之一。特别是随着网络写作的盛行，凝聚了一批坚持诗与真理、审美与宗教融合的创作群体。刘诚在《第三极文学运动宣言》一文中指出："神性写作即向上的写作，有道德感的写作和有承担的写作；神性写作是对生活忘情价值的悲壮坚守，是人类根本利益的精神护法；文学要成为参与时代精神重建的正面力量，以极端强硬的态度，对当下文学商业化、解构化、痞子化、色情化、贱民化、垃圾化、空洞化、娱乐化的倾向说不。"①

谭延桐的神性写作显然同骆一禾、海子、昌耀等许多诗人一样，推动、丰富了神性写作的精神内涵。"美的第二个女儿是宗教。宗教是美的爱。智者爱美本身，无限而包容万有的美；民众爱美的孩子，众神，它们以丰富多彩的形态呈现在民众面前。"② 在谭延桐诗中，这种宗教意识主要指的是基督教，诗歌书写布满了身体蒙难与赎罪的情怀。

第二，通过身体的直觉、灵感、冥想、沉思，进入超验主义的象征，不断赋予身体的精神内涵，身体不仅是生理意义上的身体器官，更是感官，打通艺术、思想边界的重要催化剂、内心触媒。

神性写作的宗教关怀必然离不开诗歌本体对语言的要求，神性写作的诗歌、哲学、宗教三位一体的意识，也必然最先指向诗歌的语言意识，否则这样的诗歌就变成游离的、曲解的、抽象的、单调的道德说教、精神劝诫。

---

① 刘诚：《第三极文学运动宣言》，《神性写作诗学理论》专号，2008年5月。
② ［德］荷尔德林：《荷尔德林文集》，戴晖译，商务印书馆2006年版，第76页。

在谭延桐看来，思想的火焰首先要表现为语言的火焰，这样的诗歌所燃烧的激情与光芒才能感染受众，引起更多读者的情感共鸣。他写道："他宁愿相信火焰，火焰是他唯一的神灵。一想到火焰，他就激动不已，热血沸腾。极少有人懂得这种'燃烧'的涵义，懂得的人是幸福的；也极少有人懂得这种'幸福'的涵义，懂得的人是燃烧的……为神灵活着。"①

综上所述，神性写作的神性追求与诗歌、哲学、宗教合一的写作情怀，强化了当代诗歌的艺术与思想高度，拓展了主流叙事不能关涉的精神书写，在有效的精神与心灵对话中，神性写作自觉地回归语言本体意识，拓宽了诗歌的表现领域与思想可能，呈现当代的思想光晕与独特魅力，从而获得读者强烈的精神共鸣，重返诗中的文本意识、生命意识共同创造诗体的表现意识。

与此同时，21世纪以来谭延桐命名为"超验诗歌"的大量诗作，延续了其在20世纪末的神性书写特征，这种追求诗歌、哲学、宗教合一的写作情怀，强化了21世纪以来广西现代诗歌的艺术与思想高度，拓展了广西现代诗歌主流叙事不能关涉的精神地带。可以说，在有效的精神与心灵对话中，"移民诗人"谭延桐的神性写作自觉地回归语言本体意识，拓宽了21世纪以来广西现代诗歌的表现领域与思想可能，呈现了广西现代诗歌的思想光晕与独特魅力，从而使广西现代诗歌获得了读者的强烈的精神共鸣，重返诗中的文本意识、生命意识，共同创造的诗体的表现意识。

---

① 谭延桐：《笔尖上的河》，中国文联出版社2000年版，第102页。

第十六章

李心释:"语言"的语言迷途

　　李心释是诗人,大学教授,在广西大学工作多年。他在广西大学教学期间,曾与黄梵、臧棣、蓝蓝、小海、张执浩、桑克、清平、树才、王敖、宋宁刚等中国诗坛的代表诗人、批评家发起了"关于当代诗歌语言问题"的系列笔谈。作为一个诗人和批评家,同时也是作为广西"移民诗人"的李心释所推出的系列诗歌笔谈及其所抱有的诗歌语言观、书写观及所开展的诗歌创作与实践,对活跃 21 世纪广西诗歌的氛围,推助广西诗歌的发展有重要的意义。

　　从 21 世纪广西诗歌的整体发展来看,如何给李心释的诗歌命名,这的确是一个难题。他身为语言学教授,曾经出版《"语言"的语言迷途》等语言学著作;他熟悉解构主义哲学观,在生活观念与诗中均践行和试图实现自我生命体验的双重在场;他也是沉浸语言在虚无深处不断体验生命真谛的"空空和尚"(诗人曾经用过此笔名)。这份艺术"简历",构成他进行生命省思的精神背景与艺术前提。倘若没有此相关的精神领域与哲学态度,我们也自然无法考究他的诗歌动力、功力、活力、魅力。在一部分读者看来,省察他的诗歌或许令许多读者感觉不知所云,间或以晦涩拒之。正如许多现代诗歌的探索者一样,对读者提出较高的专业性、精神性的要求。"马拉美在法国创造了所谓艰深作者的概念。他明确地将必须付出的思想努力引入到艺术中来。正是这样,他提高了对读者的要求,并且他还带着一种真正光荣的令人钦佩的智慧,为自己选择了为数甚少的一群特殊爱好者,这些人一旦领略过他的作品,就再也不能忍受不纯粹、肤浅和毫不设防的诗歌。"[①] 李心释着重于语言的诗歌书写,也同时关顾生命意识与能动性的精神在场。他不仅是站在这个时代的高度上以世界性的眼光写作的,而且他深知汉语思维自身嵌带的问题及汉语发展的危机,积极地通过语言不断修复汉语、诗歌的信心,不断在形而上学的思索中试图抵达某种书写可能。

第一节 在语言深处深究虚无

如果对诗人李心释语言学的专业背景、延异哲学观、空空的生命意识这种种精神背景稍加考察,我们发现他的诗歌其实就是对一个关于何谓真正的生命事实"难题"的思索,而"语言"成为沟通以上三种精神背景的媒介,让他在自我的精神在场与终极性体验中切近自我与世界关系的"难题",并展开形而上思辨、探析。

近年来,他陆续完成了《致敬》《冬天的苦念头》《遭遇橡皮树》《乡村邻居》《路上的眩晕》《逛书店晚归》《灵塔》《我在这里呆过》《老茅》《天空》等作品,他的诗歌取自日常的生活或者专业的语言,这里面的"致敬""苦念头""眩晕"却成为后现代心灵投射的支离图像,这个世界不再仅仅由日常支配,而是不断深入挖掘自我的潜意识,诗人更像一个历史学家在虚无之坟寻觅心灵的拓片、零散而寓意深刻的字符,这些组合成从日常导向形而上或

[①] [法]保罗·瓦莱里:《文艺杂谈》,段映虹译,百花文艺出版社2002年版,第202页。

者神性的精神语境,诗篇成为一个现实的场域供读者沉思、巡游、审视、辨析自我存在的空间。如他在《致敬》中写道:"高原的公路沿线/一匹马静立,低着头/疾驰的车经过它/像一个轻浮的笑话//一匹黑色的马,公路唯一的高度/静止的速度/比所有速度都快/是因为我把眼睛留在了它的身上",作者要致敬的正如面对语言的沉默,因为自我的清醒而促成了致敬的时效、深刻,在生命奔走的匆忙旅途中,静下来想想生活、想想那类融留和沉默的客观生活,保持清醒的意识与态度也成为生命探索的另一种可能路径,"我把眼睛留在了它的身上",再次强调主体对世界发现的必要性、必然性,如果自我是清晰的、秩序的,那么语言就试图反思、颠覆自我世界的平衡、秩序,唯有不断破除自我的幻象,认识你自己,方可抵达内心的隐秘、诗意与可能。

所有的写作都在写作中完成。在许多诗人看来,诗歌写作的经验就是多写、练笔,在多写中练就、发现某种诗体表意的经验与能力上的提升,不断深化、纯粹,直到形成自我的风格,这成为当代诗歌书写的重要经验。瓦雷里的学生梁宗岱曾有如下一段代表性的论述:"所谓纯诗,便是摒除一切客观的写景,叙事,说理以至感伤的情调,而纯粹凭借那构成它底形体的原素——音乐和色彩——产生一种符咒似的暗示力,以唤起我们感官与想象底感应……它自己成为一个绝对独立,绝对自由,比现世更纯粹,更不朽的宇宙。"[1] 李心释的诗歌,是带着深刻的"空灵观",在语言的通道不断触及、呈现思想的外壳,让他的诗歌更能触碰现代的语言意识及哲学观对当代生活的积极影响,更能从诗篇领略其对当下生活认知的启示、意义。"艺术是艰难的,而艺术家在这种艺术活动中经历着不确定……诗歌只是一种练习,但这练习是精神,是精神的纯洁性,是纯净之处——意识,这种可用以交换一切的空无的能力,在

---

[1] 梁宗岱:《梁宗岱文集》(第2卷),中央编译出版社2003年版,第87页。

那里成了实际的能力,并在严格的范围内包藏着它的各种结合的无限性和它的运作的广阔性。"[1] 对世界的认知是难的,这同样成为了李心释语言、生命、思想、哲学的综合性的认知前提,他的诗篇展现了这种种语言观、生命观、哲学观、思想观,对读者不断提供了自我反思的可能。诗歌成为对现实焦虑、虚无人生的某种积极有效的肯定性书写,这种书写再次呈现了诗歌作为艺术的重要样式对生活信心的修复与理解可能。

当代诗歌书写需要体验能力、想象能力还有自觉的语言、诗体意识,才可能达到诗意、思辨,形成较佳的审美、认知效果。头巾、菜刀、把手……成为李心释脑海深处的语象,不断从日常经验导入形而上的精神遐想与探索之中。他写道:"迎面一个中年妇女/包着头巾,过冬的暗花棉袄/手上动作深入本地/有黑色的血在她身旁循环/这样一直走着,可到黄泉/又一老者/男性是边上的树与房子的性别/干黑的皮肤褶皱/有无数生的厌烦的堆积/日复一日,毫无差别/惟一重大的变化就只剩一个了/曾是那大学教室里的青春/早早结在食物链上/等来的饕餮大餐却不是他自己"(《冬天里的苦念头》),"梯子不用于我们之间的通达/梯子是扭曲了的生活的精致化/融洽的关系/会像菜刀收集疼痛//菩萨坐在最高层/因为人们不让她有排泄/属泥土的才有心肠/为一只鸡的权利而斗争//我们同拥一枚巨大的青褐色丹药/取名曰天空/加入夕光的糖水/夜夜共享它的苦"(《乡间邻居》),"我说这片土地/犹似说这一张纸/写满后注定要翻过去/翻过去了也许不再有纸/而决无空白/这片土地我呆过/当我被翻过去了/土地还在/我,一个临时钉在地球上的把手/过往的时光将通过我/转动她"(《我在这里呆过》)。他不断捕捉日常的诗意经验,通过语言的存在之思,试图理解生命的困惑、虚无,语言因而有了敞开的多义性、丰富性。"敞开,即诗歌。这空间,在那

---

[1] [法] 莫里斯·布朗肖:《文学空间》,顾嘉琛译,商务印书馆2005年版,第73页。

城所有一切都返回到深刻的存在，在那里在两个领域之间有着无限的过渡……诗人当然无法进入其中，诗人进入其中只是为了消亡，在这空间中，诗人只有保持一致才能进入裂口的深处，这裂口把诗人变成一张无人理会的嘴，正像它对待聆听寂静的分量的人一样，这就是作品，是作为渊源的作品。"① 在语言的本体性质询与探索中，在诗的经验与幻象之间，他的诗歌进行语言/思想的平衡与繁殖，生成多种生命、艺术的可能，不断走向澄明之境的存在之思。

法国文艺批评家保罗·瓦莱里在评价马拉美的诗歌时，指出语言（艺术）的不可完成的状态，"艺术家的对象逐渐脱离低俗和普遍的幻象，他的品行促使他去从事无形而浩大的工程。这种无情的选择吞噬着他的岁月，完成这个词不再具有意义，因为思想自身是什么也不会完成的"。② 不断破除生活的幻象，深入语言的迷津，又不断通过语言呈现艺术与思想的通道，最终为生命意识提供某种精神理路与艺术可能。"它要求思想具有最全面的素质，它永远不会完成，因为严格说来它永远不可能发生，这个工作试图建立一个人的话语，这个人要比任何真实的人在思想上更纯粹、更有力和更深刻，在生活中更激烈，在言语上更高雅和巧妙。这种非凡的话语以支撑它的节奏与和谐为特征，节奏、和谐应当与话语的形成十分紧密甚至神秘地联系起来，使得声音与意义再也不能分离，并且在记忆中无限地相互应和。"③ 这也自然成了李心释诗歌的写作理念与精神可能的探索动力与前提，在他的诗歌中除了获得一种语言的、思辨的、知性的、审美性的感悟，同时，还获得一种思想认知的震颤感、共鸣意识，可见，他对日常的诗性观察维系了诗歌语言本体的

---

① ［法］莫里斯·布朗肖:《文学空间》，顾嘉琛译，商务印书馆2005年版，第138—139页。
② ［法］保罗·瓦莱里:《文艺杂谈》，段映虹译，百花文艺出版社2002年版，第194页。
③ 同上书，第182页。

严肃性、终极性的思考魅力，不断抵达诗歌的精神世界。"精神，在审美的意义上，就是指内心的鼓舞生动的原则。但这原则由此鼓动心灵的东西，即它用于这方面的那个材料，就是把内心诸力量合目的地置于焕发状态，亦即置于这样一种自动维持自己、甚至为此而加强着这些力量的游戏之中的东西。"①

当代诗歌书写所表现出来的语言本位意识很大程度上传承于西方现代语言哲学中的解构一脉。李心释在生命、哲学的语言意识受惠于传统的佛学空观的潜在意识，他不断否定自我、破除幻象的诗歌写作的精神前提也自然受到现代语言哲学的影响。"凡是钻研诗歌者就避开了作为确实性的那种存在，遭遇到了诸神的不在场，生活在这种不在场的深处，并为这不在场负责，担当其风险，承受其厚意。钻研诗歌者应当抛开一切偶像，应同一切决裂，应当不把真实作视野，把前途视为逗留之地，因为他没有丝毫期望的权利：相反，他应当绝望。钻研诗歌者死，遭遇死亡如深渊。"② 他走向了存在主义的存在之思，这一切自然与现代主义以来的"虚无"的探究产生了关联，或者说，这种虚无的精神前提，让他在执着书写与跳出窠臼并行的语言意识中不断深化、强化自我个体的思考与精神性认同。

当代诗歌书写很大程度上不自觉地遮蔽了语言自身的生长态势与发展可能，他们过度的意象与抒情、过度的形容词、语气词的使用、过度的叙事与口语写作，导致了诗歌愈加偏离诗歌追求的事实、真相。在美国学者奚密看来，"哲学取向上的基本差异使现代的'纯诗'观念有别于中国的传统诗学。现代'纯诗'观念不仅导源于同质性读者群的消失，而且甚至在更多程度上导源于公认的整

---

① ［德］康德：《判断力批判》，邓晓芒译，杨祖陶校，人民出版社2002年版，第158页。
② ［法］莫里斯·布朗肖：《文学空间》，顾嘉琛译，商务印书馆2005年版，第19页。

体价值系统的缺席"。① 李心释的诗歌始终坚持以语言的可能为前提，不断表现出诗歌必然、本质的诗体意识，使得他的诗歌同时也表现出一种精简主义的倾向，这种精简性走向了诗歌的减法、凝练的原则，同时提供了种种自我语言繁殖的能力，重新让诗歌恢复到生命这一立场与维度，驱除繁复的、过度的语词障碍，直达语言的表意现场、诗意生成的肌质与多向性、丰富性的这一精神层面。在澄明的自我面前展开存在之思，精简、凝练的诗歌获得一种语言思辨与知性组合的审美性体悟，不断阅读产生思想认知上的震颤感，日常的诗性观察维系了诗歌本体的严肃性、终极性的思考魅力。他写道："书店外面，夕照像头颅一样坠落／我出门的惊恐与悬空的文字／有节制地不毁坏日常生活／是胃里的黑暗催我起身／结账的服务员嫣然一笑／依旧如明码标价／／一条狗准时来围剿我／是的，我总是被一条而非一条以上的狗／围剿。跑到校门才有安全／因为狗害怕比它大的狗／校门吃进吐出一拨拨人／它消化什么不得而知／今晚的我要消化五本书、黄花菜加五毛饭"（《逛书店晚归》），"国内战争中死去的这些人／与一千年前的和尚共葬一处／想必亡灵自会去渡亡灵／灵魂和石像，对应于／早晨与太阳／回收现世的目光而成石像的光明／今年的梅花节上／一块墓碑无缘无故地裂了／对应于／一角升天了的塔檐"（《灵塔》），李心释在当代以再现、叙事为主的口语写作话语统领诗坛的情况下，不无警示地提出"隐喻是写给读者的情书"的常识与诗观，可见其清醒的语言意识与诗思指向，让他的诗歌获得了较佳的修辞文本效果，也让读者深入到生命之维的另一种可能观照之中。他写道："月亮只亮一张熟人的脸／一侧煞白，刚刚经历过我的数落／门前橡皮树葱茏的叶子却以大音量／要求我的生活跪拜／枝干里的神灵／视线被拨得像跳绳／六十年后的我加入，绊倒／

---

① ［美］奚密：《现代汉诗：一九一七年以来的理论与实践》，奚密、宋炳辉译，上海三联书店2008年版，第18页。

再也不能起身/给一次闭目命名为'夜晚'吧/我明白/那些已逝的同类正在向我转述/别处的生活"(《遭遇橡皮树》),"留意脚,自然就深入土地/凭一片硕大的枯叶/大致能判定站立的纬度//人群永远是细菌一样地分裂/腰带的视线比头上的可怕/只瞄准地图上的一个点//或是在哪里预订了位置/留在脑海里的面孔/仍需一一标上序号"(《路上的眩晕》),"我是九月份来这里的/因为你/一年旋即榨成刚刚/却又匆匆把一生吞下慢慢化解/一个朋友/在语言里已经很老很老了/我用语言的历史/增进对他的感情/把他逼到死角/地图上的一个点/我的笔尖无数次在想象中落下/在他恰好于画架前/把墨抹上"(《老茅》),在直觉、灵感的牵引下,语言的灵性、神性盎然于笔端,一首首诗篇像精神食粮,让写作者有勇气写下去,也让读者在阅读中找回生命的思维与信心,语言与思想形如"基督",也神似"弟兄",它又是"诗",最终三者合一。其实其中的关系正是或此或彼,你我感染,相互加持,共育诗华。阐释意义走向了建制,阐释的过程也更贴近诗的审美性、文学性。

第二节 语言：不可能的可能

当代诗歌语言的探索,表现出对汉语自身表述危机与自觉纠偏的文化意识,从日常的、经验的话语不断通过诗性的、文学性的话语的置换、书写去维护汉语自身的纯洁、隐喻的诗性结构。当代社会陷入种种话语的圈套与牢笼,对经验的、日常的、交流的、功能的语言也时刻应该保持警醒意识与辨别态度,"日常话语的机械化、自动化,语词造成虚假的修辞幻象或名实相离,语言总体上工具性、非人化的增强,等等。存在主义者认为这才是语言的危机,拯救之途是把诗与思的本质方式归还给语言,不断进行语言创新。"①

当代诗歌语言的写作，时常滑入了语言的娱戏与一次性的消费行为，仅在语言的外部滑动、迁移，而真正走向文本效果的内部运动、探讨的话语实践，似乎还相差甚远。在李心释看来，有一类艺术作品观念先行，艺术家之创作就是要颠覆已有的或流行的艺术观念。那个被反抗的观念就像民歌手的动作做派一样，已程式化，机械化成为艺术界大众中的无意识，令此类艺术越走越窄，缺乏生机。20世纪80年代中诗歌观念的变迁似乎能充分说明这个问题，由此产生的艺术作品，反叛意识浓烈，与其说是诗歌，不如说是诗歌行为。② 他在《隐喻是写给读者的情书》中写道："修辞如果没有了直觉/不过是顾虑重重的代名词/不是废话连篇/却能判别隐喻的好坏/儒者教导不了别人/一个词语繁衍出另一些词语/这挑逗的本性谁都会感染"，"隐喻是写给读者的情书"，隐喻自然成为诗歌的常识与语言的本体追求，在直觉、灵感的内力作用下，语言裂变成诗的灵性、神性，"诗歌的话语不再是某个人的话语：在这种话语中，没有人在说话，而在说话的并非人，但是好像只有话语在自言自语。语言便显示出它的全部重要性；语言成为本质的东西；语言作为本质的东西在说话，因此，赋予诗人的话语可称为本质的话语。"③ 语言让读者在阅读中与写作者的情思融合，并在语言的体味中切近生命意识、不断提升艺术创作的高度与难度，也在语言阅读中形成诗意的生命智慧，诗、思、精神三者之间的关系，或此或彼，彼此渗透、交汇、影响、融合，前提是语言，最终又回归语言，语言成为前提、媒介、效果的生成机制。

---

① 李心释、宋宁刚：《对"汉语危机"论的反思》，《广西大学学报》2009年第4期。
② 参见李心释博客：http://kkyuyanxue.blog.163.com/blog/static/7425795320130317320291/。
③ [法]莫里斯·布朗肖：《文学空间》，顾嘉琛译，商务印书馆2005年版，第23页。

诗学与诗歌的传统之间的平衡，给当代诗歌书写提供可能。李心释的诗歌表现出语言本体的回归探索，不断试图识别世界被遮蔽的秘密。在他看来，"在日常观念的世界中我看不到任何人的希望，写诗是为了反抗日常语言，反抗虚无，感受意义的言说，确立真语言。"① 他在《二手的我》中写道："金黄色的/光线/通过白墙壁/折到被午睡遗弃/的床前/目的是把一个人/变成/二手的我/再嫁祸给冬日/书架像个停车场/一本心仪的车/冲出堤坝/追踪我"，诗歌依旧帮助我们破除自我幻象，语言本体的修辞对"二手的我"的堕落、迷津进行驱逐、去蔽，忍受黑夜的孤独、寂寞和语言的纠缠，让自我努力超越于现实之外，但是写完又要落入凡间，从日常经验的"床前"，展开现实自我的精神质询，"冬日"，富有意味，既可能指向诗人当下的生活语境，也可能传送冬日生活之遭遇的联想，于是诗歌经验之外的另一语义生成，至少"嫁祸"已把诗的情绪在字里行间不断进行暗示而铺展。"书架像个停车场"，同样源于日常生活，但又在强指、近似的联想与隐喻中，不断让我们体味到这两者之间的相似/非似带给文本的神奇效果，"一本心仪的车"，颠覆了语言的表达秩序，在"本"与"辆"之间把我从经验拉向幻象，在诗意的可能捕捉中，我们寻访诗人自我的可能秘密。"冲出坝外"，完成了诗歌的语言表现的可能，也强化诗歌走向语言本体的"幻想"色彩。诗的语义、情绪的错位、变形，让读者尝试对《二手的我》狠狠阅读、跟踪，从而，让生活的真相慢慢浮现出经验的精神水面。"一个话语的形成不能完全占据它的对象、陈述、概念等诸种序列有权利提供的一切可能的空间，它基本上是空白的，而这个空白是由话语的策略选择的形成序列所造成。"② 诗歌成为某种话语促成了这一切的转化与生成，从日常的经验空间不断抵达可能性的

---

① 李心释：《诗观》，《广西文学》2012 年第 11—12 期。
② ［法］米歇尔·福柯：《知识考古学》，谢强译，三联书店 1998 年版，第 72 页。

诗性、诗思凝聚的文学空间。

语言的不可能的可能状态推动了诗/思、诗人/读者之间的联系、相互理解的过程。"从某种意义上讲，人都是语言的奴隶，诗人是不安分的奴隶，并随时希望由奴隶变成主人。自觉的语言意识是摆脱语义奴役的第一步。"① 诗人离不开读者，正如诗歌离不开语言一样，在可能的语言中抵达艺术与思想所启示的生命之维，这就预设了语言不再是日常的交流功能，也非稳定语言结构的政治话语，而是让语言成为一种思维可能，诗歌写作颠覆了，赋予了、强化了、生成了语言的种种可能。"一首诗歌是否是一个封闭自足的系统？只能说相对自足，因为即使诗是封闭的，但理解却是个开放的过程，读者面对一首诗歌有两个权力，一是进入诗人创造相对封闭的系统中去体会其聚合的空间和组合的表现法，去体会语言的结构与张力；二是并不把这首诗读成一个整体即一首完整的诗，只取其中一词一句，把自己被激发的体验填充进去，而后读成的诗其实已是另外的一首诗了，不能归于作者，你也完全可以重写，那是你自己的诗。"② 可见，诗篇的完成绝非单凭诗人的写作可现，还需要读者的有效介入，不可能语言的可能性，让写作者与读者之间找到了对话的意义与可能，以及语言思维自身嵌带的复义、隐喻等功能，最终深化为语言/生命的某种思维、意识。

第三节　语言本体写作的当下话语启示

当代诗歌的发展经过"朦胧诗"对战歌、颂歌的话语置换，经

---

① 周伦佑：《语言的自觉与诗的自觉》，常文昌主编《中国新时期诗歌研究资料》，山东文艺出版社，第100页。

② 李心释：《索绪尔语言学视野中的诗歌语言分析》，《南京理工大学学报》2012年第5期。

过"第三代"标以先锋的语言、语感对朦胧诗意象与抒情的语言的替代,经过轰轰隆隆的下半身、垃圾派、废话写作等话语对上半身的语言解构等发展过程,在李心释看来,"现代汉语诗歌还像个孩子,承认这一点,或许还能看到希望:我们的传统已经纵容了一个孩子的撒野,或许正在等待她的主动自我矫正与回归"。① 诗歌还是一个孩子,当代诗歌的年幼、稚嫩最大的问题还在于语言存在的问题,以及诗体意识的回归、审视、认知、超越方面的缺失,它们影响了语言凝聚的艺术观、生命观自然形成与深度。

当代诗歌书写一直并未离开语言,但是语言在当代诗歌似乎又是剥离与单一、局限的,李心释诗歌及观念的实践,为当代汉语诗歌的写作提供了许多重要话语启示。

第一,语言的本体意识、可能意识对当代诗歌书写的积极影响。

当下语言状况相对受到来自西方翻译、网络语言、汉语拼音化等的影响,使得当代诗歌书写不自觉地滑入时代的语境中,语言变成了一种工具理性。不是语言在表达,而是人为的声音在表达。语言的自我繁殖能力被限制,束缚了当代诗歌的语言发展与纯粹。"中国大陆新诗创作正出现在这个世界艺术诗歌的新起点时期。我们必须有自己的探索,不再重复西方的脚印,在此以前我们总是追赶西方的实验,现在我们应当找回自己诗歌的过去,包括古典诗词、美学,综合西方现代的诗歌的种种尝试,取其可取者,寻求有东方特点的自己的诗学和诗格。"②

李心释诗歌表现出了某种难能可贵、独特清醒的生命意识与文化判断力,"判断力为了自己独特的运用必须假定这一点为先天原则,即在那些特殊的(经验性的)自然规律中对于人的见地来说是偶然的东西,却在联结它们的多样性为一个本身可能的经验时仍包

---

① 李心释:《当代诗歌的语言策略批判》,《扬子江评论》2009年第2期。
② 郑敏:《诗歌与哲学是近邻:结构—解构诗论》,北京大学出版社1999年版,第278页。

含有一种我们虽然不可探究、但毕竟可思维的合规律的统一性。"①虽然有人将李心释放在"第三条道路"等诗派的写作类型中去认识,但他的写作无疑又与这样复杂的诗歌团体"口语"写作不同,他更坚持语言思辨和醒觉意识。从当代诗歌书写中吸取营养,他规避当代诗歌放逐语言、语言弱化的写作;在思想意识和表达动机中,他自觉警惕走向话语中心化、秩序化写作。在他看来,80年代诗界和小说界吸收了现代哲学和语言学中的语言本体论思想,似乎真的把语言当语言看待,其背后仍然是文化与文学革命的思路……"'语言'在80年代初不过是启蒙主义旗帜下的一个工具。之后,第三代诗歌里'反崇高''反文化''反英雄'等文化主张扎根在'语言'头上,'诗到语言为止','语言'的地位已被提升至不能再高的位置,但它仍然是工具而已。"②

第二,当代诗歌史的情结编织与诗性建构的重新认知。

当代诗歌史的书写指向了诗歌写作的时间、历史的描述与梳理,而相对缺失了诗性、客观性的评价与鉴别。在李心释看来,"在无法辨别谎言与真理的时候有太多的人保持着沉默,因为说话只会徒增混乱。当代诗的疯长完全来自符号说谎的力量。所谓诗人,已是盗用叙述真理的语法来装饰自己的怪物,有太多奇思妙想不是来自头脑而是来自语词的主宰,诗人坚决不当意识形态的奴隶,却把奴颜婢膝献给了语词。诗界曾倡导能指的滑动,而警惕语词的老化、板结,他们借以产生诗意的东西不外是一场歇斯底里的自我献祭的狂欢"。③

当代诗歌的批评与研究,远离语言本体意识上的书写,许多作品研究指向写了什么,而诗歌研究者、批评家也局限于诗歌写了什

---

① [德]康德:《判断力批判》,邓晓芒译,杨祖陶校,人民出版社2002年版,第18页。
② 李心释:《诗歌语言的反抗神话》,《文艺争鸣》2012年第10期。
③ 李心释:《当代诗歌的语言策略批判》,《扬子江评论》2009年第2期。

么的一般梳理与常识研究,相对缺少对语言境况的深度剖析。"没有任何'文学史'(如果仍然要写这样的文学史的话)能够仍然是正当的,如果它像以往一样满足于把各种流派串连在一起而不指出它们彼此之间的鸿沟的话,这种鸿沟揭示了一种新的语言观即写作的预言观。"① 在这样学术体制化、认知理性化的常识牵制下,我们背离了诗歌的传统认知与语言意识的觉醒可能。"所谓的文学史资料几乎没有触及创造诗歌的秘密。一切都在艺术家的内心进行,似乎我们在他的生活中可以观察到的一切事件只对其中作品有着表面的影响。更重要的东西——缪斯女神的行为本身——与他的经历、生活方式、遭遇以及一切可以在一部传记中披露的事情无关。历史能够观察到的一切都是无意义的。"②

当代诗歌研究的历史意识应该注意诗歌这一文体的特殊性、差异性,美国新历史主义代表人物海登·怀特所指出诗性的修辞性的历史意识也给我们提供了新的理论视角。"就历史写作继续以基于日常经验的言说和写作为首选媒介来传达人们发现的过去而论,它仍然保留了修辞和文学的色彩。只要史学家继续使用基于日常经验的言说和写作,他们对于过去现象的表现以及对这些现象所做的思考就仍然会是'文学性的',即'诗性的'和'修辞性的',其方式完全不同于任何公认的明显是'科学的'话语。"③ "伟大的历史经典之所以从来不明确'解决'某一历史问题,而总是向过去'敞开'以激发更多的研究,其原因就在于它们的比喻性。正是这个事实允许我们基本上把历史话语当作阐释,而非解释或描写,而最重要的则是将其当作一种书写,不是为平息我们要认识事物的意志,

---

① [法]罗兰·巴尔特:《写作的零度》,李幼蒸译,中国人民大学出版社2008年版,第188页。
② [法]保罗·瓦莱里:《文艺杂谈》,段映虹译,百花文艺出版社2002年版,第33页。
③ [美]海登·怀特:《元史学:十九世纪欧洲的历史想像》,陈新译,译林出版社2004年版,"序"第1页。

而是刺激我们进行更多的探讨，生产更多的话语，更多的书写。"① 对当代诗歌史不断深入进行"情节编织"，从语言的差异性、丰富性中找出诗体意识的经典作品，丰富与完善"当代诗歌史"的历史图景与理论研究。显然，"在古典时期，'诗学'并不指任何领域，任何特殊情感内容，任何首尾一致性，任何分离的领域，而只是指一种语言技巧的改变，即按照比通常谈话规则更富艺术性、因此更具有社会性的规则来改变自我表达方式，换言之，即把一种由于其习惯的显明性本身而被社会化了的言语，投射于来自心灵的内在思想之外"。②

第三，诗歌跨越艺术边界，走向种种思想可能的思考，为当代社会观照自我提供了精神性的话语启示。

强烈的生命意识灌注、积极的书写态度，有效地让诗歌成为抵达某种审美性、思想性精神活动的形式之一，同时也回到了主体在生命—艺术异质同构这一文化意识。"在我写作的时候和直到我停止写作为止，我为之心折的不朽思想是一场白日梦。我认为不朽是存在的，但不是像这样的不朽。"③ 通过个体的书写，我们在日常/超验、生活/梦想、现实/艺术的对立中，不断融入、契合、感应、交汇。"写作就是把人物的实际言语当成了他的思考场所。"④ 诗歌提供了最好的艺术形式，实现了现实梦想的生命化指认，不断把人从现实的、物质的、欲望的、世故的经验世界，向超验的、灵性

---

① [美]海登·怀特：《后现代历史叙事学》，陈永国、张万娟译，中国社会科学出版社2003年版，第299页。

② [法]罗兰·巴尔特：《写作的零度》，李幼蒸译，中国人民大学出版社2008年版，第28页。

③ [法]让-保罗·萨特：《存在主义是一种人道主义》，周煦良、汤永宽译，上海译文出版社2009年版，第39页。

④ [法]罗兰·巴尔特：《写作的零度》，李幼蒸译，中国人民大学出版社2008年版，第50页。

的、精神的、纯粹的现象界过渡。语言诗艺化的、思想化的可能性探索与书写，成为李心释进入形而上学思考的媒介与基础，"面对世界准备（好）的身体，暴露给世界，承受感觉、情感、痛苦等，也就是说介入世界，交给并参与世界，在同样的情况下，身体也面对世界和世界上可被直接看到、感觉和预感的东西；身体可以对世界产生一种合适的反应，从而控制世界，掌握世界，将世界作为一种工具来利用（而不是辨别它），这种工具（按照海德格尔的著名分析）是触手可及的，而且从来都是被照此看待的，被它许可完成的和它指向的任务看透，好像它是透明的一样。"①

　　诗歌的边界不断被打破，最终又回到生命这一最终的企及可能。"训练除了使我们了解、掌握各种写作技巧，最主要的是使我们知晓诗歌的边界何在。万物皆有其边界，何以诗歌独称无限？因此诗人在写作过程中必须清楚什么是应当抛弃的，什么是应当生发和完善的。但诗歌写作仅凭训练肯定不够，因为无论从语言、形式还是题材上说，诗歌写作都是一种冒险。训练使我们获得冒险的资格，使我们在知晓了写作边界之后跨越边界，使我们的写作不至于僵死或永远停留在学徒期。"② 诗歌变成书写，从现实切近了精神的在场，而灌注诗里的仍是一个诗人持久以来参悟与修行的生命理念与终极价值，李心释尝试抵达语言的内核，不断探索一种不可能的可能的存在之思。"作诗并不是在诗歌和歌唱意义上的一种诗。存在之思乃是作诗的原始方式。在思想中，语言才首先达乎语言，也即才首先进入其本质……思想是原诗；它先于一切诗歌，却也先于艺术的诗意因素……在诗歌的狭窄意义上，一切作诗在其根本处都

---

　　① ［法］皮埃尔·布尔迪厄：《帕斯卡尔式的沉思》，刘晖译，生活·读书·新知三联书店2009年版，第167页。

　　② 西川：《大河拐大弯》，北京大学出版社2012年版，第168页。

是运思。思想的诗性本质保存着存在之真理的运作。"① 他不断向现实发出深究生命真实的声音,语言为他提供了走近诗意人生的生活可能,在日常生活经验中不断破除幻象,获得精神性、纯粹性的审美视域与生命关怀的融合与统一的可能,实现诗/哲学、诗/灵性的相互增补、启示。

---

① [德] 马丁·海德格尔:《林中路》,孙周兴译,上海译文出版社 2004 年版,第 345 页。

参考书目

一 当代诗歌理论

李建平等：《广西文学50年》，漓江出版社2005年版。

李建平、黄伟林等：《文学桂军论：经济欠发达地区一个重要作家群的崛起及意义》，中国社会科学出版社2007年版。

蓝怀昌主编：《世纪的跨越：广西文学艺术十三年现象研究》（上），广西人民出版社2007年版。

罗小凤：《新世纪广西诗歌观察》，广西民族出版社2014年版。

韦其麟：《壮族民间文学概观》，广西人民出版社1988年版。

钟世化：《穿越诗的喀斯特：当代广西本土诗人访谈录》，长江文艺出版社2015年版。

周作秋编：《周民震　韦其麟　莎红研究合集》，漓江出版社1984年版。

常文昌主编：《中国新时期诗歌研究资料》，山东文艺出版社2006年版。

陈太胜：《象征主义与中国现代诗学》，北京大学出版社2005年版。

陈仲义：《现代诗：语言张力论》，长江文艺出版社2012年版。

陈仲义：《诗的哗变：第三代诗面面观》，鹭江出版社 1994 年版。

董迎春：《反讽时代的孤寂诗写：当代诗歌话语研究》，黑龙江人民出版社 2012 年版。

董迎春：《走向反讽叙事：20 世纪 80 年代诗歌的符号学研究》，苏州大学出版社 2013 年版。

董迎春：《20 世纪 90 年代诗歌身体书写的符号学研究》，苏州大学出版社 2015 年版。

费孝通等：《中华民族多元一体格局》，中央民族学院出版社 1989 年版。

吉狄马加：《为土地和生命而写作：吉狄马加访谈及随笔集》，青海人民出版社 2011 年版。

龙泉明、邹建军：《现代诗学》，湖南人民出版社 2001 年版。

梁庭望：《中国诗歌通史·少数民族卷》，人民文学出版社 2012 年版。

梁宗岱：《梁宗岱文集》（Ⅱ），中央编译出版社 2003 年版。

潘琦主编：《广西文学艺术六十年》，广西人民出版社 2010 年版。

沈天鸿：《现代诗学：形式与技巧 30 讲》，昆仑出版社 2005 年版。

谭五昌：《中国新诗白皮书 1999—2002》，昆仑出版社 2004 年版。

汤晓青主编：《全球语境与本土话语：中国多民族文学论坛十年精选集》，社会科学文献出版社 2014 年版。

王尚文：《语感论》，上海教育出版社 2006 年版。

王岳川：《二十世纪西方哲性诗学》，北京大学出版社 1999 年版。

西川：《大河拐大弯》，北京大学出版社 2012 年版。

姚新勇：《观察、批判与理性——纷杂时代中一个知识个体的思考》，文化艺术出版社 2005 年版。

于坚：《于坚诗学随笔》，陕西师范大学出版社 2010 年版。

袁可嘉：《论新诗现代化》，生活·读书·新知三联书店 1988 年版。

赵一凡等主编：《西方文论关键词》，外语教学与研究出版社 2013 年版。

赵毅衡：《趣味符号学》，重庆大学出版社 2015 年版。

赵毅衡：《符号学原理与推演》，南京大学出版社 2011 年版。

赵毅衡：《哲学符号学：意义世界的形成》，四川大学出版社 2017 年版。

赵毅衡编选：《"新批评"文集》，百花文艺出版社 2001 年版。

张燕玲、张萍主编：《南方批评 30 年：〈南方文坛〉广西文论选（1987—2017）》（上），广西师范大学出版社 2017 年版。

张颐武：《中国改革开放文化三十年发展史》，上海大学出版社 2008 年版。

郑敏：《诗歌与哲学是近邻——结构—解构诗论》，北京大学出版社 1999 年版。

中国社会科学院少数民族文学研究所编印：《中国少数民族文学史编写参考资料》，1984 年版。

中国作家协会编：《新中国成立 60 周年少数民族文学作品选·理论评论卷》，作家出版社 2009 年版。

二　国外理论

［澳大利亚］比尔·阿希克洛夫特、格瑞斯·格里菲斯、海伦·蒂芬：《逆写帝国：后殖民文学的理论与实践》，任一鸣译，北

京大学出版社 2014 年版。

［奥］莱内·马利亚·里尔克：《给青年诗人的信》，冯至译，云南人民出版社 2016 年版。

［波兰］切斯瓦夫·米沃什：《诗的见证》，黄灿然译，广西师范大学出版社 2011 年版。

［德］恩斯特·卡西尔：《人文科学的逻辑》，关子尹译，上海译文出版社 2004 年版。

［德］恩斯特·卡西尔：《人论：人类文化哲学导引》，甘阳译，上海译文出版社 2013 年版。

［德］歌德：《论文学艺术》，范大灿等译，上海人民出版社 2005 年版。

［德］康德：《判断力批判》，邓晓芒译，杨祖陶校，人民出版社 2002 年版。

［德］海德格尔：《在通向语言的途中》，孙周兴译，商务印书馆 2004 年版。

［德］马丁·海德格尔：《林中路》，孙周兴译，上海译文出版社 2012 年版。

［德］荷尔德林：《荷尔德林诗新编》，顾正祥译，商务印书馆 2012 年版。

［德］荷尔德林：《荷尔德林文集》，戴晖译，商务印书馆 2006 年版。

［德］胡戈·弗里德里希：《现代诗歌的结构：19 世纪中期至 20 世纪中期的抒情诗》，李双志译，译林出版社 2010 年版。

［德］尼采：《尼采全集》（第 1 卷），杨恒达等译，中国人民大学出版社 2013 年版。

［德］威廉·冯·洪堡特：《论人类语言结构的差异及其对人类精神发展的影响》，姚小平译，商务印书馆 2010 年版。

［法］阿尔贝·加缪：《西西弗神话》，沈志明译，上海译文出版社 2010 年版。

［法］保罗·瓦莱里：《文艺杂谈》，段映虹译，百花文艺出版社 2002 年版。

［法］米歇尔·福柯：《性经验史》（增订版），佘碧平译，上海人民出版社 2002 年版。

［法］米歇尔·福柯：《词与物：人文学科的考古学》，莫伟民译，上海三联书店 2016 年版。

［法］米歇尔·福柯：《知识考古学》，谢强译，生活·读书·新知三联书店 1998 年版。

［法］加斯东·巴什拉：《梦想的诗学》，刘自强译，生活·读书·新知三联书店 2017 年版。

［法］加斯东·巴什拉：《梦想的权利》，顾嘉琛、杜小真译，华东师范大学出版社 2013 年版。

［法］加斯东·巴什拉：《空间的诗学》，张逸婧译，上海译文出版社 2009 年版。

［法］罗兰·巴尔特：《符号学历险》，李幼蒸译，中国人民大学出版社 2008 年版。

［法］雅克·德里达：《论文字学》，汪堂家译，上海译文出版社 2005 年版。

［法］让-马里·舍费尔：《现代艺术：18 世纪至今艺术的美学和哲学》，生安锋、宋丽丽译，商务印书馆 2012 年版。

［法］莫里斯·布朗肖：《文学空间》，顾嘉琛译，商务印书馆 2003 年版。

［法］罗兰·巴尔特：《写作的零度》，李幼蒸译，中国人民大学出版社 2008 年版。

［法］让-保罗·萨特：《存在主义是一种人道主义》，周煦良、

汤永宽译，上海译文出版社2009年版。

［法］皮埃尔·布尔迪厄：《帕斯卡尔式的沉思》，刘晖译，生活·读书·新知三联书店2009年版。

［古希腊］亚里士多德、贺拉斯：《诗学 诗艺》，罗念生、杨周翰译，人民文学出版社1997年版。

［荷兰］柯雷：《精神与金钱时代的中国诗歌——从1980年代到21世纪初》，张晓红译，北京大学出版社2017年版。

［美］苏珊·朗格：《情感与形式》，刘大基、傅志强、周发祥译，中国社会科学出版社1986年版。

［美］查尔斯·伯恩斯坦：《语言派诗学》，罗良功等译，上海外语教育出版社2014年版。

［美］玛乔瑞·帕洛夫：《激进的艺术：媒体时代的诗歌创作》，聂珍钊等译，上海外语教育出版社2013年版。

［美］理查德·舒斯特曼：《身体意识与身体美学》，程相占译，商务印书馆2011年版。

［美］约瑟夫·布罗茨基：《小于一》，黄灿然译，浙江文艺出版社2014年版。

［美］奚密：《现代汉诗：一九一七年以来的理论与实践》，奚密、宋炳辉译，上海三联书店2008年版。

［美］哈罗德·布鲁姆等：《读诗的艺术》，王敖译，南京大学出版社2010年版。

［美］M.H.艾布拉姆斯：《镜与灯：浪漫主义文论及批评传统》，郦稚牛等译，北京大学出版社2004年版。

［美］苏珊·斯图加特：《诗与感觉的命运》，史惠风等译，上海外语教育出版社2014年版。

［美］海登·怀特：《后现代历史叙事学》，陈永国、张万娟译，中国社会科学出版社2003年版。

［美］克雷奇、克拉奇菲尔德、利维森等：《心理学纲要》，周先庚、林传鼎、张述祖等译，文化教育出版社1981年版。

T. S. Eliot, *The Sacred Wood*: *Essay on Poetry and Criticism*, London: Methuen & Co. Ltd, 1920.

［英］安德鲁·尼本特、尼古拉·罗伊尔：《关键词：文学、批评与理论导论》，汪正龙、李永新译，广西师范大学出版社2007年版。

［英］安东尼·史密斯：《民族主义：理论、意识形态、历史》，叶江译，上海人民出版社2011年版。

［英］厄内斯特·盖尔纳：《民族与民族主义》，韩红译，中央编译出版社2002年版。

［英］特里·伊格尔顿：《如何读诗》，陈太胜译，北京大学出版社2016年版。

［英］托·斯·艾略特：《艾略特文学论文集》，李赋宁译，百花洲文艺出版社1997年版。

［英］迈克·费瑟斯通：《消费文化与后现代主义》，刘精明译，译林出版社2000年版。

［英］怀特海：《思维方式》，刘放桐译，商务印书馆2013年版。

［英］康蒲·斯密：《康德纯粹理性批判解义》，韦卓民译，华中师范大学出版社2000年版。

后　记

　　21世纪是一个媒介文化深刻影响文学的时代，21世纪广西诗歌的发展，也是一个融合媒介发展、机遇并存的时代。在这一价值多元，几乎无法定性、定量、定型的媒介时代，想把握广西诗歌艺术的发展情况，需要投入的时间与精力。在此前提之下，本书作为广西区哲学社会科学规划课题"新世纪以来的广西诗歌研究"（立项批准号15BZW005）的部分成果内容，在这个媒介的时代，从立项论证、立项后的推进、章节撰写及最终的成果呈现无不是投入了课题组成员大量的时间与精力。

　　为了呈现21世纪以来的广西诗歌发展的整体情况，课题组联系了广西诗歌代表性的诗人与团体，如韦其麟、冯艺、非亚、冯基南、谢夷珊、盘妙彬及诗人团体"自行车""扬子鳄""漆""麻雀"等。在一系列的对话与交流过程中，课题组慢慢完成了对广西诗坛当中这些个体与群体的考察，呈现了他们差异而独特的诗歌创作理念与追求，建构21世纪以来的广西诗歌"版图"。诗作为一种语言的艺术，作为一种即时的形而上学，我们可以说，21世纪以来的广西诗歌发展，角度多维，内容丰富，意蕴深厚，追求各异，所以在开展课题的具体研究过程中，其间的辛苦与困难可想而知。本书两位著者作为广西文学的参与者、见证者,在本书的"综论"中首先以"多民族文化"的理论视野,探讨了21世纪以来广西诗歌发展"民族书写""女性书写""青年书写"等写作现象的理论特征与话语形态,呈现21世纪18年以来广西诗坛发展的诸多特色与可能,我们希望这个艰难的建构与抵达的过程能够达到预期的效果与目标。

广西是一个多民族栖居的文化地带,这种地域的"多民族"文化性在广西诗歌发展中呈现出不同的民族特色和文化价值。可以说,21世纪以来的广西诗坛,在恪守民族传统、诗性写作的同时,也展现出不同的话语特征和文化风貌。现今,广西诗坛形成多元共生的发展格局,主要包括:以刘春、黄芳等为代表的"扬子鳄"(桂林),以非亚、大雁等为代表的"自行车"(南宁),以谢夷珊、虫儿、朱山坡等为代表的"漆"(北流),以董迎春、大雁、陆辉艳、侯珏、覃才、李富庭等代表的"相思湖诗群"(南宁),以费城、牛依河、乌丫、寒云等为代表的河池学院"南楼丹霞"(河池)等诗歌团体,这些处于不同地域的诗歌的氛围和场域,他们的诗歌创作、活动及影响共同构建了21世纪以来广西诗歌多元共生的态势与格局。

21世纪以来,以黄芳、林虹等为代表的女性诗人,她们在21世纪从审美走向审智的知性诗写,使得广西诗坛女性特征越来越明显,也使广西诗歌成为多元文化共生的中国文学史的重要文学图景之一。广西虽处南疆,但是诗歌的眼光、境界却表现出语言本体意识中的诗学自觉,他们除了进行与当代诗歌整体相映照的写作和诗学实践,同时,也以独特的知识视野与醒觉意识,扎根于民族的心灵深处,勾勒和描绘21世纪以来的广西诗歌版图。特别值得一提的是,以陆辉艳、侯珏、肖潇、六指、覃才、思小云、祁守仁、李富庭为代表的广西"80后""90后"的青年诗人的书写,他们参加了

"青春诗会"、《星星诗刊》"大学生诗歌夏令营"、《中国诗歌》"新发现诗歌夏令营"等，体现出广西青年诗人在全国"80后"文学、"90后"文学中的广泛影响。我们可以说，21世纪广西文学特征明显、个性锋芒，诗歌更是在这独特的文学景观中的一枝独秀，他们书写广西、赞美广西，他们在坚持诗艺追求同时，也在追求诗人这一大我身份认同与使命担当。民族不仅成为他们写作的起点，也成为他们对自我认同的视角和意境。在这一点上，广西诗歌无愧于时代，无愧于历史。21世纪以来的老一辈诗人、青年一代的诗人，他们用审美眼光、哲理审视，诠释着21世纪广西诗歌和广西文学的图景和使命。

21世纪以来，广西诗坛不同的诗歌团体和个人举办了很多有全国影响的诗歌活动。这些活动主要有"广西青年诗会"（第一届至第三届，2007—2009）、"桂林诗会"（第一届至第九届，2010—2018）、《广西文学》"诗歌双年展"（第一届至第七届，2006—2018）、"十月·兴安诗会"（2011）、"第十六届国际诗人（南宁）笔会"（2015）、"网络诗选中青诗会"（2015）、"花山诗会"（2017）及"相思湖诗群"几乎每年一次的"纪念海子的诗歌朗诵会"（广西民族大学"相思湖诗群"主办）等。这些诗歌活动拉近了21世纪以来的广西诗人相互间的距离，也让广西诗歌通过网络、微信等新媒体与全国诗人之间进行互动。在21世纪媒介传播与影响超强的时代，这些诗歌活动不仅推动了广西本土诗歌的创作与发展，也为广西本土诗歌建立起了应有的文化价值，提升广西文化的区外影响。

就当下广西诗坛而言，以韦其麟、黄堃、杨克、林白、非亚等为代表的重要诗人，他们作为广西诗歌不同时代的写作典范，让广西诗歌走了出去，并至今仍然有着重要影响。21世纪以来，广西地域内不同民族诗人遵循着广西诗歌历史上形成的民族书写、地域书写传统,以韦其麟、黄堃、杨克、林白、非亚等诗人为榜样,以他们所掌握的现代诗歌创作技巧与理念,在广西地域内开展了不同维度的广西现代诗歌创作,这构建了21世纪广西诗歌发展的活跃与"热闹"景象,并且他们以良好的诗歌"成绩"凸显了广西诗歌在中国诗歌版图上的价值与意义。

就本书而言,在"综论"部分,我们以"多民族文化"的视野观照了21世纪以来广西诗坛的代表诗人、青年诗人,总结与梳理了广西诗坛发展与变化的特征与现象;在"个案研究"部分,我们重点探讨了韦其麟、冯艺、非亚、黄芳、谢夷珊等多位诗人的诗歌文本与创作特征。我们深知,21世纪广西诗坛还有如吉小吉、石才夫、刘春、大雁、刘频、田湘、荣斌、牛依河、费城、六指等诸多优秀诗人,囿于时间和研究视野无法一时纳入讨论范围。随着课题或者相关研究的进一步推进,我们将扩大广西诗歌的研究对象,丰富与补充21世纪以来的广西诗歌发展概貌和话语特征。

感谢研究生叶亮梅、吕旭阳、李冰等参与部分章节的撰写。我们希望通过本书对广西诗歌可能性、探讨性的整体性把握和理论建构,以让更多读者了解广西诗歌,重新认识和发现广西诗歌;同时更求抛砖引玉,以待更多同行一起探讨广西诗歌的未来发展。

最后特别感谢广西民族大学文学院"中国语言文学"一级学科博士点的出版资助,感谢文学院这个良好的学术生态,鼓励更多青年学者在学术道路上砥砺前行。也希望本书能成为广西壮族自治区成立60周年的小小礼物,默默为她祝福。感谢神圣八桂大地,感谢美丽壮乡,赋予"壮乡人"写作的热情和愿景。